U0660207

莎士比亚全集

The COMPLETE WORKS *of* WILLIAM SHAKESPEARE

6

·第六卷·

[英] 威廉·莎士比亚 ♦ 著
梁实秋 ♦ 译

CNS PUBLISHING & MEDIA 湖南文艺出版社 HUNAN LITERATURE AND ART PUBLISHING HOUSE 博集天卷 CS-BOOKY
·长沙·

目录

脱爱勒斯与克莱西达

Troilus and Cressida

序

一　版本

《脱爱勒斯与克莱西达》的版本问题相当复杂。

一六〇三年二月七日书业公会的登记簿上有下面的一项记载:

Master Roberts. Entered for his copie in full Court holden this day to print when he hath gotten sufficient authority for yt, The booke of Troilus Cressida, as yt is acted by my lord Chamberlens Men.

这一个四开本可能即是莎士比亚的这一剧本，但是好像是根本不曾印行，其所以要破费六便士作此登记，显然地是想借此阻止其他同业印行此剧，即所谓“blocking entry”(阻止性的登记)。类此的举动 Master Roberts 已经做过不止一次。

六年后，一六〇九年一月，登记簿又有一项记载，准许出版家 Bonian 与 Walley 印行 *The History of Troylus and Cressida*，言明此剧乃莎氏剧团所曾上演者。是年春，此四开本出版，其标题页如下:

THE Historie of Troylus and Cressida. As it was acted by the Kings Maiesties servants at the Globe. Written by William Shakespeare.

(Design) LONDON Imprinted by G.Eld for R.Bonian and H. Walley, and are to be sold at the spred Eagle in Paules Church-yeard, over against the great North doore.1609.

此四开本印行后不久，在同一年内，不知为了什么缘故停止印行，将标题页上半页拆版重排，如下:

THE Famous Historie of Troylus and Cresesid. Excellently expressing the beginning of their loues, with the conceited wooing of Pandarus Prince of Licia. Written by William Shakespeare.

同时又添上一篇序文，标题为 *A Never Writer, to an Ever Reader.News.*

内容平泛无奇，但强调此剧从来未曾上演过，与登记簿的记载及标题的说明全然矛盾。可能这是一种广告术，未曾上演过的剧本可能更受读者欢迎。不过此剧在舞台上不是一出受欢迎的戏也是事实，我们找不到当时有关此剧上演的记录。这四开本也从未再版过。

在一六〇三年的第一版对折本里，此剧原来计划排在《罗密欧与朱丽叶》之后，但是不知为了什么，可能是版权上发生问题，排了三页之后便停顿下来，终于排在史剧部分与悲剧部分之间的那个地方，即《亨利八世》之后，《考利欧雷诺斯》之前。并且加了一个“开场白”。前三页是完全依照四开本，这三页以外则全部依照似是经过校勘的一个四开本，因为原四开本的一些误植改正了，而且还有些新的改订的字。有些词句见于四开本而不见于对折本，亦有些见于对折本而不见于四开本，互有损益，不过总结起来对折本比四开本多出四十行。并且我们有理由相信，这多出来的四十行及开场白是出自莎士比亚的手笔。

所以此剧的两个版本，显然的是对折本优于四开本。

二　著作年代

此剧的著作年代未能确知。

就外证而论，可得而言者约有数端:（一）一六〇三年的同业公会的登记应该是一个最后的期限。（二）一五九八年的 Frances Meres 的 *Palladis Tamia* 列举莎氏戏剧十二种未提到此剧，似可说明此剧之写作是在一五九八之后。近人 Leslie Hotson 在 *Shakespeare's Sonnets Dated* 里说此剧即是 Meres 所称的那一出令人迷惑的 *Loves Labours Wonne*，其论证尚嫌不足。（三）查普曼（Chapman）译荷马，*Seven Books of the Iliads* 刊于一五九八年，莎氏此剧似不能早于此年。

从文笔作风考察亦可推断此剧之著作年代。Fleay 于一八七四年首先提出一项意见，认定此剧是分三期写作的，其中的恋爱故事约作于一五九四年，赫克特、哀杰克斯故事作于一两年后，优利赛斯、阿奇利斯故事则属于一六〇六——一六〇七年。以后他自己也屡次修正他的意见。Stokes 在一八七八年提出了他的两分法，恋爱故事部分约成于一五九九年，营地故事部分约成于一六〇二年。后来许多批评家都接受这两分法的观点，例如 Raleigh 即强调此剧是分两次写成的，恋爱故事部分在《罗密欧与朱丽叶》之前即已着手写作，然后停顿下来，至一六〇二年或以后再补修完成。Conrad（*Germanisch-Romanische Monatschrift*，I，1909）亦就诗律分析而支持此一观点。但是也有反对此一观点的，例如 Chambers（*Wm.*

Sh.，1930）和 Small（*The Stage-Quarrel between Ben Jonson and the So-called Poetasters*，1899）。

Miss Spurgeon（*Shakespeare's Imagery*，1935）认为在 imagery 方面可以证明此剧与《哈姆雷特》颇有关联，而《哈姆雷特》是作于一六〇一——一六〇二年。

一般论者相信此剧是作于一六〇二年，很可能以后有过一度或两度的润色。

三　故事来源

此剧故事是很古老的，而且在莎士比亚以前就有好多人写过。但是我们难得确证来说明莎氏此剧直接取材之所自。

此剧有两个故事穿插在一起，一个是脱爱勒斯与克莱西达之恋爱的故事，一个是希腊与脱爱之战争的故事。

关于前一故事，问题比较简单，莎士比亚的主要来源可能即是巢塞（Chaucer）的伟大的诗篇 *Troilus and Criseyde*，不过在巢塞之前这故事尚有一段经过。故事可能是个古典的故事，其情节实在是中古作家的创造，因为在荷马的史诗里我们只能看到此剧中的几个人名，根本没有恋爱的叙述。这恋爱故事之最早写作当推法国十二世纪的一位诗人 Benoit de Sainte-Maure 所写的 *Roman de Troie*。这篇诗到了十三世纪被 Guido delle Colonne 改写成为一篇拉丁散文。随后由 Boccaccio 扩大描写成为一首长诗，继 Boccaccio 而更加细腻人物描写的便是巢塞。

在许多点上，莎士比亚戏里的故事大纲是追随巢塞的诗。但是莎氏对于几个人物的态度和口吻，和巢塞大不相同。在莎氏笔下，巢塞诗中几个人物（亦即荷马诗中人物）的品格被大大地贬抑了。这种贬抑的趋向不自莎氏始。一五三二年版的巢塞诗集在卷末附有十五世纪苏格兰诗人 Robert Henryson 的一首诗 *The Testament of Cressid*，诗的内容是继续描写克莱西达以后的下场，说她在死前沦为乞丐和麻风患者。十六世纪时大家一直认为这首诗是巢塞作品之一部，且喜其申张了报应。莎士比亚读过巢塞是有极大可能的，不过我们要记得，这一恋爱故事早已以各种形态流行于世，例如戏剧、小说、诗、歌谣之类，到了莎士比亚的时候已形成为一家喻户晓的传统。一般观众，不必读过巢塞或 Henryson，就已熟知这个故事的梗概。潘达勒斯成为淫媒那一行业的代表，“人肉贩子”在十六世纪中叶之前就已经变成一个普通名词 pander。在英语里，“a woman of Cressid’s kind”（克莱西达那类的女人）即是娼妇的别名。所以莎士比亚执笔写此剧时，故事情节是已经固定了的，不容有太大的更动，他必须接受此一早已形成的传统。

关于战争部分，我们首先要注意的是，荷马的原文在十六世纪以前英国人是不大知晓的。莎士比亚可能利用过的是:

（一）李德盖特（Lydgate）的 *Troy Book*。李德盖特（约 1370—1449）是个僧人，写过许多诗，这部 *Troy Book* 是其最著名的几部之一，诗凡五卷，用十音节联句体（couplets），应亨利王子（即后之亨利五世）之请而写，开始于一四一二年，完成于一四二〇年，刊行于一五一三年，写的是有关脱爱的“伟大的故事”，根据的是 Guido di Colonna 之拉丁文的历史 *Historia Trajana*，这部诗首先传进了伊尼阿斯的曾孙布鲁特斯在英格兰殖民的传说。在第三卷里讲到脱爱勒斯与克莱西达的恋爱故事，而且对于巢塞表示了崇敬。莎士比亚使用的可能是一五五五年的再版本。

（二）卡克斯顿（Caxton）的 *Recuyell of the Historyes of Troye*。卡克斯顿（1422—1491）是英国的第一个印刷家，他的这一篇散文故事是译自 Raoul le Fèvre 的一部法文传奇 *Le Recueil des Histoires de Troyes*，翻译始自一四六九年，完成于一四七一年，于学习印刷术后即将此书付印，时约一四七五年左右。以后再版数次，一五九六年的修订版可能是莎士比亚所使用的。

卡克斯顿的故事比李德盖特诗流行较广，莎士比亚取材的来源主要的是卡克斯顿，但是在人物描写方面莎士比亚也显然受了李德盖特的影响。

（三）查普曼译的荷马。查普曼（1559—1634）在一五九八年发表了他译的《伊利阿德》，*Seven Bookes of the Iliades*（i，ii，vii-xi）与 *Achilles Shield*（xviii）共八卷，用的是十四音节押韵体，全部的《伊利阿德》是发表于一六一一年。莎士比亚很可能读过一五九八年刊的翻译。例如，有关泽赛替斯之描写，虽然简短，见于查普曼而不见于李德盖特与卡克斯顿。当然，也有可能莎士比亚读过拉丁文的荷马，甚而至于希腊文的原本。

四　几点批评

读过这部作品的人一定要问，这戏的主题是什么，作者的用意安在？作者没有义务回答这个问题，但是读者有权利提出这个问题。也可以说，作品本身已经包含了这问题的答案，读者需要自己去在作品里搜寻它。这答案不易搜寻，像谜一样的不易捉摸，所以这戏也就成为莎士比亚作品中最受批评讨论而又最难理解的几部之一。

有人说它是喜剧，因为结果脱爱勒斯和克莱西达都没有死；有人说它是悲剧，因为“第一对折本”把它编在悲剧部分里；有人说它是历史剧，因为它的人物和故事背景都是历史的；有人说它是讽刺剧，因为史诗上的光荣的事迹被写成琐屑的无聊的纠纷，崇高的爱情被写成为肉欲的荒唐，讽刺了荷马，讽刺了英雄美人，讽刺了战争。其实这些说法，全无交涉，这部作品，明明地放在那里，说它是属于哪一类型，无关宏旨，尤其是莎士比亚的写作根本上是在“浪漫的戏剧”传统的精神笼罩之下，对于“类型”（genre）并无尊重之意。

严格地讲，此剧在结构上是并不完美的，因为爱情与战争两大主题几乎占有同样重的分量，反而失去重心。作者原意想来是以爱情故事为主，但是战争的背景是太伟大了，太为大家所熟悉了，太富诱惑性了，以至于“下笔不能自休”，几乎演成了喧宾夺主的现象。此剧在舞台上不是顶成功的，也许这也是原因之一。施莱格尔（A.W.Schlegel）说：“《脱爱勒斯与克莱西达》乃是莎士比亚的唯一的未经上演即行付印的一部戏。他这一回好像是不顾舞台效果如何，硬是要满足他的特殊的想象以及某种方式之人物描写的要求。”是的，我们在这戏里所宜欣赏的不是故事的发展，而是人物描写之刻画入微。

因为布局失掉重心，所以此剧结尾特别乏力。Snider（*System of Shakespeare's Dramas*.1877）批评得好：“此剧之结尾好像是一艘在波浪里被撞碎了的漂亮的船；逐渐地碎裂，除了在怒海上漂浮着的碎片之外，什么也看不见了。此剧实实在在地是触了礁。”须知脱爱围城的故事，家喻户晓，这一对不幸的爱人的故事，也是家喻户晓；战事拖延十载，一直成为不了之局，爱情故事突然生变，结果也是不了之局。莎士比亚不能改动大家习惯接受的情节，所以结尾只得如此草草了事。

Coleridge、Schlegel、Ulrici、Knight 一派认为此剧乃是对于荷马之讥嘲的批判。诚如泽赛替斯所说，纷争的主题只是“战争与淫欲”。荷马所描写的英雄事迹，变成了愚蠢荒谬的行径。不过我们知道，莎士比亚取材来源不是荷马史诗，而是后人的转述。批判荷马之说似嫌过重。荷马的作品是将现实加以理想化，以成其史诗之伟大；莎士比亚是求深入，以探讨人性之深邃。时代不同，观点自异。T. Spencer 在他的 *Shakespeare and the Nature of Man* 第 121 页里说:“此剧以新的方式描写了人应如何如何与人实际如何如何之分别。人应该是有秩序的宇宙之有秩序的状态中的一部分；他应该按照理性而行动，不是按照热情来行动。”理想与事实的对立，也可以就说是讽刺，不过讽刺的不是荷马，不是古代浪漫故事，讽刺的是人生。

脱爱勒斯和罗密欧不同，罗密欧是典型的浪漫情人，他的抒情的谈吐把他的爱人比拟成为天仙一般，脱爱勒斯则比较着重在色情一方面。克莱西达更是莎士比亚笔下的女性中之最卑鄙者。莎士比亚在这戏里表达了一种阴暗而悲观的气氛。

剧中人物

普莱阿姆（Priam），脱爱王。

赫克特（Hector）
脱爱勒斯（Troilus）
巴黎斯（Paris）
地伊孚勃斯（Deiphobus）
亥兰诺斯（Helenus）
——王之子。

马加来龙（Margarelon），王之私生子。

伊尼阿斯（Aeneas）
安替诺尔（Antenor）
——脱爱将领。

喀尔克斯（Calchas），投效希腊之脱爱教士。

潘达勒斯（Pandarus），克莱西达之叔父。

亚加曼农（Agamemnon），希腊统帅。

麦耐雷阿斯（Menelaus），亚加曼农之弟。

阿奇利斯（Achilles）
哀杰克斯（Ajax）
优利赛斯（Ulyses）
奈斯特（Nestor）
戴奥密地斯（Diomedes）
帕楚克勒斯（Patroclus）
——希腊大将。

泽赛替斯（Thersites），一残废而好骂人的希腊人。

亚力山大（Alexander），克莱西达之仆。

脱爱勒斯之仆。

巴黎斯之仆。

戴奥密地斯之仆。

海伦（Helen），麦耐雷阿斯之妻。

恩德劳玛奇（Andromache），赫克特之妻。

卡珊德拉（Cassandra），普莱阿姆之女；女预言家。

克莱西达（Cressida），喀尔克斯之女。

脱爱与希腊士兵等，侍从等。

地点

脱爱及脱爱城前之希腊营地。

开场白

这出戏的背景是在脱爱。希腊群岛的一群高傲的君王，心情激动，派遣他们的船只到雅典港口，满载着准备厮杀的将士和从事战争的军火；六十九位戴着王家冠饰的武士，从雅典湾向着佛里基亚驶去；他们发誓要劫掠脱爱，因为麦耐雷阿斯的王后，被奸污了的海伦，正在那坚强的堡垒里和淫荡的巴黎斯同床共卧；这就是争端的所在。他们来到了田尼多斯[1]，艨艟巨舰卸下了英勇的战士；希腊的新锐部队就在达尔旦[2]平原建立起他们的漂亮的帐篷；普莱阿姆的城有六个门，达尔旦、丁伯利亚、伊利阿斯、墓塔斯、脱落真和安台诺利地斯，都有粗大的铁箍和相当紧凑的铁栓，把脱爱的子弟关在里面。现在脱爱人和希腊人双方都心惊胆战，不知胜负终将谁属。我这个念开场白的人，如今全副武装地站在此地，并不是自恃作者的生花妙笔或演员的清越的喉声，胆敢向观众挑战，这样的打扮只是合于剧情而已，我来是要告诉诸位，诸位观众，我们这出戏不是从战争开始时演起，而是从中间演起；

从那个地方开始，
直到一出戏所能容纳为止。
赞赏或挑剔，悉听尊便：
好与坏，恰似战争胜负难测一般。

第 一 幕

第一景：脱爱。普莱阿姆宫前

脱爱勒斯全身披挂，与潘达勒斯上。

脱爱勒斯　把我的仆人喊来，我要解下盔甲。我这里发生这样凶恶的激战，为什么还要到脱爱城外去作战呢？每一个能控制自己内心的脱爱人，让他到战场上去吧！脱爱勒斯，哎呀！已经没有心了。

潘达勒斯　这桩事就无法补救了吗？

脱爱勒斯　希腊人是很强壮，强壮而还灵巧，灵巧而还热烈，热烈而还勇敢。但是我比女人的眼泪还要柔弱，比睡眠还要驯顺，比无知还要愚蠢，比在夜间的处女还要胆小，比不懂事的婴孩还要笨拙。

潘达勒斯　唉，关于此事我对你已无话可说了：我不能再进一步去干预。要拿面粉做饼吃，必须等着磨麦子。

脱爱勒斯　我不是等着了吗?

潘达勒斯　是，磨麦子。但是你还要等着过筛。

脱爱勒斯　我不是等着了吗?

潘达勒斯　是，过筛。但是你还要等着发酵。

脱爱勒斯　我也等过了。

潘达勒斯　是的，等过发酵了，但是以后还要再等着揉面、做饼、烧炉、烘烤。这还不行，还要等着冷却，否则会烫了你的嘴唇。

脱爱勒斯　耐心的女神，在艰难困苦的处境里，也不比我的耐心大。我在普莱阿姆的御膳桌上进餐。美丽的克莱西达一进入我的念中——呸，骗人的东西！“她进入念中！”——她什么时候离开过?

潘达勒斯　哼，她昨天晚上比我以前所见的愈发漂亮，也比任何别的女人漂亮。

脱爱勒斯　我正要告诉你:我的心里好像是塞着一口气叹不出来，要裂为两半，生怕被赫克特或我的父亲发觉，这时节我就——好像太阳在阴霾中出现一般[3]——作出微笑之状掩饰我的愁心。

但是愁苦而强作欢颜，

正如乐极生悲一般。

潘达勒斯　如果她的头发不是比海伦的黑一点——唉，不必提了——这两个女人简直没有什么可比较的了。但是，以我的立场来说，她是我的侄女，所以我不便称赞她。不过我愿意有人像我一般听到她昨天讲的话：我不否认令妹卡珊德拉有预言的本领，但是——

脱爱勒斯　啊，潘达勒斯！我和你说，潘达勒斯——我若是告诉你，我的希望沉没在那里了，你不必回答我说那希望究竟沉没了有多少英寻深。我告诉你，我爱克莱西达爱得发狂，而你却说她是美——把她的眼睛、她的头发、她的脸庞、她的脚步、她的声音，倾注到我的心的伤口里。你总是口口声声地说，啊！她的那只手，一切白的东西和它比起来都变成自惭形秽的黑墨水，握上去柔若无骨，天鹅绒都显着粗糙，最敏感的东西都像农夫手掌一般硬——我一说我爱她，你就对我说这些话，话也不能算错，但是，你这样说，你不是在我的爱情的创伤上涂抹油膏，你是用刀再去戳刺我的创伤。

潘达勒斯　我说的只是实话。

脱爱勒斯　你说得还不够充分。

潘达勒斯　老实话，我以后不愿再过问了。她是什么样，就让她是什么样——如果她是美，那最好不过；如果她不美，她自会设法补救[4]。

脱爱勒斯　好潘达勒斯，你这是怎么啦，潘达勒斯！

潘达勒斯　我已经费了很大的力气；她怪我，你也怪我。在你们之间跑来跑去，一点也不讨好。

脱爱勒斯　怎么！你生气了，潘达勒斯？怎么，和我生气？

潘达勒斯　因为她是我的一家人，所以她不是和海伦一样地美；如果她不是我的一家人，她在星期五就会和海伦在星期日一样地美[5]。但是这与我何干？她纵然是一个黑摩尔人，我也不在乎，对我是一样的。

脱爱勒斯　我说她不美了吗?

潘达勒斯　你说了也好，没说也好，与我无关。她留在这里，没跟她的父亲去，实在是个傻瓜。让她也到希腊人那边去吧，我下次见到她我就这样对她说。以我来说，我再也不干预这件事了。

脱爱勒斯　潘达勒斯——

潘达勒斯　我不。

脱爱勒斯　亲爱的潘达勒斯——

潘达勒斯　请你不要再和我说了！我也不再多管闲事了，到此为止。〔潘达勒斯下。喇叭声〕

脱爱勒斯　住声，你们这些刺耳的嚣声！住声，粗野的乐声！双方都是糊涂人！海伦当然是美，你们这样地天天用鲜血饰染她。我不能为了这个缘故而去作战，这题目太贫乏，不能让我拔剑而斗。但是潘达勒斯——啊，神哟！怎么这样地戏弄我。除了靠潘达之外，我无法和克莱西达一通款曲。她固然冷若冰霜，拒人求爱，而他也够乖戾的，很难央他去求情。告诉我，阿波罗，为了你对达芙妮的爱情[6]，克莱西达是什么，潘达是什么，我又是什么？她的床便是印度，她在那里躺着，一颗明珠，在我们的伊利阿姆宫和她居住的地方，其间可以说是隔着一片汹涌的大海，我自己是贸易商，这个漂荡的潘达便是我的提心吊胆的一只商船。

号角鸣。伊尼阿斯上。

伊尼阿斯　怎么样，脱爱勒斯王子！为什么没上战场？

脱爱勒斯　因为没到那里去——这个娘娘腔的回答倒是很合适，因为不到那里去正是缺乏丈夫气。伊尼阿斯，今天战场上有什么消息？

伊尼阿斯　巴黎斯回来了，并且负伤了。

脱爱勒斯　被谁伤了，伊尼阿斯？

伊尼阿斯　脱爱勒斯，被麦耐雷阿斯伤了。

脱爱勒斯　让巴黎斯流血吧，结个小小的疤；
巴黎斯被麦耐雷阿斯的角给撞啦[7]。〔号角声〕

伊尼阿斯　听，今天城外演着什么好戏！

脱爱勒斯　如果可以，最好是躲在家里。
但是去看看热闹——你要去那里？

伊尼阿斯　急得很。

脱爱勒斯　来，那么我们一道去。〔同下〕

第二景：同上。一街道

克莱西达与亚力山大上。

克莱西达　走过去的是谁？

亚力山大　海鸠巴王后和海伦。

克莱西达　她们到哪里去?

亚力山大　上东门楼上去观战，那里高高的可以俯览整个山谷。赫克特素来稳健持重，今天可动火了。他骂了恩德劳玛奇，打了给他穿盔甲的人。好像是战争也要讲究节约，太阳尚未出来他就披起轻甲到战场去，战场上每一朵花都溅了泪，好像是预言者一般，看出赫克特勃然一怒将要产生什么后果。

克莱西达　他为什么发怒?

亚力山大　据传说，是这样的：在希腊队伍里有一位脱爱血统的将官，是赫克特的外甥[8]，他们唤他作哀杰克斯。

克莱西达　好，他怎么样呢?

亚力山大　他们说他是个很杰出的人，能站得住。

克莱西达　所有的人都是这样，除非他们是喝醉了酒、生病，或是没有腿。

亚力山大　这个人，小姐，他从许多野兽夺来各种的特点：他是像狮子一般地勇敢，像熊一般地粗鲁，像象一般地迟缓。老天爷赋给了他一副古怪脾气，以至于他的勇敢变成了荒唐，荒唐中间又羼着一点理性。没有一个人的优点他不具有一点点，也没有一个人的缺点他不具有一点点。他会无缘无故地忧郁，也会不近情理地高兴；他具有一切的灵巧，但一切又都乱七八糟，活像是患痛风的布赖哀利阿斯，有许多只手而没有用；或是瞎了眼的阿格斯，浑身是眼而什么也看不见[9]。

克莱西达　这个使我发笑的人怎么会使赫克特发怒呢?

亚力山大　据说他昨天在战争中遭遇了赫克特，把他打倒了，这场耻辱使得赫克特吃不下饭睡不着觉。

克莱西达　谁来了?

潘达勒斯上。

亚力山大　小姐，是你的叔父潘达勒斯。

克莱西达　赫克特是个英勇的人。

亚力山大　在这世上可以算是英勇的人了，小姐。

潘达勒斯　说什么?说什么?

克莱西达　您早晨好，潘达勒斯叔叔。

潘达勒斯　你早晨好，克莱西达侄女。你们谈的是什么?你早晨好，亚力山大。你近来好吗，侄女?你什么时候在伊利阿姆宫?

克莱西达　今天早晨，叔叔。

潘达勒斯　我来的时候你们在谈什么?你们来到伊利阿姆宫之前，赫克特是不是已经披挂出去了?海伦还没有起来，是不是?

克莱西达　赫克特已经出去了，但是海伦还没有起来。

潘达勒斯　原来如此，赫克特起来得很早。

克莱西达　我们谈的就是这件事，还谈到他的发怒。

潘达勒斯　他发怒了吗?

克莱西达　他方才这样说。

潘达勒斯　不错，他是发怒了，我还知道他发怒的缘由:他今天要狠狠地厮杀了，我可以这样告诉他们。还有脱爱勒斯，武艺也不比他差多少。让他们小心脱爱勒斯吧，我也可以这样对他们说。

克莱西达　怎么！他也生气了？

潘达勒斯　谁？脱爱勒斯？两个人当中，脱爱勒斯是比较好的一个。

克莱西达　啊，朱匹得！不能相提并论。

潘达勒斯　怎么！脱爱勒斯与赫克特是不能比较的吗？一位英雄，你一眼就能看得出来吗？

克莱西达　能，如果我以前看见过他并且认识他。

潘达勒斯　那么，我可以说脱爱勒斯就是脱爱勒斯。

克莱西达　那么你说的和我一样，因为我确知他不是赫克特。

潘达勒斯　不是，可是赫克特也大大地不是脱爱勒斯。

克莱西达　这话说得对，两个人都很公道，他就是他自己。

潘达勒斯　他自己！哎呀，可怜的脱爱勒斯，我但愿他是他自己。

克莱西达　他当然是啦。

潘达勒斯　如果他是他自己，我可以光着脚走到印度去。

克莱西达　他不是赫克特。

潘达勒斯　他自己！不，他不是他自己。我但愿他是他自己。好啦，天神在上，时间一定会帮忙，或到时候自然结束。好啦，脱爱勒斯，好啦，我愿我的情感是在她的躯体里。

不，赫克特不比脱爱勒斯更好。

克莱西达　请原谅。

潘达勒斯　他年纪比较大。

克莱西达　请原谅，请原谅。

潘达勒斯　另外那一位还没有到他那样的年龄，他达到那年龄的时候，你的看法就不同了。赫克特这样年纪还没有他的那一份聪明哩。

克莱西达　他有他自己的聪明，不需要他的那份聪明。

潘达勒斯　也没有他的那一套本领。

克莱西达　没关系。

潘达勒斯　也没有他的美貌。

克莱西达　美貌是和他不称的，他自己的相貌反倒好些。

潘达勒斯　你没有判断力，侄女。有一天海伦也说过，脱爱勒斯，虽然脸黑——是黑，我必须承认——也不算太黑——

克莱西达　不，但是有点黑。

潘达勒斯　老实讲，说真的，是黑可也不算黑。

克莱西达　说真的，是真的可也不算是真的。

潘达勒斯　她说他的肤色比巴黎斯的好些。

克莱西达　噫，巴黎斯脸上有够多的血色。

潘达勒斯　他的血色是很足。

克莱西达　那么脱爱勒斯的血色就太多了。如果她格外地推崇他，他的肤色一定比他的更鲜艳。他的血色够足了，而他的更鲜艳，这对于一个好的肤色是太过火的夸奖了。我看海伦大可以用她的金口玉言赞美脱爱勒斯有一只红鼻子。

潘达勒斯　我发誓对你说，我以为海伦爱他胜过巴黎斯。

克莱西达　那么她真是个轻佻的希腊人。

潘达勒斯　不，我确知她是这样爱他。前两天她去看他，走到半圆的窗前，你知道，他的下巴上也不过有三四根胡子——

克莱西达　真是的，一个酒保也会很快地计算出一个总数来[10]。

潘达勒斯　唉，他还年轻；但是他的哥哥赫克特能举重多少他也能举重多少，所差不出三磅。

克莱西达　他是这样年轻的一个人，又是这样老练的扒手[11]？

潘达勒斯　我只是向你证明，海伦爱他。她来啦，把她的小白手放在他的裂开的下巴上——

克莱西达　天哪！怎么会裂开了？

潘达勒斯　噫，你知道，上面有个酒窝。我认为他笑起来比全部佛里基亚任何人都好看。

克莱西达　啊！他笑得好。

潘达勒斯　他不是吗？

克莱西达　啊！是的，像是一朵秋云。

潘达勒斯　哼，那就不必再说下去了。不过我要向你证明，海伦爱脱爱勒斯——

克莱西达　如果你要证明是这样，脱爱勒斯一定也不会躲避你的考验。

潘达勒斯　脱爱勒斯！噫，他对她并不比我对一只坏蛋更重视些。

克莱西达　如果您喜欢坏蛋就和您喜欢扯淡一样，您会钻到鸡蛋壳里去吃鸡。

潘达勒斯　我忍不住要笑，想想她摸他下巴的样子。真的，她的那只手白得出奇，我必须承认——

克莱西达　不用等着上刑。

潘达勒斯　她想要在他的下巴上发现一根白胡子。

克莱西达　哎呀！可怜的下巴！许多肉瘤都比你有更多的毛。

潘达勒斯　但是大家都笑得厉害，王后海鸠巴笑得两眼直流泪。

克莱西达　还迸出了石头块[12]。

潘达勒斯　卡珊德拉也笑了。

克莱西达　她的眼窝底下的火烧得不太旺，她的眼水也溢出来了吗?

潘达勒斯　赫克特也笑了。

克莱西达　他们笑的是什么?

潘达勒斯　唉，笑的是海伦在脱爱勒斯的下巴上找到的一根白胡须。

克莱西达　如果是一根绿胡须，我也会笑的。

潘达勒斯　他们那样大笑，倒不是为了那根胡须，而是为了他的俏皮的答话。

克莱西达　他怎样答的?

潘达勒斯　她说:“你的下巴只有五十一根胡须，其中之一是白的。”

克莱西达　这是她提出来的问题。

潘达勒斯　那是不错的，不必怀疑。“五十一根胡须，”他说，“一根白的，那白胡须是我的父亲，其余全是他的儿子[13]。” “天呀！”她说，“哪一根胡须是我的丈夫巴黎斯？”“分叉的那一根[14]，”他说，“拔出来，送给他。”

大家笑得好厉害，海伦脸也红了，巴黎斯大生气，其余的人都笑不可仰，真是热闹非凡[15]。

克莱西达　这故事也讲得好久了，现在不说它了。

潘达勒斯　好了，侄女，我昨天告诉你一件事，你想想看。

克莱西达　我是在想。

潘达勒斯　我可以发誓那是真的，他哭起来像是四月里出生的人。

克莱西达　我就在他的泪水浸润中茁长起来，像是五月前的荨麻。〔收兵号响〕

潘达勒斯　听！他们从战场归来了。我们就站在这里望着他们走回伊利阿姆，好不好？好侄女，站在这里望，好侄女，克莱西达。

克莱西达　听您的吩咐。

潘达勒斯　这里，这里。这是最好的地点，在这里我们可以看得最清楚。等他们走过，我可以把他们的名字都告诉你，你尤其要注意脱爱勒斯。

克莱西达　别这样大声地说话。〔伊尼阿斯在舞台上走过〕

潘达勒斯　那是伊尼阿斯，他不是一个英勇的人吗？他是脱爱的杰出的人才之一，我可以说。但是注意看脱爱勒斯，你立刻就会看到他。〔安替诺尔走过〕

克莱西达　那是谁？

潘达勒斯　那是安替诺尔，他有机智，我可以告诉你。他也是个好人。脱爱最有见识的几个人，不管他们是谁，他总是其中之一，而且也是一个很漂亮的人。脱爱勒斯还不来？我就要把脱爱勒斯指给你看，如果他看到我，你就会看见他向我点头。

克莱西达　他会向你点头吗?

潘达勒斯　你就可以看到。

克莱西达　如果他真向你点头，你这傻瓜将要成为一个更大的傻瓜[16]。〔赫克特走过〕

潘达勒斯　那是赫克特，那个，那个，你看哪，那个。真是一条好汉！了不起，赫克特。那是个英勇的人，侄女。啊，英勇的赫克特！看他的那份神气！好漂亮！他不是个英勇的人吗?

克莱西达　啊！一个英勇的人。

潘达勒斯　还怕不是?看上去真令人心里舒服。你看他的盔上有多少刀痕！往那边看，看见了吧?你往那边看了吗?不是讲笑话。那是真刀实砍，不是闹着玩的[17]，上面有刀痕！

克莱西达　那是些刀剑的伤痕吗?

潘达勒斯　刀剑?任何东西，他都不介意，即使是恶魔来对付他，那也是一样。凭上帝的眼皮发誓，看着他真令人心里舒服。巴黎斯从那边来了，巴黎斯从那边来了。〔巴黎斯走过〕

你向那边看，侄女。那不也是一个漂亮的人吗?噫，这是一个英勇的人。谁说他今天受伤回来了?他没有受伤。噫，这将使海伦心里高兴了，哈！我愿现在就能看到脱爱勒斯！你立刻就可以看到脱爱勒斯。

克莱西达　那是谁?〔亥兰诺斯走过〕

潘达勒斯　那是亥兰诺斯。我真诧异脱爱勒斯不知在哪里。那是亥兰诺斯。我想他今天没有出去。那是亥兰诺斯。

克莱西达　亥兰诺斯会打仗吗，叔叔？

潘达勒斯　亥兰诺斯？不，是，他打得也还不坏。我真诧异脱爱勒斯不知在哪里。听！你没听见人喊“脱爱勒斯”？亥兰诺斯是个祭司。

克莱西达　那边来的那个鬼鬼祟祟的家伙是谁？〔脱爱勒斯走过〕

潘达勒斯　哪里？那边？那是地伊孚勃斯。是脱爱勒斯！是一位英勇好汉，侄女！哼！英勇的脱爱勒斯！武士之王！

克莱西达　住声！好难为情，住声！

潘达勒斯　注意他。细看他。啊英勇的脱爱勒斯！仔细地看看他，侄女，注意看他的剑上沾着血，他的盔比赫克特有更多的刀痕。他的样子多庄严，走起来多威武！啊可钦羡的青年！他还不到二十三岁哩。了不起，脱爱勒斯，了不起！如果我有一个妹妹是女神，或是一个女儿是仙子，我愿任他选了去。啊可钦羡的人！巴黎斯？和他一比，巴黎斯是泥土。我敢说，海伦若是能换了他做丈夫，情愿再奉送一只眼睛。

克莱西达　有更多的人过来了。〔士兵等走过〕

潘达勒斯　蠢驴、傻瓜、笨蛋！麸皮与糠屑，麸皮与糠屑！鱼肉之后的薄粥！我可以陪伴着脱爱勒斯度过我这一生[18]。不要看了，不要看了。鹰隼已经过去。乌鸦和穴鸟，乌鸦和穴鸟！我宁愿做脱爱勒斯这样的一个男子汉，也不愿做亚加曼农和所有的希腊人。

克莱西达　希腊人当中有一个阿奇利斯，比脱爱勒斯还要强些。

潘达勒斯　阿奇利斯！一个赶大车的，一个搬行李的，简直就是一只骆驼。

克莱西达　好，好。

潘达勒斯　“好，好？”噫，你分不出好坏？你有没有眼睛？你知道怎样才算是一个男子汉吗？难道出身、相貌、堂堂的仪表、谈吐、勇敢、学问、礼貌、品行、青春、慷慨，等等，不是给一个男子汉做作料的食盐香料吗？

克莱西达　是的，是个什锦馅的男子汉[19]，然后不用加枣子就可以放在炉里烘了，那时节这男子汉也就不中用了[20]。

潘达勒斯　你怎么是这样的一个女人！你不知道你采取的是什么姿态。

克莱西达　仰天而卧，保护我的肚皮；靠我的机智，保护我的计谋；用我的秘密，保护我的贞操；用我的面具，保护我的美貌；靠您，保护我这一切。我采取这一切姿态，并且加以一千个小心。

潘达勒斯　说说你的一种小心。

克莱西达　不，我要对您小心，而且那是最主要的应加小心的事。如果我不能抵抗我所不愿受的那一击，我就要防止您来告发我是如何接受了那一击。除非是肚皮凸起无法掩饰，那时节也就不必再加小心了。

潘达勒斯　你好坏！

脱爱勒斯的小童上。

小童　先生，我的主人想要立刻和您谈谈。

潘达勒斯　在哪里？

小童　在您自己家里。他在那里脱卸他的盔甲呢。

潘达勒斯　好孩子，告诉他我就来。〔童下〕我恐怕他是受伤了。再会，好侄女。

克莱西达　再会，叔叔。

潘达勒斯　我等一下就来找你，侄女。

克莱西达　找我的麻烦[21]，叔叔？

潘达勒斯　对了，给你带来脱爱勒斯的定情礼物。

克莱西达　而且你也就成为一个淫媒了。〔潘达勒斯下〕
誓言、礼物、眼泪、爱情的全部祭礼，
他都托了人向我呈递。
我在脱爱勒斯本身发现的优点，
千倍于潘达的阿谀的渲染。
但我还要推托。女人被追求时是天仙，
东西到手就算完，妙处在追求中间。
恋爱中的女人必须懂得这点道理，
男人最宝贵的乃是他未得到的东西。
从来没有过一个女人肯同意，
恋爱成功和追求期间一般甜蜜。
所以我可以讲一句恋爱的箴言：
成功后，听他摆布；追求期，他情意缠绵。
虽然我心里愿意和他相爱，
我的眼睛不可把秘密泄露出来。〔同下〕

第三景：希腊营地。亚加曼农帐篷前

喇叭鸣。亚加曼农、奈斯特、优利赛斯、麦耐雷阿斯及其他上。

亚加曼农　诸位王公，是什么样的悲愁使得你们脸上如此枯槁？尘间一切计划希望得到成功，难得获致预期的效果。大规模的行动遭受了挫折灾难，好像是树上的瘿瘤，由于浆液的壅积，戕害了健全的松树，使得它的纹路歪曲，失却正常生长的姿态。诸位王公，我们围攻脱爱七年，尚未把它攻下，远不如我们的预料，这是大家都知道的事。每次进攻我们都有记载，都是发生偏差，不能达到目的，不能实现心中拟好的计划。那么，诸位王公，你们是不是看了我们这样的战绩而面带羞愧，认为是耻辱呢？其实那不过是天神周甫的长期考验，看看世人有没有坚毅的恒心。人在处顺境的时候是不容易发现此种美德的，在那时节，勇敢的与怯懦的，聪明的与糊涂的，有学问的与没知识的，强硬的与柔弱的，好像是没有分别。但是，在噩运的狂风暴雨之中，便要分别得清清楚楚，好像是用一把宽大的扇子对着它们一扇，轻飘的便要被扇掉；有分量有内容的便会挺立不动，因为纯洁而无杂质。

奈斯特　对于你的无上的权威我有充分的敬意，伟大的亚加曼农，我想把你最后的几句话引申一下。在命运的打击之下，才显得出人的真本领。海面平静的时候，多少轻舟小艇都敢在宁静的海面行驶，和较大的舰只齐头并进！但是一旦北风怒吼，海面涌起波涛，那构造坚固的大船就像天马行空一般，冲进如山的巨浪，排开水雾向前疾驶。方才那不自量力和巨舰争衡的脆弱小艇哪里去了？不是逃入港湾，便是被海龙王给吞噬了。在命运的风暴当中，貌似勇敢的和真正勇敢的也同样地可以分辨出来。在命运的光芒照耀之下，牛羊群怕的不是猛虎，而是蝇虻。但是在狂风吹得多瘤的橡树屈膝、蝇虻逃到荫蔽处躲避的时候，勇猛的东西受了风暴的感应，也要大发威风，用一声狂啸来抗拒愤怒的命运之神。

优利赛斯　亚加曼农，伟大的统帅，希腊的筋骨，我们全体的心脏、灵魂与唯一的精神之所寄，在你身上可以找到我们全体的性格与心理，请听优利赛斯说几句话。对于二位所发表的意见，（向亚加曼农）你是有崇高的地位和深远的影响力的；（向奈斯特）您是年高有德的，我只有赞扬和拥护。亚加曼农说的话应该在铜牌上高高挂起。头发上羼有银丝的奈斯特说的话应该像是擎天柱一样地坚牢，一开口便以他的经验之谈紧紧地抓住希腊人的耳朵，但是你们二位，您伟大，您聪明，请听听优利赛斯要说的话。

亚加曼农　你说吧，伊色佳的国王。我们料得到下流的泽赛替斯一开恶口便不会有好听的话，可是我们相信你不会出我们意料之外，说出空洞无聊的话来的[22]。

优利赛斯　若不是为了下述的理由，屹立不动的脱爱会早已被我们攻下了，伟大的赫克特的手里的宝剑会早已失去了主人。我们忽视了森严的军纪。看，这平原之上有多少希腊的帐篷，就有多少虚伪的派系。如果主将不像蜂房一般，采集食物的工蜂不把所得奉献过去，那么还能酿出什么蜂蜜来呢？阶级不明，最低级的人也公然放肆横行。各层的天、星辰，以及这个地球，都有条不紊地谨守阶级、顺序、地位、规律、轨迹、比称、季节、形式、任务与习惯。所以灿烂的太阳，在众星环拱之下，高踞辉煌的宝座，他的和煦宜人的目光能纠正凶恶星煞的邪照，像是国王的谕旨一般通行无阻地巡视一切的吉星凶煞。但是一旦星辰逸出常轨陷入混乱，多么可怕的疫疠、灾象、叛变、海啸、地震、风暴、惊骇、变异、恐怖，将要破坏毁灭这宇宙间的和谐平静，不得安宁！啊！秩序是一切伟大计划的阶梯，秩序若是动摇，这事业的前途也就黯淡了。若是没有秩序，一切社会团体、学校的学位、城市的组织、四海的贸易、长子的继承权，以及高龄、王冠、权杖、桂冠的特权，将如何立于合法地位呢？秩序一旦废除，琴弦一经松懈，听吧！跟着就是噪杂的声音。每件事物都要发生抵触：河道中的水流将要溢出堤岸，把整个的坚硬的大地泡成软浆；强者欺凌弱者，粗野的儿子打死他的父亲；强权即是公理。也可以说，是非原是由公理裁决的，此后将无是非可言，亦无公理可言。那时节一切都包括在强权里，强权包括在意志里，意志包括在欲望里。而欲望这东西乃是一只腐蚀一切的饿狼，由意志与强权双双支持，一定要到处寻觅食物，最后吃掉自己。伟大的亚加曼农，这混沌的状态是紧随着秩序破坏而发生的。由于这秩序之破坏，我们尽管存心往上爬，结果是向下一步步地退。将领被下级所轻蔑，他又被更下级所轻蔑，他又被再下级所轻蔑。于是每一阶级有个嫉视上司的人做榜样，变成为无情的妒恨的热狂。就是这种热狂使得脱爱屹立不动，不是靠它自身的筋骨。归根一句话，脱爱是靠我们的弱点而生存，不是靠它自己的力量。

奈斯特　优利赛斯很睿智地揭发了使我们军心不振的病根。

亚加曼农　病根发现了，优利赛斯，如何救治呢？

优利赛斯　伟大的阿奇利斯，大家公认为我军的主干，他耳里充满了赞誉，变得骄矜自负，高卧在他的帐篷里讥笑我们的战略。帕楚克勒斯也陪着整天懒洋洋地躺在床上说些粗野的笑话，并且用滑稽笨拙的姿态表演我们，这个公然侮辱的人，他说这是模仿我们。有时候，伟大的亚加曼农，他扮演你的大将的威严，像是一个昂首阔步的演员一般，他的头脑表现在腿筋上面，大踏步地走在台上，听着蹬蹬作响引以为乐——他就用这种可怜的过火的样子扮演你的凛凛的威风——他说话的时候，好像是在修理套钟，说些荒谬的话，纵然是从怒吼的泰风[23]口里吐出来的，也嫌过于夸张。魁梧的阿奇利斯在他的压瘪了的床上滚着，听了他的这些陈腐的话，从他的胸腔深处发出高声赞美的大笑。他喊叫:“好极了！这简直就是亚加曼农。现在给我演奈斯特。哼一声，摸摸你的胡须，就像是他准备演说那样。”于是就那样做了——演得毫无相似之处，如同乌尔坎和他的妻一般[24]——但是好阿奇利斯还是大喊:“好极了！简直就是奈斯特。帕楚克勒斯，现在你给我表演他披挂盔甲奉命夜间出战的样子。”于是，老实说，老态龙钟的样子又成为逗笑的场面了。咳嗽、吐痰、颤颤巍巍地摸摸索索地系上了颈甲，哆哆嗦嗦地穿进穿出那颗铰钉。我们的英勇的将军看了笑得要死，大叫:“啊！够了，帕楚克勒斯，否则你需要给我钢铁的肋骨，我要笑断肋骨了。”就这个样子，所有的我们的本领、才干、性格、形体、特殊的与一般的优点、征讨、计谋、准备、防御措施、上阵时的兴奋、休战的致词、胜利或失败、真实的或虚构的，全成了这两个人取笑的资料。

奈斯特　这两个人，优利赛斯方才说，深受大家的赞美，很多人受了感染，也模仿他们的榜样了。哀杰克斯变得很固执，扬着脑袋目空一切，和傲慢的阿奇利斯一模一样，和他一样地躲在帐篷里，成群结帮地饮宴作乐，指责我们的战况，像神谕似的大言不惭，唆使泽赛替斯——那个张嘴骂人的奴才——把我们比作泥土，打击我们、诽谤我们，也不管我们处境是如何危险。

优利赛斯　他们批评我们的计谋，认为那是怯懦，以为战争里无须智慧，人家有先见之明便加以阻梗，只知道实际行动是可贵的，至于运筹帷幄的工作，在适宜的时候应调遣多少人马出战，如何利用侦察以探听敌人的虚实——噫，全都不值得一提。他们认为这是纸上谈兵，所以，摧毁城墙的撞墙车，因为它有重量有冲劲，他们便认为比制造撞墙车的人为更可贵，比靠灵巧的心思指挥用它的人也更可贵。

奈斯特　如果这道理可以成立的话，那么阿奇利斯的马抵得过好多的阿奇利斯[25]。〔奏花腔〕

亚加曼农　是什么喇叭声？看看去，麦耐雷阿斯。

麦耐雷阿斯　从脱爱那边来的。

伊尼阿斯上。

亚加曼农　你到我的帐前来做什么？

伊尼阿斯　请问这是伟大的亚加曼农的帐篷吗？

亚加曼农　正是。

伊尼阿斯　本人是使者，也是一个君王，可否送一个好消息给他听？

亚加曼农　当着这些一致拥护亚加曼农为统帅的希腊众将官的面，我可以给你一个比阿奇利斯的胳膊更坚强的保证，你可以说。

伊尼阿斯　真是善意的允许，宽大的保证。可是一个生人怎么在这些人中间辨出他的尊严的面貌呢？

亚加曼农　怎么！

伊尼阿斯　是的。我这样问，为的是我好肃然起敬，好在脸上泛起一层红晕，像黎明冷眼偷看晨曦时那样地娇羞。哪一位是引导众生的主宰？哪一位是至尊至高的亚加曼农？

亚加曼农　这个脱爱人是在讥嘲我，或者脱爱人都是喜欢繁文缛节的朝臣。

伊尼阿斯　朝臣是很高雅的，温和有礼如天使。在和平时是如此，但是他们变成武士的时候，他们有脾气，有膂力，有坚强的筋骨，有锋利的刀剑，而且，如果天神同意的话，他们的勇敢是举世无双的。但是别说了，伊尼阿斯！别说了，脱爱人！
把你的手指放在嘴唇上吧！
如果赞美自己的话由自己来说，
那赞美的价值就要失去很多，
但是被敌人称道才真有体面，
那是真正的纯粹的最高的礼赞。

亚加曼农　脱爱来的这位先生，你自称是伊尼阿斯吗？

伊尼阿斯　是的，希腊人，那就是我的名字。

亚加曼农　请问你有什么事？

伊尼阿斯　请您原谅，我只能对亚加曼农说。

亚加曼农　他不能私下听取脱爱方面来的消息。

伊尼阿斯　我从脱爱来也无意对他窃窃私语，我带着一只喇叭来震醒他的耳朵，要他注意倾听，然后我再说话。

亚加曼农　像风一样地自由发言吧，现在不是亚加曼农睡眠的时候，你要晓得，脱爱人，他是在醒着，是他亲口告诉你的。

伊尼阿斯　喇叭，大声地吹吧，把你的铿锵的声音送进这些懒洋洋的帐篷，让每一个有胆量的希腊人知道，脱爱的一番善意是要高声宣布出去的。〔喇叭声〕伟大的亚加曼农，我们脱爱这里有一位王子名叫赫克特——普莱阿姆是他的父亲——他在漫长无聊的休战期间觉得筋骨都要生锈，他派我携带一只喇叭，向你们宣告：诸位国王、王子、贵族！如果在这些最英勇的希腊武士当中有人认为荣誉重于安逸，宁追求赞美而不怕危险，自恃武勇而无所恐惧，爱他的情人过于他所供认，不仅当着她的面信口海誓山盟，在别人面前也敢公然宣称她有无比的美貌与美德——这挑战是对他而发的。

赫克特愿在脱爱人和希腊人的面前证明，或尽力去证明，他有一个女人，比希腊人所曾拥抱过的要更为聪明，更为美丽，更为忠实。他愿明天在你们的帐篷和脱爱城墙之间的地方吹起喇叭喊叫一位忠于爱情的希腊人来，如果有人出来，赫克特要向他领教，如果没有人出来，他回到脱爱的时候就要说，希腊的女人都是些乡下姑娘[26]，不值得动矛动枪。这就是我要说的话。

亚加曼农　伊尼阿斯殿下，这一番话我要通知我们的一般情人们。如果没有这种人，那一定是他们都在国内没有出来。但是我们是军人；

军人若是不想、不曾、不正在闹恋爱，
他不是一个懦夫才叫怪！
如果有人正在、曾经，或想要恋爱，
他来和赫克特一战，没人来，我来。

奈斯特　告诉他这里有一位奈斯特，在赫克特的祖父吃奶的时候就是一条好汉了，他现在老了，但是如果我们希腊队伍里没有一个心里还有星星火花胆敢为他的爱情挺身应战的好汉，请你告诉他，我愿把我的银须藏在我的金面甲里，把这干瘪的胳膊放在臂甲中间。我要出去和他相会，告诉他我的爱人比他的祖母漂亮得多，而且世上没有比她更贞洁的。

虽然他正年纪轻，体力壮，
我要洒几滴血证明我没说谎。

伊尼阿斯　上天不准这样地缺乏青年人。

优利赛斯　阿门。

亚加曼农　伊尼阿斯将军，让我拉着你的手，我先引你到我的帐篷里去。

这番意思要让阿奇利斯知道，
也要向每一个希腊将领通告，
你在走前要和我吃一桌酒席，
接受一个高贵敌人应得的敬礼。〔除优利赛斯与奈斯特外，同下〕

优利赛斯　奈斯特！

奈斯特　优利赛斯，你说什么！

优利赛斯　我有一个新鲜的念头，请您作为我的怀胎时间，把它育孕成形。

奈斯特　什么念头?

优利赛斯　是这样的。硬木瘤需要用钝木楔去劈，狂妄的阿奇利斯骄纵已极，现在必须加以制裁，否则这种骄傲的种子播散开去，会要繁殖出一大堆类似的罪恶，我们将没有立身之地。

奈斯特　那么怎么办呢?

优利赛斯　赫克特这回挑战，虽然没有指名唤姓，其实是专对着阿奇利斯而发的。

奈斯特　这用意是显而易见的，恰似小数目加起来的大笔财产。而且在我们宣布这消息的时候，毫无庸疑，阿奇利斯纵然头脑空虚像利比亚大沙漠一般——虽然，天晓得，也是够干燥的——他也会很快地就发现赫克特的用意是专对他的。

优利赛斯　你的意思是激他应战?

奈斯特　是，这样最合适。如果不要阿奇利斯，你能推出什么别人能在赫克特手下保持不败的光荣?这虽然是一场游戏的决斗，可是比赛起来却名誉攸关。因为脱爱人这回是用他们的最优秀的将才来对付我们最出色的人物。相信我，优利赛斯，在这场古怪的打斗之中，我们的名誉将要处于不利的地位，因为其结果虽然只是个人的得失，但对全军而言却是一个好的或坏的榜样。在这样的目录索引当中，虽然只是指示下面正文的一些小点点，可是因小观大，可以测出将来自由发展成为什么样的局势。前去和赫克特决斗的人，总算是我们选拔出来的，选拔自然是出于大家的同意，而且一定是选拔最优秀的人，好像是从我们全体中间提炼出一个兼备众长的人。他若是失手，胜利的一方将如何地获得勇气，格外加强他们的自信？如果有了这样的信心，他们的赤手空拳就是他们的武器，运用起来无异于手臂之握剑拉弓。

优利赛斯　请原谅我说句话：正因如此，阿奇利斯不该去和赫克特决斗。我们要像商人似的把我们的最坏的货物拿出来应市，也许能够卖得出去。如果卖不出去，再拿出较好的货色，显得格外光彩。永远不要同意让赫克特和阿奇利斯决斗，因为在这决斗中，无论我们得到光荣或是耻辱，后面总是跟着不良的后果。

奈斯特　我老眼昏花却看不出，有什么后果？

优利赛斯　如果阿奇利斯并不骄傲，那么他从赫克特手里夺过来的一份光荣，我们全都可以和他共享，但是他已经是太傲慢了，如果他再安然躲过赫克特这一关，我们处在他的傲气凌人的目光之下还不如让非洲的骄阳把我们晒干呢。如果他被打败，那么我们的杰出的人才受了挫辱，我们全军的名誉也要受损。不，抽签吧。我们略施小技让那蠢材哀杰克斯抽中签去和赫克特决斗，在我们自己之间，姑且承认他是比较优秀的人才，这就可以把我们那位专好受人恭维的伟大的美弥东[27]给惩治一下了，并且可以使他把那弯弯的比蓝色的鸢尾花[28]还要扬扬得意的盔上的

冠饰放低一些。如果那糊涂的没有头脑的哀杰克斯
安然归来，我们要把他大加赞美，如果他失败了，
我们还可以说我们尚有较好的人才。但是，
无论是胜是负，
我们的计划其用意不过如此，
用哀杰克斯去拔阿奇利斯的羽饰。

奈斯特　优利赛斯，现在我开始欣赏你的计策了，我要立刻
让亚加曼农知道，我们立刻要去见他。
让两条狗互斗，只有好胜的心
能鼓动它们斗争，像是骨头一根。〔同下〕

注释

[1] 田尼多斯 Tenedos，爱琴海中一小岛，近小亚细亚。

[2] 达尔旦 Dardan，脱爱四周之平原。脱爱民族祖先为 Dardanus（Zeus 与 Atlas 之女 Electra 所生之子），故云。

[3] 原文 as when the sun doth light a storm 是 Rowe 的修改，近代本多从之。对折本作 as when the sun doth light ascorn，意亦可通。（ascorn 是旧式的 adverbial phrase，=in scorn）诗人 Keats 评云："Tis certain that the commentators have contrived to twist many beautiful passages into commonplaces as they have done with respect to 'a scorn' which they hocus-pocus'd in（to）'a storm' thereby destroying the depth of the simile-taking away all the surrounding atmosphere of imagery and leaving a bare and unapt picture.

Now however beautiful a comparison may be for a bare aptness-Shakespeare is seldom guilty of one-he could not be content to the ‘sun lighting a storm’, but he gives us Apollo in the act of drawing back his head and forcing a smile upon the world- the sun doth light ascorn.”

[4] 约翰孙认此语是指化妆品而言。

[5] 星期日照例着艳服。

[6] 阿波罗 Apollo 作为诗与音乐之神。此处特别提起他之追求达芙妮（Daphne 女神名）是适当的，因为他追求失败，她逃避他，被变为一株桂树。

[7] “小小的疤” a scar to scorn，有人把 scorn 改为 scorse 作“互相抵消”解，殊无必要。所谓“角” horn，当然是指妻不贞则丈夫头上生角之谑语而言。

[8] “外甥” nephew，事实上哀杰克斯是赫克特的表弟。很早以前普莱阿姆的妹妹 Hesione 被劫往希腊，据说在那里和 Telamon 结婚生哀杰克斯。所以哀杰克斯是普莱阿姆的外甥，赫克特的表弟。这关系在第二幕第二景第四幕第五景又被提起。

[9] 布赖哀利阿斯 Briareus，希腊神话中之百手五十头怪物。阿格斯 Argus，百眼怪物。

[10] 酒店中之酒保，计算啤酒之杯数时照例是迟缓而错误百出，其加法甚不高明，故云。

[11] 原文 lifter 双关语:（一）举重者;（二）贼。

[12] 原文 with millstones 不易译。据 Furness 本注云: The expression was proverbial，meaning apparently，as Schmidt（1875）says，not to weep at all，to be as unfeeling as a millstone. 直译应为“流出了石头块”。《利查三世》（I，iii，353）有句:“Your eyes drop millstones，when fools’ eyes

drop tears.”即此意。但 G.B. Harrison 注云:“By the pailful.”不知何据。

[13] 普莱阿姆王有五十个儿子。四开本对折本均作 two and fifty，Tbeobald 改为 one and fifty，或谓五十二亦可通，如把私生子马加来龙亦计算在内。

[14]“分叉的那一根”the forked one 指头上生角而言，暗示巴黎斯为乌龟也。

[15] 原文 that it passed=exceeded all bounds，打破一切限度，即“热闹非凡” 之意。

[16]原文If he do, the rich shall have more，直译应为:“如果他向你点头，富有者将愈为富有。”但这句俏皮话显然是以一双关语为基础。nod 与 noddy 相近，(noddy = a fool)。故耶鲁本注最恰: He who is already rich in foolishness (a noddy) shall receive more if Troilus give him nod.

[17] 原文 there's laying on，take't off who will，耶鲁本注: there's real fighting, depreciate it who will，直译为:“那是真正的战争，谁敢轻视谁就轻视好了。”

[18] 原文 in the eyes of Troilus，耶鲁本注: in Troilus' company，是也。G.B. Harrison 注云: gazing at. 恐误。

[19] 原文 a minced man 双关语。minced 是“矫饰虚伪”之意，亦有“碎肉馅”之意。

[20] 原文 date 双关语:(一) 做馅饼用之枣子;(二) 时间。the man's date is out = the man's time is up。

[21] 原文 to bring，系一俗语，承上文 be with you 而言。新集注本编者注云:“To bring” appears to have had an intensive force，equivalent to “with a vengeance.” Combined with “be with you” and in the future tense，it expressed a threat，serious or playful. 此处应是含有“威吓”之意，故勉

强译为“找麻烦”。

[22] 原文 Speak...oracle 一般意义欠明畅。G.B. Harrison 解释为：“Speak，Prince of Ithaca，for we know that we shall hear nothing worthless from you，as we know that when Thersites opens his bitter mouth we shall hear neither harmony nor sense.”

[23] 泰风 Typhon，希腊神话中之一巨怪，常与飓风有关，葬于 Etna 火山之下。

[24] 乌尔坎 Vulcan，是众神之铁匠，貌寝，其妻维娜斯 Venus 则绝美。

[25] 原文 Thetis’ sons= many Achilleses，按阿奇利斯乃 Thetis 的儿子。Thetis 是希腊神话中海上女神之最著者。

[26] 原文 sunburnt 为肤色红黑之意，即指乡下姑娘之意。但新集注本注解引述 Partridge（*Sh.’s Bawdy.*1947，p.198）的意见云：“There is a pun on son（man）- burnt” ...i. e.，infected with venereal disease. 似不足采信。

[27]“伟大的美弥东 Great Myrmidon”即阿奇利斯，因古 Thessaly 一好战民族 Myrmidons 曾由阿奇利斯率领赴战，故云。

[28] 原文 blue Iris 各家均注为“虹”，但“蓝色的虹”殊不可能。新集注本主张为“蓝色的鸢尾花”，是也。

第二幕

第一景：希腊营地之一部分

哀杰克斯与泽赛替斯上。

哀杰克斯　泽赛替斯！

泽赛替斯　亚加曼农，如果他长疮呢？浑身都长遍了呢？

哀杰克斯　泽赛替斯！

泽赛替斯　而且那些疮流脓呢？假如是的，那不是主帅在流脓吗？那算不算是一个硬心的大疮？

哀杰克斯　狗！

泽赛替斯　那么他恐怕要流出点东西来，现在还看不到。

哀杰克斯　你这母狼养的，你不听说？那么，挨打。〔打他〕

泽赛替斯　让希腊的瘟疫降在你身上，你这杂种蠢笨的将军[1]！

哀杰克斯　那么你就说吧，你这块生了霉的拨面团，你说：我要把你打成为一个有礼貌的人。

泽赛替斯　我要更快地把你骂成为一个聪明和善的人。但是我想你的马背诵一篇演说词比你背一段祈祷文还要快一些。你能打人，是不是？你这样的坏脾气真该生红疹瘟疫！

哀杰克斯　毒蕈，告诉我布告说些什么。

泽赛替斯　你以为我没有感觉，你这样地打我？

哀杰克斯　布告！

泽赛替斯　我想布告是说你是个傻瓜。

哀杰克斯　别这样，豪猪，别这样，我的手指发痒呢。

泽赛替斯　我愿你从头到脚发痒，让我来给你搔，我要把你搔成为全希腊最讨人嫌的烂疮疤汉。以后你再出征，你会动弹不得。

哀杰克斯　我说，那布告！

泽赛替斯　你时时刻刻地在对阿奇利斯报怨辱骂，你嫉妒他的伟大，犹如冥府恶狗之嫉妒阴间王后的美貌，是的，你是对他狂吠。

哀杰克斯　泽赛替斯老太婆！

泽赛替斯　你该去打他。

哀杰克斯　怪形的圆面包！

泽赛替斯　他会用拳头把你捣得粉碎，像是水手砸硬面包一般。

哀杰克斯　你这婊子养的狗！〔打他〕

泽赛替斯　你打，你打。

哀杰克斯　你这老妖婆的马桶！

泽赛替斯　对，打，打。你这糊涂将军！你的脑子不比我的胳膊肘里的多，一头小驴就可以教导你。你这下贱的莽撞的驴！你到这里来只是为打脱爱人的，你却任由几个狡狯的人摆布，像是个蛮族奴隶。如果你总是打我，我就要从你的脚跟起，一寸一寸地数上去，告诉你你是什么东西，你这没有感情的东西，你！

哀杰克斯　你这狗！

泽赛替斯　你这下贱的将军！

哀杰克斯　你这贱狗！〔打他〕

泽赛替斯　战神马尔斯的奴才！打吧，粗鲁的人。打吧，蠢骆驼。打吧，打吧。

阿奇利斯与帕楚克勒斯上。

阿奇利斯　唉，怎么啦，哀杰克斯！你为什么这样？怎么啦，泽赛替斯！怎么一回事呀？

泽赛替斯　你看他在那里，你看见了吗？

阿奇利斯　看见了，是怎么回事？

泽赛替斯　唉，你看看他。

阿奇利斯　我是在看，是怎么回事？

泽赛替斯　唉，你好好地看看他吧。

阿奇利斯　“好好地！”噫，我是好好地看他呢。

泽赛替斯　但是你没有仔细看他。因为，不管你把他当作什么人，他是哀杰克斯。

阿奇利斯　这个我知道，傻瓜。

泽赛替斯　是啦，但是那个傻瓜不知道他自己是谁。

哀杰克斯　因此我打你。

泽赛替斯　看，看，看，看，他说的是多么无聊的话！他说起话来蠢得像驴。我打了他的脑筋比他打了我的骨头还要凶些。我愿花一便士买九只麻雀，他的脑筋还不值一只麻雀的九分之一哩。阿奇利斯，这位将军，哀杰克斯，他把他的脑筋装在他的肚皮里，把他的肠子装在他的脑袋里，我告诉你我对他说了些什么话。

阿奇利斯　什么?

泽赛替斯　我是说，这位哀杰克斯——〔哀杰克斯又要打他〕

阿奇利斯　不，好哀杰克斯。

泽赛替斯　他没有多少脑筋——

阿奇利斯　不，我一定要拉着你。

泽赛替斯　根本塞不满海伦的针眼，而他还为了她而战哩。

阿奇利斯　别说了，傻瓜！

泽赛替斯　我倒是愿意安安静静的，可是傻瓜不肯。他在那里闹，就是他，你看他在那里闹。

哀杰克斯　啊，你这该死的狗东西！我要——

阿奇利斯　你愿和一个傻瓜斗嘴吗?

泽赛替斯　不，我可以向你保证，因为他斗不过一个傻瓜。

帕楚克勒斯　说得好，泽赛替斯。

阿奇利斯　你们争吵的是什么事?

哀杰克斯　我要这贱夜猫子告诉我布告的内容，他就骂起我来了。

泽赛替斯　我不是伺候你的。

哀杰克斯　好，算了，算了。

泽赛替斯　我是自愿到这里来服务的。

阿奇利斯　你最后的服务只是默认，不是自愿。没有人愿意挨打的，哀杰克斯才是一个志愿军人，你是勉强征募来的。

泽赛替斯　确是如此，你的脑筋据说也是大部分长在你的筋肉里。赫克特若是敲破了你们任何一位的脑袋，必将大有所获，那就无异于敲碎一只没有核仁的霉烂的干果一样。

阿奇利斯　怎么，连我也骂上了，泽赛替斯？

泽赛替斯　那个优利赛斯，还有那个老奈斯特，在你们的祖父的脚趾还没有生出趾甲来的时候就已经头脑发霉了，而他们把你们当作耕牛驱使，使你们在战场上劳作。

阿奇利斯　什么，什么？

泽赛替斯　是的，确实如此。啊喝，阿奇利斯！啊喝，哀杰克斯！啊喝！

哀杰克斯　我要割下你的舌头。

泽赛替斯　那没有关系，以后我还是能和你说一般多的话。

帕楚克勒斯　别再说了，泽赛替斯，住声！

泽赛替斯　阿奇利斯的走狗[2]要我住声，我就住声吗？

阿奇利斯　这是骂你的话，帕楚克勒斯。

泽赛替斯　我在走进你们的帐篷之前会要看到你们像蠢材似的被人吊起来！我要和有头脑的人在一起，躲开你们这群傻瓜。〔下〕

帕楚克勒斯　走得好。

阿奇利斯　通告全军的是这样一回事，赫克特要在明天上午日出后第五小时[3]在我们的营地与脱爱之间吹起喇叭，召唤我们的一位有意应战的武士出去和他决斗。这一位需要胆敢宣称——我记不得什么了，总是一些没有价值的话。再会了。

哀杰克斯　再会了。谁去应战?

阿奇利斯　我不知道，是要抽签决定的，否则他会知道他的对手是谁了。

哀杰克斯　啊，他的意思是要和你打。我要再去打听消息。〔同下〕

第二景：脱爱。普莱阿姆宫中一室

普莱阿姆、赫克特、脱爱勒斯、巴黎斯与亥兰诺斯上。

普莱阿姆　费了这样多的时间、性命、言语之后，奈斯特从希腊那方面又说了:“送还海伦，那么其他一切的损失，如名誉、时间的浪费、人力物质的消耗、将士的伤亡，以及其他被贪婪的战争所吞噬的一切宝贵的东西，都可一笔勾销。”赫克特，你有什么意见?

赫克特　以我个人而论，虽然没有男子汉比我更不怕希腊人，但是，尊贵的普莱阿姆，没有女人比赫克特心肠更软，更容易心生恐惧，更容易喊叫“谁知道后果如何呀！”过分的自信，自恃安全，乃是和平的大害，适度的怀疑可以说是聪明人的灯塔，彻底探试脓疮的药签。让海伦回去吧，自从为了这个争端拔剑而斗，成千成万的死者当中每一个被牺牲的性命都是和海伦同样的宝贵。这是指我们这方面而言。如果我们丧失了这么多人，来保卫一个既不属于我们而且对我们也没有什么价值的东西，纵然她是我们本国的人，有十倍的价值，又有什么理由拒绝把她送回去呢？

脱爱勒斯　呸，呸！我的哥哥，像我们的父亲这样尊严的伟大的国王，你把他的身份和荣誉放在一个普通的磅两的天平上去称量吗？你要用算盘珠来计算他的无限的伟大，用恐惧和理智这种渺小的尺度来围束一个广大无边的腰身？呸，真难为情！

亥兰诺斯　不足为奇，虽然你这样地痛斥理智，你实在是没有理智。我们的父亲只因你说话不讲理就应该处理国家大事也不讲理吗？

脱爱勒斯　你只合梦想睡觉，祭司哥哥，你是到处都讲理智。你的理论是这样的：你知道一个敌人要害你，你知道动起刀剑是危险的，而且一切害人的勾当都没有理性可讲，那么，等到亥兰诺斯一看到一个希腊人和一把剑的时候，如果他把理智的翅膀装在脚跟上拔腿就跑，像是挨了骂的梅鸠雷从周甫面前逃走一般，或是像一颗逸出正轨的星体一般，又何足为异呢？不，若是我们谈理智，我们就关起门来睡大觉吧，男子汉大丈夫如果心里填满了理智，会要变得胆小如鼠。理智与慎重使人胆小，使得人豪气全消。

赫克特　老弟，她不值得我们这样费力保持。

脱爱勒斯　什么东西的价值不是由人来估的？

赫克特　但是价值不是可以由个人随意估计的。估者加以重视，同时其本身亦必须具有可贵之处，铺张祭礼，超过神祇所应享受的规模，那是疯狂崇拜。偏爱一件事物而不问其本身是否可取，那是昏瞶糊涂。

脱爱勒斯　假使我今天娶妻，配偶是由我的欲望选择的，我的欲望是被我的耳目所刺激，耳目乃是欲望与理性之危险的两岸之间的有经验的掌舵者。虽然以后对自己所选中的并不满意，如何能摆脱我自己所选中的妻呢？逃避责任而又不损信誉，那是无法办到的事。我们把绸缎弄脏了之后便不能把绸缎退还给商人，我们也不能因为自己吃过饭了便把剩余的食物乱丢在垃圾桶里[4]。当初大家认为巴黎斯应该向希腊人报复，你们的完全同意的话吹满了他的帆。海和风——一向是互相争斗的——也同意休战向他效力，他到达了他所要去的口岸，为了希腊人掳去了我们的一位老姑母，他带回了一位希腊的王后，她的青春美丽使得阿波罗显得老丑，使得晨光显得腐旧。我们为什么要扣留她？希腊人扣留了我们的姑母[5]。她值得扣留吗？噫，她是一颗珍珠，她的价值使得一千只以上的舰艇下海，使得无数的国王成了航海的商人。如果你们承认巴黎斯去得对——你们必须承认，因为你们都喊过“去，去”——如果你们承认他带回了高贵的战利品——你们也不得不承认，因为你们都鼓掌喝彩“无价之宝！”——你们现在为什么要谴责你们自己的聪明决定所产生的结果呢？为什么要做一桩命运之神所不曾做过的事[6]，把你们自己认为比海陆还值钱的东西贬为一文不值呢？啊！我们偷到了我们所不敢保留的东西，这真是最倒霉的一回偷盗！我们是一些不配偷这样东西的贼，

在他们国里侮辱了他们一场，

回到我们本国却又不敢承当[7]。

卡珊德拉　〔在内〕哭吧，脱爱人，哭吧！

普莱阿姆　什么声音？谁在锐叫？

脱爱勒斯　是我们的疯姐姐，我听出是她的声音。

卡珊德拉　〔在内〕哭吧，脱爱人！

赫克特　是卡珊德拉。

卡珊德拉狂呼上。

卡珊德拉　哭吧，脱爱人，哭吧！借给我一万只眼睛，我也要给充满了预感的泪。

赫克特　安静，妹妹，安静！

卡珊德拉　童男童女，中年人和皱纹的老年人，只会哭泣柔弱的婴儿，都跟我一起喊叫吧！让我们及早预付未来的大量哀恸的一部分吧。哭吧，脱爱人，哭吧！练习在眼里流泪吧！脱爱一定不能存在了，大好的伊

利恩宫殿也占不住，我们的火把兄弟[8]巴黎斯会把我们烧得精光。
哭吧，脱爱人，哭吧！海伦是祸首！
哭吧，哭吧！脱爱要烧光，否则放海伦走。〔下〕

赫克特　现在，年轻的脱爱勒斯，我们的姐妹这种大声疾呼的预言不能激动你的恻隐之心吗？难道你的火气那样大，理性的推论或理由将有恶果的顾虑都不能使你平心静气吗？

脱爱勒斯　哎，赫克特大哥，每件行为的是非曲直，不可单凭后果如何以为断，亦不可为卡珊德拉发了疯，便使我们的士气消沉。而且这场战争与我们个人名誉攸关，我们要使之成为神圣，不能因她的狂呓而破坏这光明正大的举动。至于我个人，和普莱阿姆所有的儿子一样，并没有更多的情感激动，上帝不准在我们中间做出什么可使懦夫挺身出斗的事情。

巴黎斯　我当初生怕世人误会以为我的举动和你们的主张有轻率造次之嫌，但是天神可以为证，你们完全同意，我的构想才得起飞，有关这种危险计划的疑虑才得排除。哎呀，我单身匹马可能做得出什么事情来呢？一个人的匹夫之勇怎么抵挡得了势必引起的对方的同仇敌忾呢？不过，我要声明，如果要我独自承当这份艰巨，而且有任意的大权在握，巴黎斯决不撤销他已经做了的事，继续进行亦不气馁。

普莱阿姆　巴黎斯，你说话像是一个沉醉于你的甜蜜享受中的人。

你在享用甜蜜，别人在尝苦胆，
这样地发狠逞强，一点也不体面。

巴黎斯　陛下，这样的一位美人所带来的快乐，我本不打算独享，但是我要光明正大地占有她，好洗刷她的被劫失身的耻辱。如果在可耻的强迫之下把她交还，对于这位被劫的王后是何等的罪过，对于您的威严是何等的渎犯，对于我是何等的耻辱！这样堕落的想法能够进入您的高阔的心胸吗？
为了保护海伦，我们的最怯懦的人也敢拔剑而斗，
为了海伦的缘故，最高贵的人也以献身效命为荣。
那么，我要说，她是举世无双的大美人，我们应该为她把命拼。

赫克特　巴黎斯和脱爱勒斯，你们二位都说得好，对于当前的问题只是作一肤浅的解释，颇似亚里士多德所认为不适宜于听讲政治哲学[9]的青年人。你们所提出的理由，可以引起狂醉的热情，不能成为分辨是非的准则。因为耽于安乐或志切复仇的人，他的耳朵比蝮蛇的耳朵还要聋，听不见正确判断的声音。物返原主，这是自然的要求。那么，在人道之中，妻子归还丈夫，不是天经地义吗？如果这自然法则竟被肉欲所破坏，伟大人物的心灵也竟耽于肉欲违反自然法则，每一法纪森严的国家都有一套法律来制裁这横流的人欲。那么，如果海伦是斯巴达国王的妻子，大家都知道她是，按照自然法则和国家的法律都应该送她回去。做了错事而执迷不悟，并不能

减轻错误，而只有加重。赫克特的意见，按照道理来说，就是这样。不过，我的诸位英勇的兄弟，我也倾向于你们的继续扣留海伦的决策，因为此事对于我们全体的以及个别的荣誉都大有关系。

脱爱勒斯　唉，你这句话正说中了我们的计划的核心。我们这样斤斤于意气之争，如果不是为了荣誉，我便不愿为了保卫她而再洒一滴脱爱人的血。但是，高贵的赫克特，她是荣誉攸关的一个题目，她刺激我们做英勇的伟业，目前这一份勇气可以使我们战胜敌人，将来这一份荣誉可以使我们成为不朽。我想勇敢的赫克特，纵然把整个世界送给他，也不愿放弃这光荣即将降临在他头上的机会。

赫克特　我和你通力合作，你这伟大的普莱阿姆之英勇的后人，我已经对那些愚蠢而闹派系纠纷的希腊贵族们下了一项蛮横的挑战，会使得他们的昏聩的头脑惊慌失措。

我听说他们的主帅睡在鼓里，
听任部下彼此暗中猜疑。
这一下，我想，可以惊醒他了。〔同下〕

第三景：希腊营地。阿奇利斯帐篷前

泽赛替斯上。

泽赛替斯　怎么样，泽赛替斯！怎么，气昏了头啦！这蠢像哀杰克斯可以这样地放肆吗？他打我，我也骂了他。啊，总算是心满意足了！但愿颠倒过来，我打他，而他骂我。呸，我要学习呼魔唤鬼的法术，除非我能看到我的恶意诅咒的结果。还有那个阿奇利斯真是一位战略奇才。如果脱爱要等到这两个人去挖才能攻得下来，脱爱的城墙只好屹立不动直到自行坍塌为止。啊！奥林帕斯山上施放雷霆的天神哟，忘记你是众神之王周甫；梅鸠雷，放弃你那蛇杖的魔力，如果你们不把他们所有的微乎其微的那一点点智慧拿走。最愚昧的人也知道他们的智慧是非常之稀少，除了拔剑砍断蜘蛛网之外他们就无法解救网上的一只苍蝇。此后，整个的营地都遭殃吧！或是，让他们全都生杨梅疮吧！因为，我觉得，为了女人而作战的人应该受这样的灾难。我已经做完了我的祈祷，让魔鬼嫉妒说阿门吧。
喂，喂！阿奇利斯殿下！

帕楚克勒斯上。

帕楚克勒斯　那是谁？泽赛替斯！好泽赛替斯，进来骂人吧。

泽赛替斯　如果我能记起一块镀银的假币，我就会想起你。这还不要紧，愿你永远就是你自己！人类共有的诅咒，蠢笨与无知，一起大量地降到你的头上！愿上天使你得不到明师指点，受不到纪律熏陶！让肉欲领导你一直到死！那时节，如果有个女人来装殓你，说你是一具漂亮的尸首，我便不能不抗议说她除了麻风患者之外从没有装殓过任何人。阿门。阿奇利斯在哪里？

帕楚克勒斯　怎么！你是虔诚的吗？你是在祈祷吗？

泽赛替斯　是的，愿上天听到我！

阿奇利斯上。

阿奇利斯　谁在那里？

帕楚克勒斯　泽赛替斯，将军。

阿奇利斯　哪里，在哪里？你来了？哎，我的干酪，我的助消化物，你为什么不常常把你自己送到我的餐桌上来呢[10]？你说，亚加曼农是什么人？

泽赛替斯　你的主帅，阿奇利斯。那么你告诉我，帕楚克勒斯，阿奇利斯是什么人？

帕楚克勒斯　你的主人，泽赛替斯。那么，请你告诉我，你自己是什么人？

泽赛替斯　认识你的人，帕楚克勒斯。那么你告诉我，帕楚克勒斯，你是什么人？

帕楚克勒斯　你既然认识我，你说好了。

阿奇利斯　啊！你说，你说。

泽赛替斯　我把整个问题解释一番。亚加曼农统驭阿奇利斯，阿奇利斯是我的主人，我是认识帕楚克勒斯的人，而帕楚克勒斯是个傻瓜。

帕楚克勒斯　你这混蛋！

泽赛替斯　住声，傻瓜！我还没有说完。

阿奇利斯　他是享有特权的人。说下去，泽赛替斯。

泽赛替斯　亚加曼农是个傻瓜，阿奇利斯是个傻瓜，泽赛替斯是个傻瓜，前已说明，帕楚克勒斯是个傻瓜。

阿奇利斯　这结论是怎样得来的，说。

泽赛替斯　亚加曼农是个傻瓜，想统率阿奇利斯；阿奇利斯是个傻瓜，竟受亚加曼农的统率；泽赛替斯是个傻瓜，竟给这样的一个傻瓜做奴仆；帕楚克勒斯则是一个绝对的傻瓜。

帕楚克勒斯　为什么我是傻瓜呢？

泽赛替斯　去问造物主。我知道你是个傻瓜就算了。你看，谁来了？

阿奇利斯　帕楚克勒斯，我不想见客。和我一同进去，泽赛替斯。〔下〕

泽赛替斯　大家在这里如此地虚诈，欺骗，作伪！全都为的是一个乌龟一个娼妇！

真是值得彼此猜疑流血至死。哎，好讨人嫌的一个争端！让战争和淫欲把大家都毁灭了吧！〔下〕

亚加曼农、优利赛斯、奈斯特、戴奥密地斯及哀杰克斯上。

亚加曼农　阿奇利斯在哪里？

帕楚克勒斯　在他的帐篷里，但是身体不大舒适。

亚加曼农　告诉他我们在这里。他骂了我的使者，我却不顾自己的地位而前来看他。把这话告诉他，教他不要以为我不敢摆出我的身份，也不要以为我不知道我自己是什么人。

帕楚克勒斯　我就去这样对他说。〔下〕

优利赛斯　我们从他的帐篷的门口里望到他，他没有病。

哀杰克斯　是病了，是一种狮子病，是心太高傲的病。如果你偏爱这个人，你可以说它是忧郁症，但是，拿我的头来赌咒，是狂妄症。可是为什么呢，为什么呢？让他拿出狂妄的缘由给我们看。我和你说句话，大帅。〔引亚加曼农至一旁〕

奈斯特　什么事情使得哀杰克斯这样地对他狂吠？

优利赛斯　阿奇利斯把他使唤的那个傻瓜骗走了。

奈斯特　谁，泽赛替斯？

优利赛斯　就是他。

奈斯特　那么哀杰克斯以后不好发脾气了，如果他失去了他的发脾气的对象。

优利赛斯　不，你要知道，把他发脾气的对象骗走了的那个阿奇利斯就成为他发脾气的对象了[11]。

奈斯特　那更好，他们分裂比他们团结更合于我们的愿望。不过一个傻瓜就能使他们失和，那团结也未免太巩固了。

优利赛斯　非由智慧联结起来的友谊，很容易被愚蠢所拆散。帕楚克勒斯来了。

帕楚克勒斯又上。

奈斯特　阿奇利斯没有和他一同来。

优利赛斯　象有关节，不是为行礼的，他的腿是在必要时使用的腿，不是为了弯曲的[12]。

帕楚克勒斯　阿奇利斯教我说，如果元帅大驾和诸位将军前来访问，不仅是游玩的性质，他实在是很抱歉。他希望这只是为了健康和助消化起见而在饭后出来运动运动。

亚加曼农　你听我说，帕楚克勒斯，这样的回答我是早就听厌了，所以像他这样语含讥讽的推托，我并不是听不懂。他颇有可称赞之处，我们恭维他也是颇有理由的，不过他的一切的美德，因为他自己过于自负的缘故，在我们眼里已开始失却光彩。是的，恰似鲜美的水果放在龌龊的盘子里，没人敢尝，只好听任腐烂。去告诉他，我们来是要和他谈谈，你也不必怕得罪他，你尽管对他说，我们认为他过于骄傲，不够诚恳，自负到不合理的程度。一个地位比他高的人在这里受他的冷漠的待遇，放弃他应受的尊敬，低声下气地听从他任意摆布。是的，看着他发小脾气，时而喜，时而怒，好像这场战争的全部处理经过都由他一人承当似的。去把这话告诉他，并且再加上一句，如果他把他自己的价值看得如此之高，我根本不想用他了，我要把他看成为一架搬不动的笨重撞墙机，给他加上这样的一句按语："让战争到这里来，他不能去从事战争了。"我们宁可赞美一个活泼的侏儒，不能赏识一个睡觉的巨人。就这样对他说。

帕楚克勒斯　我去说，立刻把他的回话带来。〔下〕

亚加曼农　派人转达的话是不能令我满足的，我来是要和他谈话的。优利赛斯，你进去。〔优利赛斯下〕

哀杰克斯　他有什么地方比别人强?

亚加曼农　他自己觉得比别人强。

哀杰克斯　他真这样厉害？你以为他觉得他自己比我好吗?

亚加曼农　毫无疑问。

哀杰克斯　你同意他的想法，也认为他比我好吗?

亚加曼农　不，高贵的哀杰克斯，你和他一样地强壮，一样地勇敢，一样地聪明，不比他少一点高贵，比他温和得多，也比他肯听号令。

哀杰克斯　一个人为什么要骄傲呢？骄傲的心是怎么生出来的？我就不知道什么是骄傲。

亚加曼农　你的心地比较纯洁，哀杰克斯，你的品德也比较高尚。骄傲的人适足以毁灭他自己。骄傲便是他自己的一面镜子，他自己的一只喇叭，他自己的一部纪事。做一桩事而自吹自擂，这桩事便葬送在这自吹自擂里了。

哀杰克斯　我厌恶一个骄傲的人，就如同我厌恶蛤蟆的繁殖一样。

奈斯特　〔旁白〕但是他很喜欢他自己，这不是很奇怪吗?

优利赛斯又上。

优利赛斯　阿奇利斯明天不愿到战场上去。

亚加曼农　他有什么理由？

优利赛斯　他没说出理由，只是一意孤行，不把任何人放在眼内。

亚加曼农　我这样客气地要求，为什么他还不走出帐篷到外面和我相见？

优利赛斯　不相干的小事，只因是被人要求的，他便看成为关系重大。他自命不凡，对自己讲话都带着一股傲气，对自己说的话都要闹别扭，想象中的优越感在他的血液里沸腾咆哮，于是整个的阿奇利斯陷于纷扰，一面是他的心理，一面是他的肉体，把他自己颠覆了。我对他还有什么好说？他是太骄傲了，死斑毕露无可救药了。

亚加曼农　让哀杰克斯去见他。将军，你去到他帐篷里去见他，据说他对你颇有好感，你去请求可能使他不太固执。

优利赛斯　啊，亚加曼农！不要这样。哀杰克斯迈步离开阿奇利斯，那将是最好不过的事。这位骄傲的将军自我陶醉于狂妄之中，除了和他自己有关的之外不把任何事情放在心里，难道我们要派一位我们更敬重的人去巴结他？

不，这位三倍高贵的勇敢的将军不可减损了他好不容易赢来的光荣，而且他和阿奇利斯本是伯仲之间，我们也不可因教他去见阿奇利斯而贬了他的身价。那将无异于在他的肥胖的傲气上加油，给因为迎接太阳而变成炽热的巨蟹宫添加煤炭[13]。让这位将军去见他！天神不准，会要打着雷霆吼叫：“让阿奇利斯来见他。”

奈斯特　〔旁白〕啊！这倒很好，他这一番话说得他好开心。

戴奥密地斯　〔旁白〕看他一声不响地享受这一番阿谀！

哀杰克斯　如果我去见他，我要用这戴铁手套的拳头打他的脸。

亚加曼农　啊，不！你不可以去。

哀杰克斯　如果他对我骄傲，我要惩治他的骄傲。让我去见他。

优利赛斯　为了这一番争执实在值不得。

哀杰克斯　一个无聊的狂妄的人！

奈斯特　〔旁白〕他在形容他自己！

哀杰克斯　他不能对人和气一点吗？

优利赛斯　〔旁白〕乌鸦还骂别人黑哩！

哀杰克斯　我要给他的坏脾气放一点血。

亚加曼农　〔旁白〕他应该是病人，反倒做起医生来了。

哀杰克斯　如果大家都和我一样的想法—

优利赛斯　〔旁白〕智慧将要变成为不时髦。

哀杰克斯　不能让他这样狂妄，要让他先吞下他的剑，骄傲的人能胜利成功吗？

奈斯特　〔旁白〕如果他能，你也能有一半。

优利赛斯　〔旁白〕他恐怕要把十股全包下来[14]。

哀杰克斯　我要把他揉成面团，把他捏得软软的。

奈斯特　〔旁白〕他还不够充分热烈，再给他填充一些恭维话，往里填，往里填，他的野心还不旺盛。

优利赛斯　〔向亚加曼农〕元帅，你对于这种意见不合的事情过分地容忍了。

奈斯特　我们的大元帅，你不可这样。

戴奥密地斯　你必须准备不要阿奇利斯参加而去作战。

优利赛斯　哎，就因为总是提到他，所以害了他。这里有一个人——不过当着他的面我不好说他。

奈斯特　为什么不说呢？他不像阿奇利斯那样地好胜逞强。

优利赛斯　世上谁不知道，他和他一样地勇敢。

哀杰克斯　这贱狗，竟对我们避不见面！但愿他是个脱爱人！

奈斯特　在哀杰克斯将是一桩何等的缺点——

优利赛斯　如果他是骄傲——

戴奥密地斯　或是爱听人家恭维的话——

优利赛斯　对啦，或傲慢无礼——

戴奥密地斯　或是落落寡合，或是妄自尊大！

优利赛斯　感谢上天，将军，你真是心地敦厚。赞美你的生身的爸爸和喂你奶的妈妈吧。愿你的师傅长享大名，你的天赋聪明比一切的学识享更多的大名，不过传授你武艺的那位师傅更是了不起，战神马尔斯的不朽的光荣应该分给他一半。至于你的体力，那力能扛牛的迈娄[15]也要把他的英名让给健壮的哀杰克斯。我不想恭维你的智慧，那是像疆界、篱笆、海岸一样地包含着渊博浩瀚的才干。这一位奈斯特，见得多识得广，当然是聪明过人，但是，请原谅，奈斯特老爹，如果您和哀杰克斯一样地年轻，头脑和他一样地灵活，您也不会比他强，顶多和哀杰克斯一样。

哀杰克斯　我可否喊您作老爹爹？

优利赛斯　好，我的好儿子。

戴奥密地斯　你以后要听从他，哀杰克斯将军。

优利赛斯　不可再在这里耽搁了，阿奇利斯这只牝鹿还在丛林里藏着呢。请大元帅召集主要将领会议，新的君王们到脱爱来支援了。明天，我们必须用全力稳住我们的阵势。
我们有哀杰克斯这么一员大将，
敢和天下最英勇的武士对抗。

亚加曼农　我们去开会。让阿奇利斯去睡眠。
小船走得快，虽然大船吃水深一点。〔同下〕

注释

[1]“杂种”Mongrel，因哀杰克斯之父为希腊人，母为脱爱人。

[2] 四开本及各对折本均作 brooch，Rowe 提议改为 brach（母狗），近代本多从之。按 brooch 亦可通，装饰品附属品之意。耶鲁本注谓有猥亵意，似凿。

[3] 原文 the fifth hour of the sun 即上午十一时。

[4] 原文 sink（垃圾桶）是 Delius 的窜改，牛津本从之。对折本原文是 same，费解，有改为 sieve 者。目前尚无定论。

[5] Our aunt 牛津本误刊为 her aunt，今改正。

[6] 命运之神喜怒无常，脱爱勒斯是说:“你们比命运之神更喜怒无常，忽而誉海伦为无价之宝，忽而贬为一文不值。”Malone 的解释是也。

[7] 原文 But thieves unworthy of a thing so stol'n,
That in their country did them that disgrace,
We fear to warrant in our native place.

Singer（ed.1856）解释为“It is a base theft to have stolen what we fear to keep.But we are thieves unworthy of a thing so stolen：that having in their country done them that disgrace（in carrying off so rich a prize），we fear to warrant the theft，and keep it，when we are in our native place！”

[8]“火把兄弟”firebrand brother 指王后海鸠巴怀孕巴黎斯时梦中产一火把，据谓是脱爱由巴黎斯而毁灭之朕兆。

[9] 亚里士多德卒于公元前三二二年，约在脱爱被围后一千年之久。此处引证显为时代错误。亚里士多德曾于《伦理学》中说青年人不宜习政治哲学。此处原文所谓 moral philosophy 按照十六世纪时术语包括政治哲学在内，故译为“政治哲学”。

[10] 干酪 cheese 为饭后之食物，据云有助消化之功。一个 fool 供人取笑，亦有同样功能，故云。

[11] 原文: Nestor：Then will Ajax lack matter，if he have lost his argument.

Ulysses：No；you see，he is his argument that has his argument，Achilles.

此处之 argument = subject matter 指泽赛替斯。译文依耶鲁本注解略加改动。

[12] 俗谓象腿无关节，需要站着睡觉。亚里士多德已斥其虚妄，但此一妄说一直流传下来。

[13] 太阳于六月二十一日进入“巨蟹宫”（the sign of Cancer），是为夏季，为巨蟹宫添煤，即使夏季更热之意，犹谓火上加油。

[14] 环球剧院 the Globe Theatre 建于一五九九年，其所有权分为十股。谓哀杰克斯十分地狂妄，不只是半数也。

[15] 迈娄 Milo 是半神话中的希腊运动家，能把四岁的牡牛扛在肩上走四十码，一拳击毙而食之。

第三幕

第一景：脱爱。普莱阿姆宫

潘达勒斯与一仆上。

潘达勒斯　朋友！你！我和你说句话，你是不是跟随年轻王子巴黎斯的？

仆　是的，先生，他在前边走的时候我跟随他。

潘达勒斯　我的意思是说你是不是依靠他？

仆　先生，我当然是依靠我的主。

潘达勒斯　你依靠的是一位高贵的人士，我必须要赞美他。

仆　赞美归于吾主！

潘达勒斯　你认识我，是不是？

仆　老实说，先生，只是有一点认识。

潘达勒斯　朋友，以后多认识我一些。我是潘达勒斯大人。

仆　　我希望我能认识您更深一些。

潘达勒斯　　我很愿意这样。

仆　　您有殿下的地位[1]。

潘达勒斯　　殿下！不是的，朋友，称呼我为老爷大人好了。〔内音乐声〕这是什么音乐？

仆　　我稍为知道一点，先生，那是几种乐器合奏。

潘达勒斯　　你认识那些奏乐的人吗？

仆　　完全认识，先生。

潘达勒斯　　他们是给谁奏乐？

仆　　给听的人，先生。

潘达勒斯　　是为什么人奏乐，朋友？

仆　　为我，先生，和爱音乐的人们。

潘达勒斯　　我的意思是说，谁命令他们奏乐的，朋友。

仆　　我能命令谁呀，先生？

潘达勒斯　　朋友，我们彼此无法了解：我说话太文雅，你又太俏皮。是谁请这些人来奏乐的？

仆　　这可问中肯了，先生，哎，先生，是我的主人巴黎斯请来的，他本人就在那里，那位人间的维娜斯，美貌的精髓，爱情的无形的灵魂，也和他在一起呢。

潘达勒斯　　谁，我的侄女克莱西达吗？

仆　　不是，先生，是海伦，听我这样描写您还猜不出吗？

潘达勒斯　　伙计，你似乎是还没有见过克莱西达小姐。我是脱爱勒斯王子派来和巴黎斯说句话的，我急于要向他致敬，因为有要紧的事迫不及待地在滚沸着。

仆　　滚沸的事情，这真像是妓馆里说的话[2]。

巴黎斯与海伦偕侍从上。

潘达勒斯　您好，殿下，诸位都好！愿相当多的美好的愿望好好地指导他们！尤其是对您，美丽的王妃！愿美丽的念头做您的美丽的枕头！

海伦　亲爱的先生，你真是满嘴的好话。

潘达勒斯　您真是太夸奖了，亲爱的王妃。王爷殿下，这里有很好的几种乐器合奏的音乐。

巴黎斯　是你把它拆散的，兄弟，那么你要把它合凑起来。你自己表演一下合奏吧。奈尔，他很会唱歌。

潘达勒斯　真是的，夫人，我不会。

海伦　啊，先生！

潘达勒斯　声音很粗，真是的，真是的，很粗。

巴黎斯　说得好，先生！你有时候总是这样说[3]。

潘达勒斯　我和王爷有一点事情要办，夫人。殿下，可否准我说句话?

海伦　不，你不能这样地推托，我们一定要听你唱歌。

潘达勒斯　哎，亲爱的夫人，您是在作弄我。但是，真的，是这样的，殿下。我最尊敬的朋友，你的弟弟，脱爱勒斯——

海伦　潘达勒斯大人，最亲爱的大人——

潘达勒斯　您别说啦，亲爱的夫人，您别说啦，他教我向您致意。

海伦　你不能骗我们不给我们唱歌，如果你竟抵赖，我可就不高兴你了。

潘达勒斯　亲爱的夫人，亲爱的夫人，您真是亲爱的夫人！

海伦　使得一位亲爱的夫人不高兴，那是很大的罪过。

潘达勒斯　不，您这样说是绝没有用的，真是没有用的，哈。我不要您这样地恭维我。不，不。殿下，他想请您，如果国王吃晚饭时召唤他，请您替他编造一个不能来的理由。

海伦　潘达勒斯大人——

潘达勒斯　您有何吩咐，亲爱的夫人？

巴黎斯　他在做什么要紧的事呢？他今晚在什么地方吃饭？

海伦　不，大人——

潘达勒斯　夫人要说什么！我的这位老弟会要和您吵架哩[4]。你一定知道他在什么地方吃晚饭。

巴黎斯　我可以拿性命打赌，是和我的那位风流小姐克莱西达在一起了[5]。

潘达勒斯　不，不，不，没有这样的事，您大错特错。唉，您的那位风流小姐病了。

巴黎斯　好，我替他编造不能来的理由。

潘达勒斯　好的，殿下。您为什么说是克莱西达呢？不，您的可怜的风流小姐是病了。

巴黎斯　我发现了。

潘达勒斯　你发现了！你发现什么了？来，给我一个乐器。你听吧，夫人。

海伦　噫，这是太好了。

潘达勒斯　我的侄女痛恋着一件你所有的东西，夫人。

海伦　我可以给她，大人，只要不是我的丈夫巴黎斯。

潘达勒斯　他！不，她不要他，他们两个是对头。

海伦　吵架之后，又和好，可以使他们两个变成为三个哩。

潘达勒斯　好了，好了，我不要听这话。现在我给你唱个歌。

海伦　对，对，请你就唱吧。老实说，你的脑门生得很漂亮。

潘达勒斯　哎，您开玩笑，您开玩笑。

海伦　你唱个爱情的歌，这爱情会把我们都断送掉。啊，邱比得，邱比得，邱比得！

潘达勒斯　爱情！是的，是要把我们都断送，老实说。

巴黎斯　是的，很好，爱情，爱情，只要爱情。

潘达勒斯　确实是这样开始的。〔唱〕

爱情，爱情，只要爱情，更多的爱情！
因为，啊！爱情的弓
射起来不分雌与雄，
箭有害人的力量，
并非它给人以创伤，
而是它使创口痒得凶。
情人们喊：啊！啊！他们不动啦[6]！
但是那好像致命的伤，
却把啊！啊！变成了哈！哈！哈！
将死的爱情并未死亡，
啊！啊！一阵，随后哈！哈！哈！
啊！啊！之后，便是哈！哈！哈！
嗐嗾！

海伦　真是陷入爱情里了，陷到了鼻尖。

巴黎斯　他什么都不吃，只是吃鸽子[7]，爱人。那就会滋生热情，热情产生热烈的念头，热烈的念头产生热烈的行为，而热烈的行为便是恋爱。

潘达勒斯　恋爱是这样产生的吗？热情？热烈的念头，热烈的行为？噫，那都是毒蛇[8]，恋爱便是繁殖毒蛇吗？亲爱的殿下，今天是什么人上战场了？

巴黎斯　赫克特、地伊孚勃斯、亥兰诺斯、安替诺尔，以及脱爱所有的英雄好汉。我也本想披挂起来，但是我的奈耳不许我。我的兄弟脱爱勒斯为什么没去？

海伦　他为点什么事情噘嘴了，你是什么都知道的，潘达勒斯大人。

潘达勒斯　我不知道，亲爱的夫人。我很想知道他们今天的战况。您不会忘记为你的兄弟说推托的话吧？

巴黎斯　绝不会忘记。

潘达勒斯　再会，亲爱的夫人。

海伦　为我问候你的侄女。

潘达勒斯　一定，亲爱的夫人。〔下。吹收兵号〕

巴黎斯　他们要从战场归来了，我们到普莱阿姆宫中去迎接那些武士吧。亲爱的海伦，我求你帮着给我们的赫克特却除盔甲，他的坚固的扣子，你的洁白的诱人的手指轻轻一触就会解开，锋利的兵刃和希腊大汉的膂力怕不这样容易办到，你比那些岛国国王还更有办法——解除伟大的赫克特的武装。

海伦　我能做他的仆人，那是可以自傲的事，巴黎斯。是的，我为他服务比我自己的美貌能给我更大的报酬，比我自己更光荣。

巴黎斯　　亲爱的，我爱你到不可想象的地步。〔同下〕

第二景：同上。潘达勒斯的花园

潘达勒斯与脱爱勒斯的童仆上，迎面相遇。

潘达勒斯　　怎么？你的主人在哪里？在我的侄女克莱西达那里吗？

童　　不是，先生，他在等您陪他去呢。

脱爱勒斯上。

潘达勒斯　　啊！他来了。怎样，怎样！

脱爱勒斯　　喂，你走开吧。〔童下〕

潘达勒斯　　你看过我的侄女了吗？

脱爱勒斯　　没有，潘达勒斯，我在她的门前徘徊，像是阴间河岸上的游魂等待摆渡。啊！你做我的船夫凯伦吧[9]，把我迅速地渡到那边的乐土，让我在给有资格享受的人所预备的百合花丛里翻滚吧！啊，亲爱的潘达勒斯！从邱比得的肩膀上拔下他的彩翼，和我飞到克莱西达那边去。

潘达勒斯　　你在园里散散步。我立刻把她带来。〔下〕

脱爱勒斯　　我头晕，期望把我弄得团团转。想象中的美味是太甜蜜了，竟陶醉了我的感觉。若是我的馋吻真个地尝到爱情的三度提炼的琼浆，那又该如何呢？我恐怕会死掉，会昏厥，也许有一种太娇柔，太微妙而有力的快乐，其甜蜜的程度过于尖锐，不是我的粗鲁的感官所能承受的。我十分惶悚，此外我又怕，浑陶陶地沉溺在快乐当中，失却辨别的能力，犹如我们的队伍向大批逃溃的敌人冲锋的时候那样。

潘达勒斯又上。

潘达勒斯　她正在打扮，她立刻就来，你说话可要风趣一点。她很容易脸红，喘吁吁的，好像是被鬼吓得似的。我去接她来。真是一个顶美丽的小东西，她喘吁吁的像是一只刚被捉到的小麻雀。〔下〕

脱爱勒斯　我的心里也正有这样的情感激动，我的心跳得比发热的脉搏还快。我的所有的感官都失掉了作用，好像奴仆无意中触到主人的威严的目光。

潘达勒斯偕克莱西达又上。

潘达勒斯　过来，过来，你何必脸红？小孩子才害羞。现在她来了，你对我发过的誓现在对她发吧。怎么！你又跑啦？你在未被驯服以前必须要刺激着不准你睡觉吗[10]？过来嘛，过来嘛，如果你退缩，我们要给你套上车杠。你为什么不和她说话？来，打开面幕，让我们看看你的面貌。哎呀，你们真是不愿得罪白昼的光明！如果是在黑夜里，你们就很快地拥抱在一起啦。好，好，往前滚，照直地去吻那目标[11]。怎么回事！有永久所有权的接吻！在那块地上盖一栋房子吧，木匠，那里空气新鲜。哼，在我拆散你们之前，你们的两颗心要彻底交战一番。这只雌莺一定拼得过那一只雄鹰，拿什么来打赌我都肯，打呀，打呀。

脱爱勒斯　你使得我一句话也说不出，小姐。

潘达勒斯　说话不能还债，给她行动，不过她若是和你较量一下，恐怕你也不得行动了。什么！又亲起嘴来了？这真是“恐口无凭，双方换约签字盖章”[12]——进来，进来，我去找个火。〔下〕

克莱西达　你要进去吧，殿下？

脱爱勒斯　啊，克莱西达！我盼了好久才得如愿以偿！

克莱西达　盼，殿下！愿天神准许——啊，殿下！

脱爱勒斯　愿天神准许什么？为什么突然不讲下去？我的亲爱的小姐在我们的爱情的泉源里发现了什么小小渣滓？

克莱西达　如果我的恐惧有眼睛，会发现渣滓比水多。

脱爱勒斯　恐惧能把天使看成了魔鬼，永远不能看得正确。

克莱西达　盲目的恐惧，由明眼的理智来领导，总比盲目的理智毫无恐惧地跌跌撞撞要稳当得多，恐惧最恶劣的情况时常可以避免最恶劣的情况。

脱爱勒斯　啊！我的小姐不要有什么疑惧，邱比得的化装剧里是没有妖怪的。

克莱西达　也没有古怪的事吗？

脱爱勒斯　除了我们要做的怪事之外没有怪事，例如我们发誓要淌泪成海，投身火焰，吞食岩石，驯服猛虎，因为我们的爱人很难想出任何我们难于做到的事。这便是恋爱中的怪现象，小姐，欲念是无穷的，实行起来便有限制，愿望无涯，行动起来总有个范围。

克莱西达　据说所有的情人们都是发誓说要做他们所做不到的事，而同时又保留着一种他们永远不肯表演的本领，发誓说要做十桩以上的事，而实际做到的不及一桩的十分之一。他们有狮子的声音和兔子的行为，他们不是怪物吗?

脱爱勒斯　有这样的人吗? 我不是这样的。在我经过测验之后再称赞我，在我事实证明之后再估计我。我宁愿光着头，等着戴应得的光荣的花冠。将来的成绩无须在现在表扬。成就尚未出现之前，我决不提它，既出现之后，也决不招摇。我的一片真心只用寥寥数语来表达: 脱爱勒斯对于克莱西达一定可以做到这样的地步，最恶毒的诽谤也只是讥笑他的忠实，最忠实的话也不比脱爱勒斯更忠实。

克莱西达　你愿进来吗，殿下?

潘达勒斯又上。

潘达勒斯　怎么! 还红着脸? 你们还没有谈完?

克莱西达　哎，叔父，我做下的荒唐事，我都归功于您。

潘达勒斯　我多谢你，如果这位殿下和你生下一个孩子，你也送给我。要对他忠实，如果他有三心二意，尽管骂我。

脱爱勒斯　你现在可以知道你是有了保证，你叔父的话和我的坚定的忠心。

潘达勒斯　不，我也要替她担保。我们一家人，不轻易允诺人家的求婚，一旦获得她的芳心，她是永久不变的，像是芒刺一样，我可以告诉你，抛到哪里便粘住在那里。

克莱西达　现在我有了勇气，使我胆壮了，脱爱勒斯王子，我已经日日夜夜地爱你好几个漫长的月了。

脱爱勒斯　我的克莱西达为什么这样地难于获得呢?

克莱西达　好像是难于获得，但是，殿下，我第一眼看到你就已经被你获得了——对不起——如果我承认得太多你就要对我凶横了。我现在爱你，在此以前，我尽管爱你但是还能控制我的爱。说实话，我是在说谎，那时节我的情思就像是不羁的儿童，顽强得不受母亲的节制。看，我们多傻！我为什么要信口说出来呢?我们自己先不能保守秘密，谁还能对我们忠实可靠呢?不过，虽然我爱你，我并未向你求爱。可是，说真的，我愿我自己是男人，或是我们女人也像男人一样有先开口的权利。亲爱的，你教我住口吧，因为在这乐不可支的情形之下我一定会说出以后要后悔的话。看，看！你一声不响，狡狯地装哑巴，利用我的弱点使我倾吐我心中的秘密。堵住我的嘴。

脱爱勒斯　我要堵住你的嘴，虽然有甜蜜的音乐从里面流出来。

潘达勒斯　真是妙得很。

克莱西达　殿下，请你饶恕我，我并不是有意求你吻我，我觉得好羞。啊，天呀！我做了什么事？现在我可要告辞了，殿下。

脱爱勒斯　你要告辞，亲爱的克莱西达？

潘达勒斯　告辞！如果你告辞告到明天早晨——

克莱西达　请你，别急。

脱爱勒斯　有什么使你不高兴了，小姐。

克莱西达　先生，我只是厌恶我自己。

脱爱勒斯　你不能躲开你自己。

克莱西达　让我去试试，我觉得我自己已经和你融为一体了。那真是冷酷无情的自己，竟会离开我自己，去受另外一个的摆布。我要走了，我的智慧哪里去了？我不知道我说的是什么话。

脱爱勒斯　说话这样聪明的人，自然知道所说的是什么话。

克莱西达　也许，殿下，我所表现的聪明比我所表现的爱情为多，简截了当地和盘托出，为的是套你的意思。不过你是聪明的，也许你并没有恋爱，因为既聪明而又恋爱不是普通人做得到的事，只有天神才办得到。

脱爱勒斯　啊！但愿我能想象一个女人能够——如果可能我就假想你能够——使她的爱情的灯火长久光明，使她的坚贞的操守巩固常新，比美貌的外表更能持久，内心恢复青春的力量比色欲衰退还要快些。我也希望我能确信，我的一片忠诚能够赢得你的同样纯洁的爱情，那时节我将如何地得意扬扬！但是，哎呀！我是像单纯真理那样地真实，而且比真理的婴孩时期还更单纯。

克莱西达　在这一点上我要和您竞争一下。

脱爱勒斯　啊，这真是美德之争！有德行的人和有德行的人争斗，看看谁的德行最大。将来世上的情人们要和脱爱勒斯相比拟，以证明他们的忠实。他们的情诗，充满了声诉、誓言和夸张的比喻，总有一天会词穷，陈词滥调的比喻不便再说，例如像钢铁一般地坚贞，忠心耿耿如草木之对于月亮[13]，如太阳之对于白昼，如斑鸠之对于它的配偶，如铁之对于磁石，如地球之对于中心，这一切比喻说完之后，便要援引一句最有力量的成语："像是脱爱勒斯一般地忠实"，把这样一句加上去，诗篇立刻增光。

克莱西达　愿你是一个预言家！如果我变心，或是一丝一毫地作伪，那么等到时代变成古远，一切均不复记忆的时候，等到雨点滴穿脱爱的岩石的时候，城市被盲目的遗忘所吞噬，伟大的国家毫无遗迹残留地变成了灰尘，那时节一个一个地细数用情不专的女人，让大家不要放掉我，把我也骂在里面吧！大家说过"像空气、像水、像风、像沙土、像狐狸对羔羊、像豺狼对牛犊、像豹对鹿、像后娘对前妻的儿子一般地虚伪"之后，他们还可以戳刺虚伪的核心，加上一句"像克莱西达一般地虚伪"。

潘达勒斯　好啦，就这样成交啦。盖印吧，盖印吧，我做证人。我在这里拉着你的手，这里拉着我的侄女的手。我好费事把你们撮合在一起，如果有一天你们有一个变了心，让全世界的可怜的媒人们都被喊作我的名字吧，唤他们作潘达勒斯。所有的忠实男子都唤作脱爱勒斯[14]，所有的不忠贞的女子都唤作克莱西达，所有的媒人都唤作潘达勒斯！说阿门。

脱爱勒斯　阿门。

克莱西达　阿门。

潘达勒斯　阿门。我现在要引你们去看看一间寝室和一张床，那张床是不会泄露春光的，你们就拼命地压挤吧，我们走吧！

愿邱比得给所有的不开口的女士
床、寝室和潘达来成其好事！〔同下〕

第三景：希腊营地

亚加曼农、优利赛斯、戴奥密地斯、奈斯特、哀杰克斯、麦耐雷阿斯及喀尔克斯上。

喀尔克斯　诸位王子，为了我给你们所做的事，现在良机已至，我要开口讨报酬了。请你们想一想，我因为能够预察未来，放弃了脱爱，丢下了我的财产，甘冒一个叛徒的名义，抛开了现成的享受，投身于不可知的命运，隔绝了我所熟悉惯习的一切，来到这个生疏的地方为你们服务，你们答应过将来要给我许多好处，而且你们说即将实现，现在我请求你们给我一点小小的恩惠，让我尝尝味道。

亚加曼农　你想要我给你什么，脱爱人？你说吧。

喀尔克斯　你们昨天捉到一名脱爱的俘虏，名叫安替诺尔，脱爱是很重视他的。你们时常——所以我也时常感谢你们——想要在交换著名的俘虏的时候，把我的克莱西达交换过来，而脱爱总是拒绝，但是我知道这个安替诺尔在他们的政务当中是一个重要关键，如果没有他去处理，一切交涉事务都要废弛。为了交换他，他们会几乎愿意送给我们一位亲王，普莱阿姆的一个儿子。诸位伟大的君王，把他送回去吧，就可以把我的女儿换回来，只要她能到我面前，我以往甘心吃苦耐劳为你们所做的事情就可以全部抵销。

亚加曼农　让戴奥密地斯送他过去，把克莱西达带回来，喀尔克斯的请求是可以允许的。好戴奥密地斯，你好好准备一下去做这交换的工作，顺便带句话，问问赫克特明天要不要前来挑战，哀杰克斯是预备好了。

戴奥密地斯　我要担任这个工作，肩负这个责任我引以为荣。〔戴奥密地斯与喀尔克斯同下〕

阿奇利斯与帕楚克勒斯上，站在他们的帐篷前面。

优利赛斯　阿奇利斯在他的帐篷入口处站着呢，请元帅从他面前走过，作为不认识他，好像他已被遗忘一般。诸位君王，请你们也以冷漠的眼光对待他，我走在最后。很可能他要问我为什么大家以这样轻蔑的眼光注视他。如果他真问，我便可以在你们的冷酷和他的狂妄之间痛下针砭，加以讥讽，他一定愿意吞下这一副清凉剂。这会见效的。狂妄的人只有在另一个狂妄的人面前才能照见他自己的嘴脸，因为卑躬屈膝只是助长骄傲，成了骄傲的人之应得的酬报[15]。

亚加曼农　我要实行你的计划，在走过去的时候露出冷漠的神情。每一位都要这样，或是不招呼他，或是傲慢地招呼他，这会比完全不理睬他更能使他激动。我来领路。

阿奇利斯　怎么！元帅走过来和我说话？你知道我的心思，我不想再和脱爱作战。

亚加曼农　阿奇利斯说什么？他有话对我说吗？

奈斯特　将军，你有话对元帅说吗？

阿奇利斯　没有。

奈斯特　没有话说，元帅。

亚加曼农　更好。〔亚加曼农与奈斯特下〕

阿奇利斯　早安，早安。

麦耐雷阿斯　你好？你好？〔下〕

阿奇利斯　什么！这个乌龟也嘲笑我？

哀杰克斯　怎么样，帕楚克勒斯？

阿奇利斯　早安，哀杰克斯。

哀杰克斯　啊？

阿奇利斯　早安。

哀杰克斯　是的，明天也安。〔下〕

阿奇利斯　这些人是什么意思？他们不认识阿奇利斯？

帕楚克勒斯　他们很冷淡地走过去。他们总是鞠躬，对着阿奇利斯送笑脸，低声下气地走过来像是匍匐到圣坛前面一样。

阿奇利斯　怎么！我最近失势了？当然，一个大人物，一旦在命运之神面前失宠，一定也要被世人所唾弃。一个失意的人刚刚尝到失意的滋味，便立刻可以在别人眼睛里看到自己潦倒成什么样子。世人像是蝴蝶，只是对着夏天展开它们的粉翅，人本身没有什么荣誉，是由于身外的荣誉而感觉荣誉，例如地位、财富、声名，时常是分所应得，也时常是遭逢际会。这些都是不稳的，总有一天要垮下来，趋炎附势的人情也是不稳的，也会互相牵连地同归于尽。但是我并没有这种情形，命运之神依然是我的朋友。除了这些人的嘴脸之外，我依然充分享受我所拥有的一切。这些人，我想，一定是发现了我有什么短处不值得像以前那样敬重我。优利赛斯来了，我要打搅他的阅读。怎么样，优利赛斯！

优利赛斯　啊，伟大的泽蒂斯女神的儿子！

阿奇利斯　你在读什么？

优利赛斯　一个奇怪的人给我写下这么几句话[16]：“一个人，无论秉赋如何优异，无论外表或内心如何丰美，他并不能自夸得天独厚，也不能感觉到得天独厚，除非是由别人来反映。例如他的美德照耀到别人身上，使人温暖，人家就会把那热气反射给他本人。”

阿奇利斯　这并不奇怪，优利赛斯！脸上的美貌，本人并不知晓，是给别人的眼睛看的，就是眼睛本身——那最精细的感官——若不离开它自己也不能看到它自己。但是两个人眼光相遇，便以彼此所看见的形象交相敬礼了，因为眼光照不到自己，需要等着它走出去，射到一个地方再反映回来，它就可以看到自己了。这一点也不奇怪。

优利赛斯　这句话我并不觉得难懂，是很平常的一句话，但是我不懂说这句话的人的用意。他仔细地明白地证明没有人是任何事物的主人——虽然他在身外和内心都是十分富有——除非等到他把他的才智传达给别人，他也不能自动地知道他自己有什么本领，除非等到在别人喝彩声中把他的本领夸大，他才能看出自己的本领。他就像是一个圆的屋顶，能把声音震荡回来，又像是冲着太阳的一扇钢门，能把太阳的形状和热力反射回去。这番话很能引起我的深思，我立刻想起了不曾被人赏识的哀杰克斯。天呀，那是何等的人才！是了不起的角色，有本领，可是他自己并不知道。唉，世上有好多东西并不被人重视，可是用处甚大！更有好多东西，估价很高，并没有什么价值！我们明天就可以看到他将有露脸的机会，成为一个赫赫有名的哀杰克斯。啊，天！有些人真肯干，有些人就不肯干。有些人能爬进喜怒无常的命运之神的厅堂，有些人只是在她面前现眼？一个人吃上了另一个人的骄傲，而那个骄傲的人却糊里糊涂地在绝食！看看这些位希腊的将领！噫，他们已经拍着粗笨的哀杰克斯的肩膀，好像他的脚已经踏在英勇的赫克特的胸上，伟大的脱爱的威势挫败了。

阿奇利斯　我相信你的话，因为他们走过我的面前，像守财奴走过乞丐面前一样，对我不说一句好话，也不看我一眼。怎么！我的功绩都被遗忘了吗？

优利赛斯　将军，时间老人背上有一个大口袋，他把人家的馈赠都放讲去，为的是快快忘掉它，真是一个忘恩负义的大妖精[17]。那一堆破烂全是过去的卓越的成绩，刚做好就被吞噬了，刚成功就被遗忘了。亲爱的将军，只有努力不懈才能使光荣常在。所谓功成名就，便是不再成为时髦，像是一套生锈的盔甲，只是供人揶揄的纪念品而已。把握住眼前的路子，因为光荣的路子是很狭窄的，只能容一个人前进。那么就要继续在这路上走，因为竞争的人太多了，一个跟着一个地紧追着你。如果你让步，或是在笔直的路线上闪躲一下，他们就会像潮水一般涌过去，把你摔在顶后面。或是像在前线上失足跌倒的一匹骏马，你只好躺在那里给人垫脚，让躲在后方的驽马在你身上踏践而过。他们当时的所作所为，比不上你过去的成绩，可是他们的声名凌驾在你之上了。因为时间像是一位时髦的主人，跟临别的客人轻轻地握手，见到新来的客人却要伸出双臂像要飞似的把他抱紧。欢迎总要摆出一副笑脸，道别总是叹息而去。啊！任何优异的表现不要为了它过去的成就而索取报酬吧，因为美貌、聪明、门第、膂力、功勋、爱情、友谊、慈善，全都受狠毒的时间的支配。人类的天性有一共同的倾向[18]，大家都异口同声地赞美新兴的玩意儿，虽然是用旧的东西改造而成，他们对于涂了金光的泥土比对于泥土蒙蔽的真金更加赞美。人的眼睛只是赞美眼前的东西。所以不用惊讶，您这伟大的完人，所有的希腊人都开始崇拜哀杰克斯，因为动的东西比不动的东西能更快地引人注视。当初大家口里谈论的是你，很可能一直还在谈论你，将来也可能再谈论你，如果你不愿把自己活活埋掉，把你的威名收藏在你的帐篷里，你最近在战场上的光荣的战绩，使得好多天神都纷纷下界和他争竞，逼得马尔斯都不能不选择一方面参加战斗。

阿奇利斯　关于我之退隐，我有重大的理由。

优利赛斯　但是有更强烈的理由反对你的退隐。大家都知道了，阿奇利斯，你是在和普莱阿姆的一个女儿闹恋爱[19]。

阿奇利斯　哈！大家都知道了！

优利赛斯　那是怪事吗？冷静观察的明眼人，能够知道财神普鲁特斯的金子的每一丝每一毫，能够摸到深不可测的海底，能够和思想做伴，几乎能像天神一般把你心里初生的默默的念头揭发出来。我们国家有一个秘密——从来没有人敢谈论到它——其性质颇为神圣，非语言文字所能表达。你和脱爱来往的情形，我们知道得和你一样清楚，将军。阿奇利斯把玻利珊娜抱起来摔倒固然很好，可是若把赫克特打倒就更好了。不过年轻的皮勒斯在家里可要伤心了，如果他听到我们岛上吹起光荣的号角，所有的希腊的女郎都在跳踊歌唱："伟大的赫克特的妹妹赢得了阿奇利斯，但是我们的伟大的哀杰克斯英勇地打倒了他。"

再会，将军，我说这话是为你好。

傻瓜都溜过冰，你别把冰压碎了[20]。〔下〕

帕楚克勒斯　阿奇利斯，我也曾这样地劝过你。一个大胆放肆像男人一般的女子，并不比一个在需要行动的时候静若处女的男子更为讨人厌。我为了这个受人责难，他们以为我对于战争没有多少兴味，而你对我十分接近，于是使你也这样地不想振作。我的好人，兴奋起来吧，那脆弱轻薄的邱比得必须在你的颈上放松他的热情的搂抱，像是狮子鬃上的露珠一般被摔到半空中。

阿奇利斯　哀杰克斯是要和赫克特决斗吗?

帕楚克勒斯　是的，也许能靠了他而获得很大的荣誉。

阿奇利斯　我看出这是与我名誉攸关的事，我的威名受到了严重的损害。

帕楚克勒斯　啊！那么，要小心了，人们加在自己身上的创伤是最难医治的。忽略了必须做的事，等于是把空白税单交给危险去便宜行事。而危险，会像疟疾一般，在我们闲坐晒太阳的时候偷偷地袭上身来。

阿奇利斯　去叫泽赛替斯到这里来，好帕楚克勒斯。我要派这个傻瓜去见哀杰克斯，让他邀请脱爱的将军们在决斗完毕之后不带武装到我们这里来。我有一个孕妇般的愿望，想吃东西简直想得苦痛不堪，我想看一看穿便装的伟大的赫克特，和他谈话，让我把他的面貌看个清楚。不必费事了！

泽赛替斯上。

泽赛替斯　怪事！

阿奇利斯　什么事？

泽赛替斯　哀杰克斯在战场上跑来跑去，向他自己致候[21]。

阿奇利斯　怎么回事？

泽赛替斯　他决计明天和赫克特单身决斗，预感将有一场英勇的打斗而自鸣得意，于是胡言乱语地说了一大堆废话。

阿奇利斯　哪能有这等事？

泽赛替斯　噫，他像一只孔雀似的踱来踱去，迈一步又站一下。他埋头盘算，像是只靠脑筋而不懂算术的一位女店主在那里算酒账。咬紧嘴唇，像煞有介事的样子，好像是在表示“这脑袋里有聪明智慧，随时可以施展出来”。的确是有，不过智慧在他脑袋里是冷冷的如同打火石里的火，不敲打一下是冒不出来的。这个人是永久断送了，因为如果赫克特在决斗时不打断他的颈子，他会得意忘形自己把颈子扭断。他不认识我了，我说：“早安，哀杰克斯。”他回答说：“谢谢，亚加曼农。”他拿我当作元帅，你说这个人是怎么了？他变成为一条旱地鱼了，不会说话，怪物一个。荣誉真是个该死的东西！一个人可以把它两面穿，像是皮背心[22]。

阿奇利斯　你必须做我的使者去见他。

泽赛替斯　谁？我？噫，他对谁都不肯答话，他公开宣称他不答话。乞丐才喋喋不休，他是把舌头藏在怀里。我可以扮演他的样子，让帕楚克勒斯对我发问，你就可以看到哀杰克斯的一副神情。

阿奇利斯　对他发问，帕楚克勒斯。告诉他，我敬求勇敢的哀杰克斯邀请最英勇的赫克特不带武装地到我帐篷里来。并且请他向宽宏大量的声誉最隆的数度接受褒奖的希腊军队大元帅亚加曼农申请给他安全通过的保证，等等。去这样做。

帕楚克勒斯　愿周甫降福给伟大的哀杰克斯！

泽赛替斯　哼！

帕楚克勒斯　我是奉伟大的阿奇利斯之命而来的——

泽赛替斯　哈！

帕楚克勒斯　他敬请你邀赫克特到他的帐篷里去——

泽赛替斯　哼！

帕楚克勒斯　并且请你向亚加曼农索取安全通行证。

泽赛替斯　亚加曼农！

帕楚克勒斯　是的，将军。

泽赛替斯　哈！

帕楚克勒斯　您意下如何?

泽赛替斯　我诚恳地希望，上帝保佑你。

帕楚克勒斯　您的回话，将军?

泽赛替斯　如果明天天气好，在十一点的时候就可见分晓。无论如何，他在打败我之前需要付出代价。

帕楚克勒斯　您的回答，将军。

泽赛替斯　我诚恳地说，再会吧。

阿奇利斯　噫，他说话不是这个腔调，是吗?

泽赛替斯　不是，但是他是这样地荒腔走调了。等到赫克特打破他的脑壳之后他又将使什么腔调，我就不知道了。不过，我敢说，一点声音也没有了，除非音乐之神阿波罗抽出他的筋来做琴弦。

阿奇利斯　来，你立刻送一封信给他。

泽赛替斯　让我再送一封信给他的马，因为那是比较有脑筋的动物。

阿奇利斯　我的心很乱，像是搅混了的泉水。我自己看不见它的底。〔阿奇利斯与帕楚克勒斯下〕

泽赛替斯　愿你心里的泉水再澄清起来，我好在那里饮驴！我宁愿是羊身上的虱子，也不愿是这样有勇无谋的人。〔下〕

注释

[1] 此景一开始即有一连串的双关语。lord：（一）主人;（二）天主。your honor：（一）尊称;（二）你的荣誉。grace：（一）尊称（对公爵之尊称）;（二）灵魂之获救。亦有人以为 grace 指 gratuity（贵族对丑角之赏钱）而言，似嫌牵强。这一连串之双关语，中文均无法译出。

[2] 原文 a stewed phrase，通常均注为“妓馆中之语言”，stew 有妓馆之义，承上文 seethe 与 sodden 而言。旧日患花柳病者多用蒸汽浴治疗之，故谓之 sodden（被滚沸蒸煮）。新集注本注解则否认有此联想，以为 stew 仅是 boil 之意。

[3] 原文 Well，you say so in fits 费解。in fits=at times only，有人认为 fits 有双关义，（一）fits and starts；（二）divisions of a song。仍不可解。

[4] 新集注本引 Tennenbaum（*Sh.Assoc.Bull*，Ⅶ，1932，76）的意见，谓此句系指海伦如继续与潘达勒斯纠缠则巴黎斯将妒火中烧与海伦反目。此说是也。

[5] 原文 My disposer Cressida 各家注释纷纭。disposer 显然是 mistress（女主人）的意思，但与上下文义不联串。可能巴黎斯风流自赏，自承拜倒于克莱西达裙下，故奉之为“女主人”。Dyce 认为是“my merry free-spoken damsel”之意，姑从之。

[6] 此歌词意甚淫。原文 they die！显然如耶鲁本所注含有双关义，所谓 die 指（一）死亡;（二）性交高潮后疲惫静止之经验。

[7] 鸽子 doves 象征爱情，因与 Venus 有关。此处所谓吃鸽子，盖谓有春药之效力。

[8] 参看圣经 *Acts* xxviii，3：“there came a viper out of the heat.”

[9] 希腊神话，阴间有 Styx 或 Acheron 河环绕，鬼魂须俟船夫凯伦

Charon 摆渡始得进入阴间。

[10] 驯鹰的方法常是不准它睡觉，使之疲乏就范。

[11] rub on=roll on，Kiss the mistress = touch gently the small bowl（ball）called jack or mistress，均是滚木球戏的术语。今借用为“向前与小姐相吻”。

[12] 原文 In witness whereof the parties interchangeably 系正式合同所使用之术语，下文是 set to their hands and seals。合同两份，立约双方各签字盖章于一份之上交付对方收执，以为信守。盖章需用火漆，故下文有取火之语。今取以喻男女接吻。

[13] 一般人相信草木之生长依靠月亮。播种、接枝、修剪等等均须依照月之盈亏而为之。

[14] 为什么在此际就知道脱爱勒斯是忠实的，克莱西达是负心的呢？有人主张把“忠实男子”改为“不忠实男子”。其实亦可不必。这是演员对着观众说的话，观众早知道以后故事发展的结果，听了必不以为异。

[15] 牛津本作 poor man’s fees，各本均作 proud man’s fees。不知牛津本有何根据？

[16] Churton Collins 陈指，这“奇怪的人”即是柏拉图，此数语引自他的《对话录》。

[17] 背上有一口袋云云，典出 *Phaedrus Aesop*（IV，10），据云朱匹特给人两个口袋，一挂背后储藏他自己的过错，一挂胸前置放别人的过错。（意谓“只见人之错，不见己之错”。）《考利奥雷诺斯》II，i，35-37 亦曾引用此典。“大妖精”何所指，各家解释不同，似是指“时间老人”而言。

[18] 原文 One touch of nature makes the whole world kin 常被人引用作

为一句格言，其意若曰: Only touch the feelings and the world is with you。(动之以情，大家即翕然一致无异议矣。) 其实此句并无此意。G.B.Harrison 注得最好: one natural inclination (touch) unites everyone。

[19] 阿奇利斯与 Polyxena 恋爱，在求婚时被巴黎斯刺伤其脚跟而死。

[20] 原文 The fool slides o'er the ice that you should break，意义晦涩，各家解释均不恰。承上行而言，当是劝告多加小心，不如你者均已安然渡过难关，你不可陷入险境也。

[21] 原文 asking for himself，有人以为是双关语，Ajax 的读音与 a jakes (=aprivy 厕所) 相近。恐未必然。ask for=enquire after (见 Schmidt), 致候之意。哀杰克斯得意忘形，致有此态。

[22] 原文 A plague of opinion！ a man may wear it on both sides，like a leather jerkin。费解。一般解释，opinion=conceit，指哀杰克斯而言。但下半句即无法解释。新集注本认为 opinion=reputation，系泛指，等于是说 a man may wear his reputation with its good or ill side outward，似较胜。

第四幕

第一景：脱爱。一街道

伊尼阿斯与仆持火炬自一边上。巴黎斯、地伊孚勃斯、安替诺尔、戴奥密地斯及其他持火炬自另一边上。

巴黎斯　看，喂！那是谁?

地伊孚勃斯　那是伊尼阿斯将军。

伊尼阿斯　那边是王爷本人吗?如果我能像您似的有这样的大好机会多睡一下，巴黎斯王爷，天大的事也不能让我离开我的床上的伴侣。

戴奥密地斯　我也这样想。早安，伊尼阿斯将军。

巴黎斯　一位英勇的希腊人，伊尼阿斯，和他握手吧。你曾经说过，戴奥密地斯天天在战场上缠着你不放，足有一星期之久。

伊尼阿斯　在这休战谈判期间，我祝您健康，英勇的将军，可是和您武装相见的时候我便只有满腔的怒火和您周旋到底了。

戴奥密地斯　您的两种态度我都欢迎。现在我们心平气和，在此期间我祝您健康！但是在打斗的时候遇到机会，我对周甫发誓，我要用尽我的力量和计谋来猎取你的性命。

伊尼阿斯　你要猎取的这一头狮子，它跳跑时会脸朝后面对着你跑。现在我客客气气的，欢迎你到脱爱来！我指着安凯西斯[1]的性命发誓，我竭诚欢迎你！我指着维娜斯的手发誓，没有人像我这样地又想杀你又爱你。

戴奥密地斯　我们彼此正有同感。天呀，如果伊尼阿斯不死在我的剑下，让他长久活下去，活到一千年吧！但是，按照我的雄心，让他死，每个肢体一处伤，而且明天就死。

伊尼阿斯　我们彼此相知甚深。

戴奥密地斯　我们是的，并且彼此渴望着对方早一点倒下去。

巴黎斯　这真是我前所未闻的憎恨最深的亲切的欢迎，最高贵的仇视的友爱。将军，这样早有什么事?

伊尼阿斯　国王召唤我，不知为什么。

巴黎斯　他的理由就在你眼前，要你带这位希腊人到喀尔克斯家里去，为了和未释放的安替诺尔交换，把美丽的克莱西达交给他。我们可以和你一同去，如果你愿意，你也可以在我们之前赶到那里去。我有把握地猜想——也可以说我确知——我的兄弟脱爱勒斯昨夜住在那里，你去喊醒他，告诉他我们就要来，以及一切的情形。我恐怕我们是很不受欢迎的。

伊尼阿斯　那是一定的，脱爱勒斯宁愿把脱爱送给希腊，也不愿把克莱西达带走离开脱爱。

巴黎斯　这是无法换回的事，形势紧急，只好如此。走吧，将军，我们随后就到。

伊尼阿斯　再见，诸位。〔下〕

巴黎斯　告诉我，高贵的戴奥密地斯，请你看在老朋友的交情的份上，老实告诉我，依你看来，谁最配得到美丽的海伦——我自己还是麦耐雷阿斯?

戴奥密地斯　两个人都一样：他很配得到她——他不顾她所受的玷污——不惜劳民伤财，苦苦地要把她追寻回来；你也配保留她——你也尝不出她的荒淫的风味，不惜牺牲朋友金钱来保卫她。他像是一个哭哭啼啼的忘八，想喝别人开桶痛饮之后的残留的滓渣；你，像是一个好色之徒，甘愿在一个娼妓的肚皮里养育你的子嗣。两人势均力敌，重量完全一样；谁得到这娼妓，谁就多一点分量。

巴黎斯　你对你本国的妇女是太狠毒了。

戴奥密地斯　她对她自己的国家太狠毒了。听我说，巴黎斯，为了她的淫秽的血管里的每一滴血，就牺牲了一个希腊人的性命。为了她的腐烂的尸体的每一厘每一毫的肉，就有一个脱爱人被杀害。自从她会说话之后，从她嘴里说出来的正经话，不及为她而死的希腊人脱爱人数目大。

巴黎斯　好戴奥密地斯，你像是生意人一般，对于你想要买进的东西先要挑剔一番，
我们却主张一声不响，
对于想卖的东西不加夸奖。
我们从这边走。〔同下〕

第二景：同上。潘达勒斯家中庭院

脱爱勒斯与克莱西达上。

脱爱勒斯　亲爱的，你不要出来，侵晨很冷。

克莱西达　那么，殿下，我叫我的叔叔下来，让他开启门闩。

脱爱勒斯　不要惊动他，睡觉去，睡觉去。让睡眠使你那双美丽的眼睛睁不开，并且使你浑身软绵绵的，像是全无思虑的婴儿一般！

克莱西达　那么再会了。

脱爱勒斯　我请你就去睡吧。

克莱西达　你厌倦我了吗?

脱爱勒斯　啊，克莱西达！若不是被云雀叫醒了的匆忙的白昼，惊起了喧闹的乌鸦，并且梦寐的昏夜不再能遮掩我们的欢乐，我是不愿离开你的。

克莱西达　夜太短了。

脱爱勒斯　黑夜这妖婆好可恶！和邪恶的人们做伴的时候她像地狱一般死赖着不走，而从情人的身边却比思想还要迅速地飞去。你要着凉，又该骂我了。

克莱西达　请你等一下，你们男人总是不肯多停留一下。啊，好糊涂的克莱西达！我应该一直拒绝你，那时节你就流连不肯走了。听！有人起来了。

潘达勒斯　〔在内〕怎么！这里的门全都开了？

脱爱勒斯　是你的叔父。

克莱西达　他真讨人嫌！现在他要来取笑了，叫我好难为情！

潘达勒斯上。

潘达勒斯　怎么样，怎么样！贞操是什么价钱？过来，你这位处女！我的侄女克莱西达哪里去了？

克莱西达　你该死，你这取笑人的坏叔叔！你引我干下了这事——你又来挖苦我。

潘达勒斯　干什么事？干什么事？让她说是什么事，我引你做了什么事？

克莱西达　好了，好了，你这人心眼儿太坏了！你永远不学好，也不让别人学好。

潘达勒斯　哈，哈！哎呀，可怜的东西！一个可怜的蠢家伙[2]！你这一夜可睡了吗？他这个坏人不让你睡吧？让妖精来抓他！

克莱西达　我没有对您说过吗？我真愿他在头上挨一下敲！〔内敲门声〕谁在门外？好叔父，去看看。殿下，你再到我房里来，你在微笑，你在笑我，好像我不怀好意。

脱爱勒斯　哈，哈！

克莱西达　来，你想错了，我没有起这种念头。〔内敲门声〕他们敲门好急！请你进去吧，我无论如何也不愿你在此地被人看见。〔脱爱勒斯与克莱西达下〕

潘达勒斯　〔走向大门〕谁呀？什么事？你想把大门打倒吗？怎么样！什么事情？

伊尼阿斯上。

伊尼阿斯　您早安，早安。

潘达勒斯　是谁？伊尼阿斯将军！老实说，我不认识您了，您这样早可有什么消息？

伊尼阿斯　脱爱勒斯王子在这里吗？

潘达勒斯　在这里！他在这里做什么？

伊尼阿斯　得啦，他是在这里，您不必否认。有些对他颇为重要的事，我要和他谈谈。

潘达勒斯　你是说，他在这里吗？我可以发誓，我并不知道。我回来得很晚。他在这里做什么呢？

伊尼阿斯　谁！别这么说了吧。好啦，好啦，你于不知不觉之间反倒要害了他。你想对他忠实，反倒要成为不忠实。你尽管不知道他是否在这里，你还得去把他找来，去。

脱爱勒斯又上。

脱爱勒斯　怎么啦！什么事？

伊尼阿斯　殿下，我来不及向您敬礼，我的事情太紧急。您的弟兄巴黎斯和地伊孚勃斯、希腊的戴奥密地斯，以及被释放回来的我们的安替诺尔，就要到来了。为了他的获释，我们必须在第一次祭神之前，就在这一小时之内，立刻把克莱西达小姐交出给戴奥密地斯带走。

脱爱勒斯　是这样决定的吗？

伊尼阿斯　是由普莱阿姆和脱爱的朝廷会议决定的，他们就要到来予以实行。

脱爱勒斯　正在得意的时候受到这样的打击！我去见他们，伊尼阿斯将军，你要说我们是偶然遇到的，别说是在这里找到我的。

伊尼阿斯　好，好，殿下。宇宙的秘密也不比我更缄默。〔伊尼阿斯与脱爱勒斯下〕

潘达勒斯　有这样的事？刚到手的又失掉了？安替诺尔真该死！这年轻的王子会要发疯的，安替诺尔好可恶！我愿他们打断了他的颈骨！

克莱西达又上。

克莱西达　怎么啦！什么事情？刚才谁在这里？

潘达勒斯　啊！啊！

克莱西达　你为什么这样长叹？殿下在哪里？走了！告诉我，好叔父，是怎么回事？

潘达勒斯　我现在活在世上，真不如长埋地下！

克莱西达　啊，天神哟！是怎么回事？

潘达勒斯　请你进去吧。但愿你不曾生到这世上来！我早就晓得你会要害死他。啊，可怜的好人！该死的安替诺尔！

克莱西达　好叔父，我求你，我跪下来求你，到底是什么事？

潘达勒斯　你必须要走，丫头，你必须要走，你是和安替诺尔交换了。你必须到你父亲那里去，离开脱爱勒斯，这会使他死，这会要他的命，他受不了。

克莱西达　啊，永生的天神哟！我不走。

潘达勒斯　你必须走。

克莱西达　我不，叔父。我已经忘掉我的父亲了，我不感觉到有什么骨肉之情，没有人能比可爱的脱爱勒斯更对我相亲相爱，更骨肉相连，更心心相印。啊，圣洁的神明哟！让克莱西达的名字变成为极端虚伪的象征吧，如果她有一天离弃脱爱勒斯！时间、武力、死亡，你们尽量蹂躏我这肉体，但是我的爱情的基础与结构是坚固的，就像是吸引万物的地球中心一般。我要进去哭——

潘达勒斯　去哭吧，去哭吧。

克莱西达　撕毁我的光泽的头发，抓破我的被人赞美的脸庞，哭哑了我的响亮的喉咙，喊叫脱爱勒斯直到我的心肝迸裂。我不肯离开脱爱。〔同下〕

第三景：同上。潘达勒斯家前

巴黎斯、脱爱勒斯、伊尼阿斯、地伊孚勃斯、安替诺尔与戴奥密地斯上。

巴黎斯　已经大天亮了，把她送交给这位希腊勇士的时间也就要到了。我的好兄弟脱爱勒斯，你去告诉这位小姐她要做些什么事，并且催她赶快准备。

脱爱勒斯　走进她的家里去，我立刻就把她交给那位希腊人，我把她交到他的手里的时候，要把他的手当作一座祭坛，你的兄弟脱爱勒斯是一位祭司，把他自己的一颗心奉献出去了。〔下〕

巴黎斯　我晓得恋爱是什么滋味，我很同情，真愿能帮忙才好！请诸位进来吧，将军们。〔同下〕

第四景：同上。潘达勒斯家中一室

潘达勒斯与克莱西达上。

潘达勒斯　要镇定一些，要镇定一些。

克莱西达　你为什么要我镇定呢？我所尝到的悲哀是微妙的、丰富的、十足的，而且是和引起悲哀的根由一般地强烈，教我如何能镇定呢？如果我能控制我的感情，或是使它适合于较清淡的味口，那么我就可以节制我的悲哀。

可是我的爱情不容有任何杂质羼搅，损失如此重大，我的悲哀无法减少。

脱爱勒斯上。

潘达勒斯　他来了，来了，来了。啊！好一对亲爱的人儿！

克莱西达　〔拥抱他〕啊，脱爱勒斯！脱爱勒斯！

潘达勒斯　这是多么好看的一对！让我也来拥抱吧。“啊，我的心”，是这样说的。

啊，我的心，悲哀的心，
为什么叹息而不破碎？
他又这样回答，
因为只靠友谊或语言，
你不能把伤痛减退。

没有比这个歌更真挚的了。我们什么东西都不丢弃，因为像这样的一段歌词，我们有一天也许用得着它，我们现在就看出这需要了，现在就看出这需要了。怎么样，羔羊们！

脱爱勒斯　克莱西达，我对你的爱是如此地纯洁，比我用冷淡的口吻向神明所作的祈祷要热烈得多，天神好像是一怒而要把你从我身边攫去。

克莱西达　天神也嫉妒吗？

潘达勒斯　是，是，是。这是极明显的一件事。

克莱西达　我是真的要离开脱爱吗?

脱爱勒斯　可恨的真事。

克莱西达　什么！也必须离开脱爱勒斯吗?

脱爱勒斯　脱爱与脱爱勒斯，你都要离开。

克莱西达　能有这样的事吗?

脱爱勒斯　而且这样地突然。这意外的祸事使得人来不及告辞，不容人考虑，使得我们的嘴唇永远不能再交接，不能再紧紧地拥抱在一起，把我们的海誓山盟正在努力倾吐的时候就给扼杀了。我们两个，用成千成万声的叹息买到了彼此的心，现在却要用一声短暂的叹息把我们自己廉价出售。害人的仓促的时间，像一个强盗似的匆忙，把他的贵重的赃物胡乱地塞挤在一起。像天上繁星一般多的珍重道别，外加一声声的叹息和真挚的接吻，都被时间给随随便便地撮拢在一声告别里，连一回饿狠狠的接吻都不给我们，在抽噎的泪水中黯然神伤。

伊尼阿斯　〔在内〕殿下，小姐准备好了吗?

脱爱勒斯　听！他们在喊你。有人说，人之将死，鬼魂[3]就这样地喊叫“来！”让他们别着急，她就来。

潘达勒斯　我的眼泪在哪里呢？洒落吧，好止住我的叹气，否则我的心都要被连根拔起了！〔下〕

克莱西达　那么我必须到希腊人那边去吗?

脱爱勒斯　无法挽回。

克莱西达　一个悲伤的克莱西达置身在一群狂欢的希腊人中间！我们何时才能再见?

脱爱勒斯　听我说，我的爱人。只要你不变心——

克莱西达　我变心！这是何等的猜疑？

脱爱勒斯　不，我们说话必须和和气气的，因为我们是在话别。我并没有说“你不可变心”，并没有怀疑你的意思，因为我见了死神都敢向他挑战，我准知道你心里是没有一点瑕污的。我只是说，“只要你不变心”，为的是引起下面的一句话——只要你不变心，我会来见你的。

克莱西达　啊！那你一定要冒着极大的危险，不过我是不变心的。

脱爱勒斯　我要去和危险做朋友。你戴这只袖子吧[4]。

克莱西达　你戴这手套吧。我什么时候再看见你？

脱爱勒斯　我会买通希腊的守卫，每天夜晚来看你。不过，你可别变心。

克莱西达　啊，天呀！又说“变心”！

脱爱勒斯　听我解释我为什么说这话，爱人。希腊的青年是很有才情的，他们很亲善，很英俊，有很高的天赋，而又有渊博的学识。新奇总是会打动人心的，天赋聪明再加一表人才，哎呀！我有一股神圣的妒意——请你称它为良善的罪过吧——使我不得不疑虑。

克莱西达　啊，天呀！你不爱我。

脱爱勒斯　那么，让我像恶棍一般不得好死！我说这一番话，不是怀疑你的忠心，实在是信不过我自己的优点。我不会唱，不会跳舞，也不会甜言蜜语，也不会玩复杂的游戏。这全是很好的本领，希腊人最为擅长。不过我可以说，在这些本领的每一项当中藏着一个一声不响而存心叵测的魔鬼，极狡诈地诱人堕落。不要受诱惑才好。

克莱西达　你以为我会受诱惑吗？

脱爱勒斯　不。我们不愿做的事也可能做出来，有时候我们过分信赖自己的不可靠的能力，拿自己的弱点来做试验，那时节我们就成为诱惑自己的魔鬼了。

伊尼阿斯　〔在内〕喂，我的好殿下——

脱爱勒斯　来，亲嘴，我们分离吧。

巴黎斯　〔在内〕脱爱勒斯弟弟！

脱爱勒斯　好哥哥，你到这里来吧，带着伊尼阿斯和那个希腊人一起进来。

克莱西达　殿下，你会对我忠心吧。

脱爱勒斯　谁？我？哎呀，忠心乃是我的短处。别人用手段沽名钓誉，我则一味忠心博得愚蠢的恶名。有些人巧妙地在他们的铜币上镀金，我则坦白地露出本来面目。

不要怀疑我的忠心；我的智慧
就是坦白忠诚；不超出这个范围。

伊尼阿斯、巴黎斯、安替诺尔、地伊孚勃斯与戴奥密地斯上。

欢迎，戴奥密地斯将军！
这位就是我们为了交换安替诺尔而要交还给你们的

那位小姐。等走到城门口我就要把她交付给你，在路上走的时候我要告诉你她是怎样的一个人。要好好地对待她，我以我的灵魂为誓，善良的希腊人，如果有一天你落在我剑下，只消提起克莱西达的名字，你的性命就像是普莱阿姆坐在他的宫里一样地安全。

戴奥密地斯　美丽的克莱西达小姐，请您不要感激这位王子的关心。您的眼睛里的光彩，即是您脸上的天堂，令人不敢不好好地待您。对于戴奥密地斯，您就是主人，他完全听您的吩咐。

脱爱勒斯　希腊人，你对我太没有礼貌了，你于赞美她的时候羞辱了我向你求情的一番诚意。我告诉你，希腊的将军，她的本质远在你的赞美之上，你根本不配做她的仆人。我吩咐你好好待她，只因为这是我的吩咐，如果你不，我指着凶恶的普鲁图发誓，纵然那大块头阿奇利斯来做你的护卫，我也要切断你的喉咙。

戴奥密地斯　啊！不要动火，脱爱勒斯王子。请让我享受使者的特权，我可以自由发言。等我离开此地之后，我要怎样做便怎样做。你要知道，我不受人的命令，我将按照她的身份对待她。

只因为你说:“你必须如此这般。”

我才抗声对你说:“我偏不这样干。”

脱爱勒斯　来，到城门口去。戴奥密地斯，我有一言奉劝，

我不怕你，你以后最好少出头露面。

小姐，我扶着您，我们一面走路，
一面谈谈我们两个必须要谈的事务。〔脱爱勒斯、克莱西达与戴奥密地斯下。喇叭鸣〕

巴黎斯　听！赫克特的喇叭声。

伊尼阿斯　我们把一早晨的时光都耗过了！这位王子一定以为我太迟缓了，我本来发誓说要在他之先骑马到战场上。

巴黎斯　这是脱爱勒斯的错。来，来，和他一齐到战场上去。

地伊孚勃斯　我们立刻准备去吧。

伊尼阿斯　是的，我们要像新郎一般精神抖擞，去追随赫克特。
我们脱爱今天的光荣
就靠他一个人的神勇。〔同下〕

第五景：希腊营地。比武场业已划出

哀杰克斯着武装上；亚加曼农、阿奇利斯、帕楚克勒斯、麦耐雷阿斯、优利赛斯、奈斯特及其他上。

亚加曼农　你现在已装备停当，跃跃欲试地等待着时间到临。威风凛凛的哀杰克斯，你对脱爱吹起你的喇叭，受惊的音波会震撼你那伟大的对手把他唤到这里来。

哀杰克斯　号手，你的嘴唇是会吹喇叭的[5]。吹破你的肺，吹破你的铜喇叭管。吹吧，伙计，吹得你的腮帮子圆圆的，比吹胡瞪眼的阿奎龙还要凸[6]。来，鼓起你的胸膛，使你的眼睛迸出血来，你要为赫克特而吹。

〔喇叭鸣〕

优利赛斯　没有喇叭回答的声音。

阿奇利斯　时间还早。

亚加曼农　那边不是戴奥密地斯和喀尔克斯的女儿吗?

优利赛斯　是他，我认识他走路的样子。他的脚尖一颠一颠的，得意扬扬地好像要从地面飘起来。

戴奥密地斯与克莱西达上。

亚加曼农　这位是克莱西达小姐吗?

戴奥密地斯　就是她。

亚加曼农　欢迎你到我们希腊人这一边来，温柔的小姐。

奈斯特　我们的元帅居然用一吻来欢迎你。

优利赛斯　这只是他个人的一番盛意，她让大家都吻一下就更好了。

奈斯特　很得体的主张。我来开始，这是奈斯特的一份。

阿奇利斯　我要在你嘴唇上接触到寒冬[7]，漂亮的小姐，阿奇利斯向你表示欢迎。

麦耐雷阿斯　我曾经有过很好的理由可以接吻。

帕楚克勒斯　但是不成为现在接吻的理由了。巴黎斯就是这样地大胆上前一吻，就是这样地把你和你的对象拆散。

优利赛斯　啊，好伤心，我们大家丢脸的事情!
我们为了给这王八争体面而拼老命。

帕楚克勒斯　头一个吻是麦耐雷阿斯的，这一个，是我的。帕楚克勒斯吻过你了。

麦耐雷阿斯　啊！你这事做得太过分。

帕楚克勒斯　巴黎斯和我，总是代他接吻。

麦耐雷阿斯　我要我的一吻。小姐，请准许我。

克莱西达　接吻时你是在受还是在舍？

帕楚克勒斯　又受又舍。

克莱西达　我敢拿性命打赌，
你受的一吻比你所能舍的要好得多。
所以我不和你接吻。

麦耐雷阿斯　我付你利息。我给你三个换你一个吻。

克莱西达　你是单身汉，成双作对地吻，否则罢论。

麦耐雷阿斯　单身汉，小姐！每个男人都是单身的。

克莱西达　不，巴黎斯不是。因为，你知道，
你成了单身汉，他报复你了。

麦耐雷阿斯　你在我头上用指弹了一击。

克莱西达　不，我没有。

优利赛斯　你的指甲不是他的犄角的对手。
温柔的小姐，我可以求你给我一吻吗？

克莱西达　你可以。

优利赛斯　我真想要。

克莱西达　那么，你求吧。

优利赛斯　等海伦又变成了处女，归还给他，
那时节，你再给我一吻吧。

克莱西达　我欠你这笔债，到那时候你再来取。

优利赛斯　永远没有那一天，到那一天我再吻你。

戴奥密地斯　小姐，和你说句话，我要带你去见你的父亲。〔戴奥密地斯领克莱西达下〕

奈斯特　很灵敏的一个女人。

优利赛斯　她好不是东西！她的眼睛、她的脸庞、她的嘴唇，都能传情，不，她的脚都会说话。她身体上每一活动关节都流露出淫荡的神气。啊！这些善于逢迎的人，口齿都是伶俐的，男人还没有走过来，她们就先表示欢迎，对每一个好奇的读者打开了她们的内心的书卷，把自己弄成了任人随时取乐的贱婆娘。〔喇叭在内鸣〕

众　这是脱爱人的喇叭声。

亚加曼农　军队从那边来了。

赫克特武装上；伊尼阿斯、脱爱勒斯及其他脱爱人偕随从等上。

伊尼阿斯　希腊的诸位领袖，请了！赫克特要我来问，对于胜利的一方应该给予什么荣誉[8]？你们是不是要公开宣布哪一方胜利？你们是不是要双方打个你死我活分出胜败，还是适可而止由公证人出面把双方隔开？

亚加曼农　赫克特愿意怎样办？

伊尼阿斯　他不在乎，他服从议定的办法。

阿奇利斯　这正是赫克特的作风，只是太过于自信，太骄傲了一点，太低估了对方。

伊尼阿斯　如果你不是阿奇利斯，请问你姓甚名谁？

阿奇利斯　如果不是阿奇利斯，我便不是任何人。

伊尼阿斯　那么是阿奇利斯了。别的且不提，这一点你要知道，赫克特的勇气比别人的大，他的傲气比别人的小。一个大到几乎无止境，一个小到几乎等于无。如果好好地估量他，就会知道他貌似骄傲之处实在正是他的礼貌。这位哀杰克斯有一半是和赫克特同一血统[9]，为了这一点亲属的情谊，半个赫克特留在家里；

半个赫克特，用半颗心，半只手，

来和半脱爱半希腊的混血武士相打斗。

阿奇利斯　那么，是一场不流血的打斗？啊！我懂了。

戴奥密地斯又上。

亚加曼农　戴奥密地斯将军来了。去，好武士，照料我们的哀杰克斯，你和伊尼阿斯将军商定了他们打斗的条件，就那么办。或是打到你死我活，或是表演性质。

打斗的双方既然是谊属亲眷，

动手之前斗志就会消去一半。〔哀杰克斯与赫克特进入比武场〕

优利赛斯　他们已经对立起来了。

亚加曼农　那一位脸色这样沉重的脱爱人是谁？

优利赛斯　普莱阿姆的最小的儿子，一位真正的武士，还不太老练，可是已经无敌，他说话很果决，用行为代替言语，言语中不夸耀他的英勇的行为，不容易激动，激动起来也不容易消歇下去。他的心头和手头是一样地坦荡慷慨。他所有的都可以送给人家，他所想的都可以透露出来，但是他并不胡乱施舍，是由理性做指导的，不纯正的思想也并不随便出口。和赫克特一样地英勇，但是比他更凶狠，因为赫克特就是在盛怒之下，遇到柔弱的对象，也会手下留情。但是他，在激烈的战斗之中，比善妒的爱还有更多的仇恨。他们叫他为脱爱勒斯，他们的希望是建在赫克特身上，其次便是属望于他了。伊尼阿斯这样说，他是深知这位青年的，在脱爱宫里他私下对我这样地解释过。〔喇叭声。赫克特与哀杰克斯相斗〕

亚加曼农　他们打起来了。

奈斯特　哀杰克斯，你可要显身手了！

脱爱勒斯　赫克特，你在睡觉，你醒醒吧！

亚加曼农　他的打法不坏。好，哀杰克斯！

戴奥密地斯　你们不可再打了。〔喇叭声止〕

伊尼阿斯　两位王子，够了，请住手。

哀杰克斯　我身上还没有暖和呢，让我们再打吧。

戴奥密地斯　如果赫克特愿意。

赫克特　噫，那么就算是我不愿意再打下去。将军，你是我的父亲的妹妹的儿子，所以是伟大的普莱阿姆的儿子的表兄弟，我们的血统上的关系不准许我们两个浴血死战。你这希腊脱爱的混血儿，如果你能说："这只手全部是希腊的，这一只是脱爱的。这一只腿上筋肉全是希腊的，这一只全是脱爱的。我的母亲的血在我右面脸上流，左边流的是我父亲的血。”我对万能的周甫发誓，你便无法保全你的希腊血液的肢体，而不让我的剑在鏖战中留下伤痕。但是上天不准你从你母亲得来的血液，亦即我的神圣的姑母的血液，由我这支凡尘的刀剑来洒溅呀！让我来拥抱你，哀杰克斯。我指着善发雷霆的天神发誓，你有好壮健的臂膀，赫克特愿你的两臂这样地拥抱他。表兄，一切光荣属于你！

哀杰克斯　我谢谢你，赫克特。你是一个太有礼貌太高尚的人，我是来杀害你的，表弟，置你于死然后我可以博得一个伟大的名声。

赫克特　就是那个了不起的尼奥陶利摩斯[10]，荣誉之神曾大声急呼地对着他的鲜明的头饰喊叫“这就是他！”，恐怕也未必想到过能从赫克特手里夺取额外的光荣。

伊尼阿斯　这里双方都在关切你们下一步将怎样做。

赫克特　我们要回报他们的关切，结果就是一场拥抱。哀杰克斯，再会。

哀杰克斯　如果我的邀请可以获致成果——这是我的难得的机会——我愿邀请我的著名的表弟到我们希腊营地里来。

戴奥密地斯　这是亚加曼农的愿望，伟大的阿奇利斯也渴望能见到卸除了武装的英勇的赫克特。

赫克特　伊尼阿斯，把我的弟弟脱爱勒斯叫过来，把这友善会谈的消息告诉我们脱爱方面的参观的人。教他们回家去吧。把你的手给我，老弟，我要陪你们一起饮宴，并且看看你们的将士们。

哀杰克斯　伟大的亚加曼农亲自来迎接我们了。

赫克特　他们一群中之最显赫的，请逐个地把名姓告诉我。但是遇到阿奇利斯，我的一双锐利的眼睛会从他的魁梧的身体上把他辨认出来。

亚加曼农　能征惯战的英雄！我欢迎你，就像那想要把你铲除掉的人一样地欢迎你。但是那就不是欢迎了。请你更明白地了解我，过去和未来只能留下一些供人遗忘的痕迹，但是在目前现在，我用心坎里头的一股真心诚意来欢迎你，没有一丝一毫的虚伪在内，伟大的赫克特。

赫克特　我谢谢你，最尊贵的亚加曼农。

亚加曼农　〔对脱爱勒斯〕脱爱的著名的王子，我也同样地欢迎你。

麦耐雷阿斯　让我再来重述我对这位王子的欢迎，欢迎你们这一对英武的弟兄，欢迎你们到这里来。

赫克特　这是哪一位?

伊尼阿斯　高贵的麦耐雷阿斯。

赫克特　啊！是您，殿下？我指着战神的铁手套来发誓，多谢！别笑我发这样不寻常的誓，你的从前的夫人总是指着爱神的手套发誓的。她很好，可是并未要我向您致意。

麦耐雷阿斯　现在不要提她了，将军，她是个要命的题目。

赫克特　啊！对不起，我太冒失了。

奈斯特　您这位英勇的脱爱人，我常看见您在希腊青年队伍中间杀出杀人，代命运之神收获成果。并且我也常看见您跨着一匹骏马，像帕西阿斯一般地驰骤，你把剑高高地举起，但是并不砍下，好像是不屑于杀害那许多败军降将。我对旁边的人说过：“看！那就是天神朱匹特，赋予人们生命呢！”我也曾看见你停下来休息，那时候一群希腊人把你围起来了，好像是一位奥林匹亚的神在做角力赛。这是我看见过的。但是你的这一副面貌，以往都是钢铁覆罩着，我一直不曾看见过。我认识你的祖父，还和他打过一次哩[11]。他是一个好军人。但是，凭着我们的主宰伟大的马尔斯发誓，他却比不上你。让老头子我来拥抱你，英勇的战士，欢迎你到我们营地里来。

伊尼阿斯　这位是老奈斯特。

赫克特　让我来拥抱你，老前辈，您和光阴携手同行了这么久了。尊贵的奈斯特，我很高兴能拥抱您。

奈斯特　我愿我的胳膊能在作战的时候和你一决胜负，就像现在和你竞相表示敬意一样。

赫克特　我也愿你能。

奈斯特　哈！以我这白胡子为誓，我明天和你决战。好，欢迎，欢迎！我也曾年轻过——

优利赛斯　我真不懂，那座城池现在如何还能屹立，它的基础与柱子都在我们这里了。

赫克特　我很清楚地记得你的面貌，优利赛斯将军。啊！自从我第一次看见你和戴奥密地斯代表希腊出使脱爱宫廷之后，希腊和脱爱都死了不少的人。

优利赛斯　将军，我当时就向你预言以后将要发生什么事端，我的预言不过刚应验了一半。因为在你们城前巍然矗立的墙垛，以及高吻云霄的楼阁，一定要坍塌下来的。

赫克特　我决不信你的话。城楼依然在那里屹立住呢，而且我不是夸嘴，每一块佛里基亚的石头落下来，都要使希腊人淌一滴血。一切事情要看结局，时间老人是大家的裁判者，他总有一天会结束一切的。

优利赛斯　那么就留给他决定吧。最文雅最勇敢的赫克特，欢迎。元帅请过你之后，我请你到我的营地来宴会。

阿奇利斯　我要抢先，优利赛斯将军，抢你的先！现在，赫克特，我已把你饱看了一番，我已把你仔细端详，赫克特，每一部分都注意到了。

赫克特　这位是阿奇利斯吗？

阿奇利斯　我是阿奇利斯。

赫克特　站好了，我请你，让我看看你。

阿奇利斯　你可以看个够。

赫克特　我已经看完了。

阿奇利斯　你太快了。我愿把你再看一遍，一个肢体一个肢体地细看，好像是要把你买下一般。

赫克特　啊！像是一本游戏的书，你要把我从头到尾看过。只怕有些地方你读不懂。你为什么这样地用眼睛盯着我？

阿奇利斯　告诉我，上天哟，从他身上哪一部分下手，我才可以把他杀死？那里，还是那里，还是那里？好让我给那局部的伤口起个名字，好让我辨清赫克特的性命从哪一个伤口丧失。回答我，上天哟！

赫克特　天神若是回答这样的问题，也未免太耻辱了，骄傲的人。再站好，你真以为你可以这样从容不迫地取我的性命，以至于仔细推敲应从何处下手吗？

阿奇利斯　我告诉你说，是的。

赫克特　你这话纵然是神谕，我也不信。此后你可要好好防卫你自己，因为我不想在那里，或那里，或那里杀死你。而是，我指着战神马尔斯打盔的铁砧发誓，我要在你浑身上下到处杀死你。诸位最聪明的希腊将领，恕我夸下这样海口，他的傲慢引起了我的狂言，不过我要用行动配合我的语言，否则我永不——

哀杰克斯　你不要动怒，表弟。至于你，阿奇利斯，也不必虚声恫吓，到时候你高兴的话便去实行好了。随便哪一天你都可以和赫克特打个够，只消你有兴趣。我恐怕，当局未必肯让你去和他厮杀。

赫克特　我请求你，让我们在战场上和你相见吧。自从你拒绝为希腊作战以来，我们的打斗一直不见精彩。

阿奇利斯　是你请求我吗，赫克特？明天我就和你相会，像死神一般地残酷无情。今天晚上我们是朋友。

赫克特　把手伸给我，就算这样决定了。

亚加曼农　希腊的各位亲贵，请先到我的营幕里去。我们在那里宴会，随后，如果赫克特有工夫，而你们又愿表示殷勤，可以分别地款待他。

让军鼓响起喇叭鸣，对这伟大的军人表示欢迎。〔除脱爱勒斯与优利赛斯外，同下〕

脱爱勒斯　优利赛斯将军，请你告诉我，喀尔克斯住在这战场上什么地方？

优利赛斯　在麦耐雷阿斯的营帐里，高贵的脱爱勒斯，今晚戴奥密地斯就在那里宴请他。他不看天，不看地，他的热恋的眼光全投在美丽的克莱西达身上。

脱爱勒斯　我们在亚加曼农的营幕里辞出之后，好将军，可否烦你把我带到那里去？

优利赛斯　听您吩咐。请您也告诉我，克莱西达在脱爱的名誉如何？她在那里没有情人为了和她离别而悲伤吗？

脱爱勒斯　啊，将军！对于展示伤疤而引以自傲的人，实在应该加以嘲笑。我们走吧，将军？
她爱，她被爱，如今还是一样。
但是爱情永远是命运嘴里的食粮。〔同下〕

注释

[1] 安凯西斯 Anchises，伊尼阿斯之父。维娜斯是其母。

[2] 原文 Capocchia，意大利文“傻子”“蠢材”之意。但亦有 the knob of a stick（杖头）之意，且可引申为阳物之龟头。

[3] 罗马神话，每人都有一个随身相伴的鬼魂（genius），主宰他一生的命运。

[4] 衣袖是和衣服分开的，平时用针别上，形式不一，多有绣饰，可摘下以赠情妇。

[5] 原文 pures= purse of the lips，指吹喇叭时嘴唇紧闭之状。There's my purse 意为“你是我的好喇叭手”。

[6] 阿奎龙 Aquilon 即 Aquilo，希腊神话中北风之神 Boreas 之另一名称，图画中常绘为鼓腮狂吹之状。

[7] 奈斯特年迈，刚刚吻过克莱西达，冷若严冬之一丝寒意必尚留在克莱西达之唇上，故云。

[8] 原文 what shall be done to him... 是圣经用语，= what honor shall he receive？见 Samuel I. xvii，26。

[9] 哀杰克斯的母亲 Hesione 是赫克特的姑母。

[10]Neoptolemus 即是 Pyrrhus，亦即阿奇利斯的儿子，据某些有关脱爱的传说，是他最后结束脱爱战争的，但是此际他尚年幼，说不上什么“了不起”，故约翰孙的猜想可能是对的，莎氏是把尼奥陶利摩斯当作姓，此处所谓之尼奥陶利摩斯即是阿奇利斯而非阿奇利斯的儿子也。

[11] 赫克特的祖父，即普莱阿姆之父，即脱爱王 Laomedon。当年 Jason 寻金羊毛时途中受到这位脱爱王的慢待，返国后即发兵进攻脱爱，克之。奈斯特是他的盟友之一，曾与 Laomedon 交手。劫掠脱爱时，公主 Hesione 给了 Telamon。

第五幕

第一景：希腊营地。阿奇利斯帐前

阿奇利斯与帕楚克勒斯上。

阿奇利斯　我今晚要用希腊的美酒烧热他的血液，明天用我的弯刀令它冷却。帕楚克勒斯，我们要尽可能地款待他。

帕楚克勒斯　泽赛替斯来了。

泽赛替斯上。

阿奇利斯　怎么啦，你这恶毒的脓包！你这天生的焦黑的面包，有什么消息？

泽赛替斯　唉，你这神气活现的一幅图画，你这痴人崇拜的偶像，这里有你一封信。

阿奇利斯　从哪里来的，你这残渣？

泽赛替斯　唉，你这全盘的傻瓜，从脱爱来的。

帕楚克勒斯　现在谁还守在帐幕里[1]？

泽赛替斯　外科医生的箱子，或是病人的伤口。

帕楚克勒斯　说得好，荒谬的家伙！说这笑话有什么用呢？

泽赛替斯　请你住声，孩子，我从你的谈话里得不到益处，你据说是阿奇利斯的男侍。

帕楚克勒斯　男侍，你这混蛋！怎么讲？

泽赛替斯　噫，他的雄性的娼妓。发明这种荒谬的办法的人，我愿他不断地生南方的腐烂病[2]、肚腹绞痛、疝气、感冒、肾结石、中风、瘫痪、眼肿、肝腐烂、哮喘、膀胱化脓、坐骨神经痛、手掌牛皮癣、无法医治的骨头痛，以及永不痊愈的起皱的钱癣！

帕楚克勒斯　噫，你这该死的狠毒的家伙，你这样咒骂是什么意思？

泽赛替斯　我骂你了吗？

帕楚克勒斯　哦，没有，你这个破烂酒桶，你这婊子养的不成形的恶狗，没有。

泽赛替斯　没有！那么你为什么发怒，你这一束无聊的轻飘飘的生丝，你这为了眼痛而加上去的丝纱罩，你这浪子钱袋上的缨縧，你？啊！这可怜的世界上像你这样的水上蜉蝣，自然界的渺小生物，实在是太多了。

帕楚克勒斯　去你的，狠毒的东西！

泽赛替斯　小小的一只雀蛋！

阿奇利斯　我的好帕楚克勒斯，我明天作战的决心现在受了挫折。这是海鸠巴王后来的一封信，还有她的女儿我的美丽的爱人送来的一件信物，都在要求我遵守我发过的誓言[3]。我不能背誓。
让希腊覆亡，让名誉毁灭，我不计较光荣。
我的主要的誓言在此，我必须要服从。
来，来，泽赛替斯，帮我把帐房弄整齐。
今夜晚必须完全用在欢宴里。
走，帕楚克勒斯！〔阿奇利斯与帕楚克勒斯下〕

泽赛替斯　这两个人有太多的血气，太少的头脑，可能要发疯。但是如果他们因太多头脑太少血气而发疯，我倒是会治疗这样的疯子。这里的亚加曼农，人是很老实，喜欢玩女人，但是他的头脑还没有他的耳蜡多。还有他的那位老弟。真是朱匹特的化身，一头公牛，乌龟王八的原始的塑像，间接的纪念碑[4]。只是一只系着链子的鞋拔子，悬在他的哥哥的腿旁边，纵然智慧加上刻薄，或是刻薄充满智慧，能够把他变成什么比现在更体面的样子呢？变成一头驴，那没有什么意思，他本来又是驴又是牛；变成一头牛，那也没有什么意思，他本来又是牛又是驴；变成一条狗、一头骡子、一只猫、一只臭鼬、一只蟾蜍、一只蜥蜴、一只猫头鹰、一只小鹰，或是一条没有卵的鲱鱼，我都满不在乎。就是别变成了麦耐雷阿斯！我会要向命运抗衡。不要问我愿意变成什么，如果我不是泽赛替斯，因为教我变成一个癞痢汉身上的一只虱子，我也不在乎，只消别变成为麦耐雷阿斯。哎呀！一群幽灵和火炬！

赫克特、脱爱勒斯、哀杰克斯、亚加曼农、优利赛斯、奈斯特、麦耐雷阿斯与戴奥密地斯携火炬上。

亚加曼农　我们走错了，我们走错了。

哀杰克斯　没有，那边就是。那边，我们看见有火亮的地方。

赫克特　我麻烦你们了。

哀杰克斯　不，一点也不。

优利赛斯　他亲自来为你领路了。

阿奇利斯又上。

阿奇利斯　欢迎，英勇的赫克特。欢迎，诸位亲贵。

亚加曼农　脱爱的英勇的王子，我现在对您道晚安了。哀杰克斯会吩咐卫兵侍候您的。

赫克特　谢谢您，愿您晚安，希腊军大元帅。

麦耐雷阿斯　晚安，将军。

赫克特　晚安，亲爱的麦耐雷阿斯将军。

泽赛替斯　亲爱的厕所，他说“亲爱的”！亲爱的粪池，亲爱的水沟！

阿奇利斯　对于离去的和停留的，我同时道晚安并且表欢迎了。

亚加曼农　晚安。〔亚加曼农与麦耐雷阿斯下〕

阿奇利斯　老奈斯特留下了。还有你，戴奥密地斯，陪伴赫克特一两小时吧。

戴奥密地斯　我不能，将军。我有要紧的事，目前正是紧要关头。晚安，伟大的赫克特。

赫克特　伸手给我。

优利赛斯　〔向脱爱勒斯旁白〕跟着他的火炬走，他是到喀尔克斯的帐篷去的。我陪你去。

脱爱勒斯　亲爱的将军，我很荣幸。

赫克特　那么，晚安了。〔戴奥密地斯下，优利赛斯与脱爱勒斯随后〕

阿奇利斯　来，来，走进我的帐篷。〔阿奇利斯、赫克特、哀杰克斯与奈斯特下〕

泽赛替斯　那个戴奥密地斯是一个奸佞小人，心术不正的坏蛋。他斜眼看人的时候，恰似一条蛇嘘嘘作响，我绝不信赖他。他会狂吠，轻诺滥许，像只会狂吠的猎犬一般。可是等到他要履行诺言的时候，天文家都会发出预告：现有朕兆，天空将有奇异惊人的变化，戴奥密地斯实践诺言的时候太阳要向月亮借光。我宁可不看赫克特，不能不去尾随他。据说他养着一个脱爱娼妇，就住在那卖国的喀尔克斯的帐篷里。我要跟了去。完全是荒淫无耻！全是一些放纵的坏蛋！〔下〕

第二景：同上。喀尔克斯帐前

戴奥密地斯上。

戴奥密地斯　怎么，你还没睡吗，哦？说话呀。

喀尔克斯　〔在内〕谁在叫？

戴奥密地斯　戴奥密地斯。是喀尔克斯，我想。你的女儿在哪里？

喀尔克斯　〔在内〕她就来见你。

脱爱勒斯与优利赛斯遥上；泽赛替斯在后跟着。

优利赛斯　站在火炬照不到我们的地方。

克莱西达上。

脱爱勒斯　克莱西达出来会他了。

戴奥密地斯　你好吗，被我看管的人！

克莱西达　你好，我的亲爱的监护人！你听着！我有句话对你讲。〔耳语〕

脱爱勒斯　对，这样亲热！

优利赛斯　她对任何男人都会一见如故。

泽赛替斯　任何男人对她也会一见如故，如果他能把握住她的调门，她是加了符号的[5]。

戴奥密地斯　你还记得吗？

克莱西达　记得！当然。

戴奥密地斯　不，那么就要去做，你的心要和你的话一致。

脱爱勒斯　要她记起什么呢？

优利赛斯　听！

克莱西达　亲爱的希腊人，别再引诱我做荒唐事了。

泽赛替斯　阴谋！

戴奥密地斯　不，那么——

克莱西达　我对你说吧——

戴奥密地斯　别说啦，别说啦！来，你还有什么可说的，你背誓了。

克莱西达　说实话，我不能。你要我做什么呢？

泽赛替斯　变鬼把戏——秘密地开放。

戴奥密地斯　你发过誓要给我什么来的？

克莱西达　我求你，不要逼我实行诺言。亲爱的希腊人，除了这一件事情，你要我做什么都可以。

戴奥密地斯　再会吧。

脱爱勒斯　我要耐心，忍住这口气！

优利赛斯　你怎么了，脱爱人？

克莱西达　戴奥密地斯——

戴奥密地斯　不，不，再会吧，我不再受你欺骗了。

脱爱勒斯　比你高明的人都受她欺骗了。

克莱西达　听！我再附耳说句话。

脱爱勒斯　啊，真气死人！

优利赛斯　你受刺激了，王子。我们走吧，否则你的懊恼会要扩大成为愤怒。这地方是危险的，这时间也是很恐怖的。我请你，走吧。

脱爱勒斯　看，我请你！

优利赛斯　不，走吧，你将要气疯了，来吧。

脱爱勒斯　我请你，再停一下。

优利赛斯　你没有耐心，来吧。

脱爱勒斯　我请你，再停一下。我指着地狱和地狱里一切酷刑发誓，我决不说一句话！

戴奥密地斯　那么，再会了。

克莱西达　不，你是负气而去。

脱爱勒斯　这使你难过吗？啊，枯萎的忠心！

优利赛斯　噫，你怎么了？

脱爱勒斯　天呀，我要忍耐。

克莱西达　保护人——唉，希腊人！

戴奥密地斯　算了，算了！再会。你玩弄人。

克莱西达　说实话，我没有，你再回来一下。

优利赛斯　你为了什么事而气得发抖了，你还不走？你会要气得心胸迸裂。

脱爱勒斯　她在抚摸他的脸！

优利赛斯　来，来。

脱爱勒斯　不，停一下。天呀，我决不说一句话。在我的意志与一切暴行之间，有耐心在防卫着，再停一下吧。

泽赛替斯　淫欲魔鬼，耸着他的肥臀，伸着他的甜薯似的手指[6]，竟逗起了这两个人的淫兴！煎熬吧，淫欲，煎熬吧！

戴奥密地斯　那么，你肯不肯呢？

克莱西达　老实说，我肯啦，决不骗你。

戴奥密地斯　给我一件信物做担保。

克莱西达　我给你拿一个去。〔下〕

优利赛斯　你已经发誓要忍耐。

脱爱勒斯　不用为我担心，将军。我决不任性，不表示感情，我是十足地忍耐。

克莱西达又上。

泽赛替斯　信物来了！喏，喏，喏！

克莱西达　戴奥密地斯，你收起这只衣袖吧。

脱爱勒斯　啊，美人！你的忠诚哪里去了？

优利赛斯　殿下——

脱爱勒斯　我要忍耐，在外表上我要忍耐。

克莱西达　你看看那只衣袖，仔细看看。他爱过我——啊，负心的女人——还给我吧。

戴奥密地斯　那是谁的？

克莱西达　那没有关系，我已经收回来了。明天晚上我不和你相会。我请求你，戴奥密地斯，不要再来看我。

泽赛替斯　现在她要磨他了。说得好，磨刀石！

戴奥密地斯　我一定要它。

克莱西达　什么，这个？

戴奥密地斯　是，就是那个。

克莱西达　啊！天神在上。啊，好可爱的可爱的信物！你的主人躺在床上想你和我呢。他在叹气，拿起我的手套，一面回忆一面轻轻地吻着它，就像我吻你一样。不，别从我手里把它抢走，谁把它拿走谁就是把我的心也一齐拿走了。

戴奥密地斯　我已经得到了你的心，随后就可以拿这个。

脱爱勒斯　我已发誓要忍耐。

克莱西达　我不能给你，戴奥密地斯。我真是不能给你，我给你另外一件别的东西。

戴奥密地斯　我要这一个。它是谁的？

克莱西达　那没有关系。

戴奥密地斯　来，告诉我它是谁的。

克莱西达　它是比你更爱我的一个人的。你既已拿了去，就给了你吧。

戴奥密地斯　是谁的？

克莱西达　我指着天边的环绕戴安娜的群星以及戴安娜本身来发誓，我不能告诉你它是谁的。

戴奥密地斯　明天我就把它佩戴在我的盔上，他若不敢向我挑战，他心里会难过的。

脱爱勒斯　你纵然是魔鬼，把它戴在你的角上，我也要向你挑战。

克莱西达　好，好，已经这样做了，也就算了。不过还不能算完事，我不打算赴约。

戴奥密地斯　那么，再会吧，戴奥密地斯再也不受你的骗了。

克莱西达　你不能走，人家一句话也不能说，一说你就一怒而去。

戴奥密地斯　我不喜欢这样的戏弄。

泽赛替斯　我也不喜欢，我敢发誓。不过不讨你喜欢的事却最讨我喜欢[7]。

戴奥密地斯　怎么，要我来吗？几点钟？

克莱西达　是的，你来——啊，天神——务必来——我要遭受天谴了。

戴奥密地斯　等到那时候再见。

克莱西达　再会。我请你，来——〔戴奥密地斯下〕
脱爱勒斯，别了！一只眼睛向你望，
另一只随着我的心而转了向。

啊！可怜的女性，我们有一弱点，
眼睛的错误能把我们的心意转变。
被错误领导着，一定走上错路。
心被眼睛支配，当然充满错误。〔下〕

泽赛替斯　她的话不能说得再清楚。
除非她说:“我的心变了娼妇。”

优利赛斯　一切完了，殿下。

脱爱勒斯　是的。

优利赛斯　那么，我们还停留做什么？

脱爱勒斯　我要把这里说的话一字一字地记在我心灵里。如果我把这两个人如何扮演丑剧说了出去，自以为在吐露实情之际我会不会是在说了谎言呢？因为我心中还有一个信念，一个顽强的希望之心，以为眼耳的证据并不可靠，这些器官含有错觉，专为骗人而生的。方才真的是克莱西达在这里吗？

优利赛斯　我不会勾魂唤鬼，脱爱人。

脱爱勒斯　她没有来到此地，一定。

优利赛斯　一定是她来了。

脱爱勒斯　唉，我的否认并不带有疯狂的意味。

优利赛斯　我也没有疯，殿下，方才克莱西达是在此地。

脱爱勒斯　为了女性的尊严，不要相信吧！想我们都有母亲。不要给那些好挑剔是非的人造机会，他们会在没诽谤资料的时候拿克莱西达的尺度来衡量一般的女性，我们宁可认为那不是克莱西达。

优利赛斯　王子，她做了什么事使我们的母亲蒙羞了呢？

脱爱勒斯　什么也没有做，除非方才来的是她。

泽赛替斯　他高谈阔论，不信自己亲眼所见的事？

脱爱勒斯　这是她？不，这是戴奥密地斯的克莱西达。如果美貌是有灵魂的，这便不是她。如果灵魂指导誓约，如果誓约是神圣之物，如果神圣之物是天神所欢喜的，如果一个人的个性是有规范的，这便不是她。啊！疯狂的推论，其论证拥护自己却又反驳自己。双重的力量！理性可以反叛真理，而仍不失为理性，理性失却之后还是完全合于理性，而不背叛理性法则[8]。这是克莱西达，这又不是克莱西达。我心里正在进行着一场奇异的斗争，一个不可分隔的东西竟分隔得比天与地之间还要远，而隔得如此广阔，其间却又没有空隙，容不得阿利阿克尼的一根那样细的破网丝[9]。证据，啊，证据！像普鲁图的大门一般地坚强；克莱西达是我的，上天把我们缩结在一起。证据，啊，证据！像苍天一般地坚强。上天缩结的绳子滑了，散了，松了，用另外一个结子，由五根手指结起来的，把她的贞操的碎片，爱情的残余，吃过了的甜言蜜语之残汤剩水，拿来和戴奥密地斯缔结良缘。

优利赛斯　高贵的脱爱勒斯心中实际所感受的可能有他口中所表达的情感的一半吗？

脱爱勒斯　是的，希腊人。那一段情感，我要用马尔斯热恋维娜斯时的那颗心那样红的字来写。年轻人从来没我这样死心塌地地爱过。听，希腊人，我深爱克莱西达，我也同样地痛恨她的戴奥密地斯。他要戴在他的盔上的那只衣袖乃是我的，纵然是神匠乌尔坎打铸的盔，我也要用剑把它挑下来。航海人所谓飓风之惊人的水柱，被强大的太阳吸在一起，下降之际会要震昏了海龙王奈普庭的耳朵，但是也不及我准备好的剑落在戴奥密地斯身上时之声势浩大。

泽赛替斯　那是他奸淫的报应。

脱爱勒斯　啊，克莱西达！啊，负心的克莱西达！负心，负心，负心！一切的不忠不义放在你的恶名旁边，都会显得光荣。

优利赛斯　啊！你忍耐吧，你的激愤惊动人了。

伊尼阿斯上。

伊尼阿斯　我正在找你呢，殿下。赫克特这时候正在脱爱披上他的盔甲。你的护卫哀杰克斯等着送你回家。

脱爱勒斯　我和你一同去，殿下。将军，再会。
再会，变心的美人！戴奥密地斯，
站稳了，用一座堡垒保护脑壳！

优利赛斯　我送你们到大门口。

脱爱勒斯　请接受我心慌意乱中的感谢。〔脱爱勒斯、伊尼阿斯与优利赛斯下〕

泽赛替斯　我愿能遇到那个坏蛋戴奥密地斯！我要像一只乌鸦呀呀地叫，我要给他一个不祥之兆，给他一个不祥之兆。帕楚克勒斯为了有关这娼妇的消息会愿意给我任何报酬。一只鹦鹉为了一颗杏仁，比不上他为

了一个好行方便的娼妇而更热心。奸淫，奸淫，永远是战争与奸淫，此外便都不时髦。让火辣辣的恶魔来捉他们！〔下〕

第三景：脱爱。普莱阿姆宫前

赫克特与恩德劳玛奇上。

恩德劳玛奇　我的丈夫几曾这样发脾气，充耳不听人的劝告？脱下武装，脱下武装，今天不要出战。

赫克特　你是鼓励我对你无礼。进去，我对一切永恒的天神发誓，我要去。

恩德劳玛奇　我的梦一定是今天的不祥之兆。

赫克特　别再多说了。

卡珊德拉上。

卡珊德拉　我的哥哥赫克特呢?

恩德劳玛奇　在这里，妹妹，穿上了武装，充满了杀机。陪同我大声苦苦地哀求他吧。我们跪下来求他，因为我梦到了流血的骚乱，整夜里全是些屠杀的惨象。

卡珊德拉　啊！是真的。

赫克特　喂！给我吹起喇叭来。

卡珊德拉　看在上天的面上，不要吹起突击的信号，好哥哥。

赫克特　走开，天神已经听到我发誓了。

卡珊德拉　天神对于激愤乖张的誓言是听不入耳的。那是污秽的祭礼，比牺牲里的腐烂的肝还更不受欢迎。

恩德劳玛奇　啊！听我的劝吧。不要以为忠于誓约便可以光明正大地去杀人。这就和为了慈善事业而去强取豪夺以便大量施舍一样地不合法。

卡珊德拉　誓言是否有力，要看它的用意如何。用意不善的誓言是无须遵守的。脱下武装，好赫克特。

赫克特　你不要吵，我的名誉比我的命运更重要。生命是每个人都珍视的，但是高贵的人认为名誉远比生命更为重要。

脱爱勒斯上。

怎么样，年轻人！你今天想去作战吗?

恩德劳玛奇　卡珊德拉，喊我的父亲来劝他。〔卡珊德拉下〕

赫克特　不可以，老实讲，年轻的脱爱勒斯。解下你的盔甲，年轻人。我今天是要发扬武士精神，让你的筋骨再长得强壮一些，现在不要去冒战争的锋镝。
卸下武装，去，你不要犹豫，
我今天要为你、为我、为脱爱，奋战到底。

脱爱勒斯　哥哥，你有过分仁慈的毛病，这毛病适于一头狮子[10]，不适于一个人。

赫克特　是什么毛病，好脱爱勒斯？你指责我吧。

脱爱勒斯　好多次希腊的败将倒了下去，你挥剑生风，却教他们站起来，让他们活命。

赫克特　啊！这是光明正大的行径。

脱爱勒斯　傻瓜的行径，赫克特。

赫克特　怎么呢！怎么呢！

脱爱勒斯　为了敬爱一切天神起见，我们把那修行的恻隐之心留给我们的母亲吧，当我们披上甲胄的时候，让毒狠的膺惩的念头驾驭着我们的兵剑，肆行杀戮，毫不留情。

赫克特　呸，野蛮，呸！

脱爱勒斯　赫克特，这就是战争。

赫克特　脱爱勒斯，我不愿你今天出战。

脱爱勒斯　谁能拦阻我？命运，服从，甚至战神马尔斯手挥火红的权杖要我退下[11]，都不能拦阻我；普莱阿姆和海鸠巴跪在地下，泪流满面，也不能拦阻我;就是你，我的哥哥，抽出你的利剑，也拦不住我，除非把我毁掉。

卡珊德拉偕普莱阿姆又上。

卡珊德拉　抓住他，普莱阿姆，紧紧地抓住他。他是你的拐杖，你靠他，全脱爱靠你，你如今若是失掉了支撑，大家都要同归于尽。

普莱阿姆　来，赫克特，来。回去吧。你的妻做了噩梦；你的母亲也看到了灾异之象；卡珊德拉也预知了；我自己像是一个突然得到灵感的先知，我要告诉你今天是不吉利的。所以，回去吧。

赫克特　伊尼阿斯上战场了。我和许多希腊人都早有约会，与军人的名誉攸关，今天早晨必须和他们相见。

普莱阿姆　是的，但是你不能去。

赫克特　我不能背誓。您知道我是不会违抗亲命的。所以，父亲，不要让我有亏孝道，请您亲口准许我去做您方才不准我去做的事吧，父王普莱阿姆。

卡珊德拉　啊，普莱阿姆！不要依从他。

恩德劳玛奇　不要依他，亲爱的父亲。

赫克特　恩德劳玛奇，我不高兴你了。为了你对我的这一份爱，赶快进去。〔恩德劳玛奇下〕

脱爱勒斯　这个愚蠢的、梦想的、迷信的女孩子造出这一切的恶兆。

卡珊德拉　啊，别了！亲爱的赫克特。看！你要死了。看！你翻白眼了。看！你的血从好几处伤口往外流。听！脱爱的叫嚣的声音：海鸠巴在喊叫！可怜的恩德劳玛奇的哀号声是多么凄厉！看哪，惊骇、疯狂和慌乱，像是失了神智的痴人，彼此相遇，竞相呼喊赫克特！赫克特死了！啊，赫克特！

脱爱勒斯　去吧！去吧！

卡珊德拉　别了。且慢！赫克特，我向你行告别礼。
你骗了全脱爱的人，也骗了你自己。〔下〕

赫克特　父王，您听了她的叫号而震惊了。
您进去安抚军民，我们出去打仗。
我们去争取光荣，晚上再对您细讲。

普莱阿姆　再会，愿天神保佑你们平安！〔普莱阿姆与赫克特

分途下。号角声〕

脱爱勒斯　他们打起来了，听！骄傲的戴奥密地斯，
我不是把臂膀失掉，就是把那衣袖来夺。

脱爱勒斯将下场时，潘达勒斯自另一方上。

潘达勒斯　你听见没有，殿下？你听见没有？

脱爱勒斯　又有什么事？

潘达勒斯　这里有一封那个可怜的女子的信。

脱爱勒斯　让我看看。

潘达勒斯　这该死的痨病咳嗽，这混账的痨病咳嗽真害得我好苦，又加上这女孩子的莫名其妙的命运。不是为这个，就是为那个，我将不久于人世了。我眼里淌泪，骨头又酸痛，我一定是受了什么人的诅咒，否则我真不知道是怎么回事。她在信里说什么？

脱爱勒斯　空话，空话，只是空话，没有来自内心的东西；实际意义完全是另外一回事。〔撕信〕去吧，风一样的东西随风而去吧，一起化成一阵清风吧。
她用空言欺骗填塞我的心，
却用实际行为满足另外一个人。〔分途下〕

第四景：脱爱与希腊营地之间

号角声。几度跑台。泽赛替斯上。

泽赛替斯　现在他们彼此厮杀起来了，我去观战。那个虚伪可怕的坏蛋，戴奥密地斯，竟在盔上戴起脱爱那个卑鄙的痴恋的愚蠢的小伙子的袖子。我很愿看他们两个遭遇，好让那个爱上婊子的年轻的脱爱的驴，把那个希腊的爱嫖婊子的顶着衣袖的坏蛋打发回到狡猾淫荡的婊子那边去，让他没有脸回去。在另一方面，一群奸诈取巧的坏人——那个老朽的虫蛀鼠咬的干奶酪奈斯特，还有那个雄狐狸优利赛斯，他们的权谋狡计原来不值一颗黑莓。他们用计让那条杂种狗哀杰克斯抵抗那条同样坏种的狗阿奇利斯。现在狗东西哀杰克斯比狗东西阿奇利斯还更骄傲，今天不肯出战了。于是希腊人开始要宣称回到愚昧无知的野蛮状态里去，机谋统治不受欢迎了。且慢！衣袖来了，那一个也来了。

戴奥密地斯上，脱爱勒斯后随。

脱爱勒斯　不要逃。你即使跳进阴间的斯提克斯河，我也要跟在后面游。

戴奥密地斯　你说错了。我只是退，我没有逃，你们人多势众，我为本身利益着想所以退了出来。看剑！

泽赛替斯　保卫你的婊子，希腊人！现在为你的婊子而战吧，

脱爱人！现在夺取衣袖，现在夺取衣袖！〔脱爱勒斯与戴奥密地斯相斗下〕

赫克特上。

赫克特　你是谁，希腊人？你是来和赫克特交手的吗？你也是一个贵族吗？[12]

泽赛替斯　不，不，我是一个地痞，一个卑鄙的爱骂人的无赖汉，一个很龌龊的小流氓。

赫克特　我相信你，活命去吧。〔下〕

泽赛替斯　感谢天神，你竟相信我，但是你吓坏了我，你将不得好死！那两个嫖婊子的坏蛋怎么样了？我想他们彼此互相吞噬了吧，有这样奇迹发生，我倒要大笑一场。不过，淫荡的人可以说是把自己吞食下去。我要去找他们。〔下〕

第五景：原野之另一部

戴奥密地斯与一仆上。

戴奥密地斯　去，去，我的仆人，你把脱爱勒斯的马牵了去。把这匹骏马奉献给我的爱人克莱西达，伙计，代我向她的美貌表示忠诚之意。告诉她我已经惩罚了那个妄自多情的脱爱人，事实证明我是她的武士。

仆　　我就去，我的主人。〔下〕

亚加曼农上。

亚加曼农　　再战，再战！凶猛的波黎德摩斯把密南打倒了；私生子马加来龙生擒了都利阿斯，像巨人一般摇着他的枪杆站在义皮斯托佛斯和西地阿斯两位国王的残尸上面；波黎克色尼斯被杀害了；安菲玛克斯和邹阿斯受了致命伤；帕楚克勒斯被掳，也许是被害了；帕勒密地斯受了严重的伤害；可怕的半人半马的怪物[13]吓倒了我们的队伍。我们要赶快驰援，戴奥密地斯，否则我们全覆没了。

奈斯特上。

奈斯特　　去，把帕楚克勒斯的尸体送给阿奇利斯，让那蜗牛爬似的哀杰克斯赶快披挂。战场上有一千个赫克特，忽而他骑着他的骏马噶拉济在这里作战，忽而在那里没有对手和他对敌；随后他又徒步作战，对方逃的逃，死的死，像是一群小鱼遇到一头喷水的巨鲸；然后他又奔到那里，希腊人就像成熟待割的稻草一般，一束一束地在他面前倒下。这里，那里，到处，饶命或杀人都随他的便，巧妙的身手运用自如，他要怎么办就怎么办。他的战果非常辉煌，那既成事实被人认为是不可能的事。

优利赛斯上。

优利赛斯　啊！鼓起勇气，鼓起勇气，诸位王子。伟大的阿奇利斯正在披挂，哭泣，咒骂，发誓要报仇。帕楚克勒斯身上的创伤激起了他的消沉的血气，还有他的那些受伤的美弥东战士，缺鼻断手，有的被剁，有的被削，都到他面前来咒骂赫克特。哀杰克斯损失了一个好朋友，满嘴喷沫，他披上盔甲正在作战，吼叫着要寻脱爱勒斯，他今天战得像是疯狂一般，勇往直前不顾一切，命运之神好像是看不起智谋，让这一勇之夫无往不胜。

哀杰克斯上。

哀杰克斯　脱爱勒斯！你这懦夫脱爱勒斯！〔下〕

戴奥密地斯　唉，在那里，在那里。

奈斯特　对，对，我们共同去作战。

阿奇利斯上。

阿奇利斯　赫克特在哪里？来，来，你这杀小孩子的家伙[14]，露出你的嘴脸。你来尝试一下遭遇盛怒的阿奇利斯是什么滋味。赫克特！赫克特在哪里？我不要别人，只要赫克特。〔同下〕

第六景：原野之又一部

哀杰克斯上。

哀杰克斯　脱爱勒斯，你这懦夫脱爱勒斯，你出头来！

戴奥密地斯上。

戴奥密地斯　脱爱勒斯，喂！脱爱勒斯在哪里？

哀杰克斯　你找他做什么？

戴奥密地斯　我要整治他。

哀杰克斯　如果我是元帅，你需要先占据我的地位，然后再整治他。脱爱勒斯，喂！怎么，脱爱勒斯！

脱爱勒斯上。

脱爱勒斯　啊，狡诈的戴奥密地斯！转过你的奸恶的脸，你这奸贼！用你的性命来赔我的马。

戴奥密地斯　哈！你在那儿吗？

哀杰克斯　我要单独和他打。站在一边，戴奥密地斯。

戴奥密地斯　他是我要猎取的对象，我不能袖手旁观。

脱爱勒斯　来，你们两个希腊骗子一齐来。你们两个一齐看剑！〔打斗中同下〕

赫克特上。

赫克特　对，脱爱勒斯？啊，打得好，我的最小的弟弟！

阿奇利斯上。

阿奇利斯　现在我可看到你了。哈！看剑，赫克特！

赫克特　请你休息一下吧。

阿奇利斯　我不稀罕你这礼貌，骄傲的脱爱人。我的两臂久已不用，这是你的运气。我的疏懒现在对你是有益的，但是不久你就又可以领略我的手段。在这时机到来以前，你追寻你好运道去吧。〔下〕

赫克特　再会——我若是早料到能遇到你，我会格外地精神百倍。怎样，弟弟！

脱爱勒斯又上。

脱爱勒斯　哀杰克斯已经擒了伊尼阿斯，就这样算了吗？不，我指着天下灿烂的红光为誓，不能让他把他这样生擒了去。我宁愿也被捉了去，否则一定要把他救回来。
命运之神，请你听我讲！
今日是死是活，我毫不放在心上。〔下〕

一披挂华丽甲胄者上。

赫克特　站住，站住，你这希腊人。你是一个很好的目标。怎么？你不肯？我很喜欢你这副盔甲，我要打碎它，把铰钉都卸下来，但是我要把它据为己有。
畜牲，你不肯站住和我对敌？
好，你逃，我要追你剥你的皮。〔同下〕

第七景：原野之又一部

阿奇利斯率美弥东人众上。

阿奇利斯　到我身边这里来，我的美弥东武士们，听我说话。我走到哪里，你们都要跟着我。不要动手打斗，好好地养精蓄锐。等我找到了那凶狠的赫克特的时候，你们就举起武器把他包围起来，用最残酷的手段执行你们的任务[15]。
跟我来，弟兄们，注意我的行动。
命中注定伟大的赫克特必定丧命。〔同下〕

麦耐雷阿斯与巴黎斯打斗上；泽赛替斯后上。

泽赛替斯　乌龟和乌龟制造者打起来了。打，公牛！打，狗！嗥，巴黎斯，嗥[16]！打，养着两个老婆的麻雀[17]！嗥，巴黎斯，嗥！公牛打胜了。当心它的角，嗐！〔巴黎斯与麦耐雷阿斯下〕

马加来龙上。

马加来龙　转过来，奴才，和我打。

泽赛替斯　你是谁？

马加来龙　普莱阿姆的私生子。

泽赛替斯　我也是一个私生子。我喜欢私生子，我是生来就是私生子，当作私生子教养大的，在心理上是私生子，在勇气上也是私生子，在一切事情上都是不合法的。

一只熊不会咬另一只熊，为什么一个私生子要同类相残呢？留神，这战争对我们是极不利的，如果一个婊子的儿子为一个婊子作战，他是自找苦头吃。再会，私生子。〔下〕

马加来龙　让魔鬼来抓你，懦夫！〔下〕

第八景：原野之另一部

赫克特上。

赫克特　内心极度腐烂的脓包，表面上还这样良好，你的这一身漂亮的盔甲就这样地送了你的命。
我的工作完毕，我要好好休息。
歇着吧，剑，你也吸饱了血腥气。〔取下盔，把盾悬在背上〕

阿奇利斯与美弥东战士等上。

阿奇利斯　看，赫克特，太阳开始没落了。丑恶的夜跟在后面喘息而来，
恰似太阳下沉，白昼完结，
赫克特的性命也就要断灭。

赫克特　我没有披挂武装，不要讨这个便宜，希腊人。

阿奇利斯　下手啊，弟兄们，下手啊！这就是我要寻找的人。〔赫克特倒下〕脱爱的王宫呀，你也跟着倒下去吧！脱爱，你现在没落吧！在这里躺着的是你的心脏，你的筋肉，你的骨头。
走！美弥东人，你们大家齐声高叫：
“阿奇利斯已把强大的赫克特杀掉。”〔退兵号声起〕
听！我们希腊方面吹起退兵号了。

美弥东战士　将军，脱爱方面也吹起了同样的号声。

阿奇利斯　黑夜的龙翅遮盖了大地，像是一位裁判官，分开了两股大军。
我的剑刚吃半饱，本想吃顿饱餐，这美味也可令它满意，送它去安眠。〔放剑入鞘〕
来，把他的尸体系在我的马尾上，
我要拖着这个脱爱人走过战场。〔同下〕

第九景：原野之又一部

亚加曼农、哀杰克斯、麦耐雷阿斯、奈斯特、戴奥密地斯及其他行军上。内喊声。

亚加曼农　听！听这是什么喊声？

奈斯特　停住，鼓声！

〔内呼声〕阿奇利斯！阿奇利斯！赫克特被杀死了！阿奇利斯！

戴奥密地斯　他们嚷嚷的是，赫克特被杀死了，是被阿奇利斯杀死的。

哀杰克斯　果真如此，也不必自夸，
伟大的赫克特可以比得上他。

亚加曼农　静静地前进。派一个人去
请阿奇利斯到我的帐幕里。
如果他这一死是天神对我们的眷顾，
伟大的脱爱是我们的了，大战也可结束。〔行军同下〕

第十景：原野之又一部

伊尼阿斯与脱爱人等上。

伊尼阿斯　站住，喂！我们现在还是战场上的主宰。不要回去，
我们就在这里把漫漫长夜耗过去吧。

脱爱勒斯上。

脱爱勒斯　赫克特被杀了。

众　赫克特！天神不准！

脱爱勒斯　他是死了，并且捆在凶手的马尾上，很不人道地在战场上被拖了过去。天呀，继续蹙着你的眉头，迅速地暴发你的愤怒吧！天神呀，你们坐在你们的宝座上，眷顾着脱爱吧！但愿你们降下短暂的灾祸便是你们的慈悲，千万别拖延我们的不可避免的毁灭！

伊尼阿斯　殿下，你这样使得全军不安了。

脱爱勒斯　你这样说证明你没有了解我。我并没有说起逃走、恐惧、死亡，我是在欢迎神和人所给我们准备的一切即将来临的灾难。赫克特是死了，谁去把这消息报告普莱阿姆或海鸠巴？谁要是愿意永远被人称为枭鸟，谁就去到脱爱宣布赫克特的死讯。这一句话会把普莱阿姆变成石头，把妇女变成淌泪的奈欧比[18]，把青年变成冰冷的雕像。总而言之，会把整个的脱爱吓得发狂。但是走开吧，赫克特是死了，没有什么好说的了。且慢。你们这些讨厌的帐篷，这样傲慢地搭在我们佛利基亚的平原上，让太阳出来得越早越好，我要在你们这些帐篷中间驰骤！还有，你这庞大的懦夫[19]，地上的空间不能隔开我们的仇恨，我要像噩梦一般地迅速地幻出妖魔鬼怪永远地困扰你。

向脱爱开步走！舒舒服服地走：

用复仇的希望掩饰我们内心的忧愁[20]。〔伊尼阿斯与脱爱队伍下〕

脱爱勒斯将下之际，潘达勒斯自另一方上。

潘达勒斯　你听我说，你听我说！

脱爱勒斯　滚开，你这拉皮条的奴才！
一辈子受耻辱，和你的丑名离不开！〔下〕

潘达勒斯　治我浑身骨头痛的一服妙药！啊，世界！世界！世界！一个可怜的为人效劳的人竟这样地被人轻蔑了。啊，卖国贼和拉皮条的，人家求你服务的时候有多么殷勤，你得到的报酬多么惨！为什么我们的努力备受欢迎，而我们的行为又这样地被人厌恶呢？有什么诗为证？有什么格言可举？让我想想看——
尚未失掉蜜和刺以前，
蜜蜂唱得有多么地甜。
等到尾巴受了损伤，
甜蜜和甜歌一齐消亡。
做人肉生意的贩子们，把这几行诗绣在你们的墙帷上吧。
这里的所有的开淫业的朋友，
请为潘达而从半瞎的眼里把泪流。
如果不能哭，请呻吟几声，
纵然不为我，为你的骨头痛。
干做媒把风这行生意的男男女女，
两个月后我就可以把遗嘱写起。
应该现在就写，但是我又恐怕，
温柴斯特[21]的窑姐儿们要嘘声咒骂。

目前我只好发汗，减轻一点苦痛；
到时候我再留传给你们我的脏病。〔下〕

注释

[1] 帕问: Who keeps the tent now？所谓 keep 是“居住”的意思，泽故意误解为“保持”之意，所谓 tent 是“帐幕”，泽故意误解为“外科医生用以探拭创口之线捻”，故有此不伦不类之答语，语涉双关，无法译出。

[2] 可能是指 Naples 的梅毒病。

[3] 誓约是不再与脱爱为敌，并尽力结束战争。根据这个条件普莱阿姆同意了他的女儿 Polyxena 和他的婚事，此一协定是由王后海鸠巴所促成。

[4] 朱匹特 Jupiter 化身为一公牛，劫 Europa 而去。牛有角，妻被人奸者亦生角，故此牛为乌龟王八之原始塑像，间接的（oblique）纪念碑。此皆指麦耐雷阿斯而言。但“间接的”一语殊不可解。可能是说牛究非乌龟王八，只有生角一点相似，故只能说是间接耳。

[5] 原文 she’s noted 双关语:（一）她有符号（音乐符号）;（二）她额上打有烙印，她是娼妇。

[6] 原文 potato 是指 sweet potato 而言，据说有春药的功效。

[7] 第一对折本 but that that likes not me/Pleases me best，对折本作 but that that likes not you/Pleases me best，后者较胜。今从之。

[8] 原文 where reason can revolt

Without perdition，and loss assume all reason

Without revolt：

费解。今据 Hudson（ed.1881）注云:“Thus：Where reason can rebel against evident truth without losing itself，and where reason so lost can，without breach of its own laws，assume to be altogether reasonable .”

[9] 阿利阿克尼 Ariachne，希腊神话作 Arachne，与亚典娜 Athene 赛织布，前者出示一块极精致的布，被亚典娜所毁，恚而自缢，亚典娜使绳变为蛛网，使阿利阿克尼变为蜘蛛，得不死。

[10] 据 Pliny：*Natural History*，Ch.16 唯狮子性最慈，动物在其前面匍匐作驯服状，即得免被噬。

[11] 决斗时公证人将权杖掷地，打斗即须终止。

[12] 按照习惯，贵族不与平民相斗。平民向贵族挑战，贵族可以拒绝。

[13] Sagittary 半人半马的怪物，善射，助脱爱作战。

[14] Boy-queller，因为他杀死了帕楚克勒斯。

[15] 原文 execute your arms 是 Capell 的改窜。第一对折本作 cxccutc your arme，四开本及第二对折本作 execute your armes，各本均费解。

[16] loo 是牛叫声，此处是学牛叫声，以鼓舞斗牛场中之牛作战也。

[17] 原文 double-horned sparrow 费解。据 Schmidt：“Perhaps = sparrow with a double hen，i. e. with a female married to two cocks，and hence false to both.”此解恐未必是，因照字面讲，显然是说一雄娶二雌，并非是一雌事二雄。但事实上是二雄争一雌，与此一雄二雌之说岂不刺谬?

[18] 奈欧比 Niobe 为死去的孩子们哭得伤心，变成了喷泉。（希腊神话）

[19] 指阿奇利斯。Delius 认为是指戴奥密地斯，非也。

[20] 批评家自 Steevens、Walker 以至于近代，均以为此剧至此为止，下面一段画蛇添足，恐非莎士比亚手笔。我们还可以指出一点，“滚开，

你这拉皮条的奴才……”一联及其前一句原在第五幕第三景之末已经出现一次，一般版本均予删除，这一点至少可以说明此剧末尾确有问题，台词重见即可能是有人动过剧本内容之故也。

[21] 温柴斯特（Winchester），伦敦的妓女户由 Archbishop of Winchester 管辖。故原文所谓 Goose of Winchester 即妓女之谓。

奥赛罗

Othello

序

一　著作年代

《奥赛罗》是莎士比亚的四大悲剧之一，其著作的年代，最早不过一六〇一年，最晚不过一六〇五年，换言之，正是在莎士比亚的思想和艺术最成熟的时候。现在一般批评家所公认的，是一六〇四年。

就“外证”论，最有力的证据是一八四二年 Peter Cunningham 用莎士比亚学会的名义刊印的一部宫廷娱乐簿记（*The Revel Accounts*），此种簿记原是宫廷演剧费用支出的账簿，前此已被利用过，据以论断莎士比亚的著作的年代，但是 Cunningham 所发表的这一部簿记却是前此未被发现的一部分，据说这是“第十二册”，内中记载断自一六〇五年十一月。在该簿记的第二〇三页上我们看见关于《奥赛罗》的一段惊人的记载，这段记载虽然冠以“一六〇五年”字样，但据其他记载之比较研究，则《奥赛罗》实于一六〇四年十一月一日演于内廷。马龙于一八二一年就发表过一段议论，悬拟《奥赛罗》的最初公演在一六〇四年，至是我们始得一确证。可惜的是，Cunningham 是一个非常狡狯的人，惯做伪据以愚人，他所据以刊印官廷娱乐簿记的原本，现已不知下落，但据当时专家审阅的结论，以为簿记是真的，而关于莎士比亚的记载却是很可疑的。很多批评家断定这是伪据，可是最近的学者如E.K.Chambers 等又有承认其为真实文件的趋向。

再有一点值得注意的，《奥赛罗》里有许多词藻句法很明显的是借自蒲林尼《自然史》之英译，而该英译是在一六〇一年刊行的，故《奥赛罗》之著作，当不能早于一六〇一年。

就“内证”论，我们看出第一版四开本的《奥赛罗》（刊于一六二二年）的内容和第一版对折本中的《奥赛罗》有一点颇有意义的出入，那便是四开本里有许多咒骂发誓的词句，而对折本则对于这些地方大事改削。可见得这是一六〇五年政府禁止戏剧界渎亵神明的禁令的效果。四开本是根据最初演剧时使用的稿本印的，所以内容仍保持本来面目，而对折本必是根据一六〇五年以后曾经改削过的版本。故《奥赛罗》之作不能迟于一六〇五年，殆无可疑。

二　版本历史

《奥赛罗》作于一六〇四年，以后曾屡次公演。是年十一月一日演于内廷白宫之宴会厅；一六一〇年四月三十日演于环球剧院，观剧者有德国威登堡之弗得利克亲王；一六一三年二月间，于伊利沙白公主婚典时亦曾出演。此剧虽然是受欢迎，然于莎士比亚生时却从未付印，这也是一件怪事。

此剧之最初印行是一六二二年，是为第一版四开本，其标题页如下：

The Tragedy of Othello.The Moore of Venice. As it hath been diverse times acted at the Globe, and at the Black-Friers, by his Majesties Servants. Written by William Shakespeare. London. ...

发行人的名字叫 Thomas Walkley，他在卷首写了一短篇致读者书，声明“著者已死”，发行由彼自己负责云云。

翌年第一版对折本出。

一六三〇年，第二版四开本出，内容系根据第一版四开本而又参酌对折本修改而成，其修改处有合理者，亦有滑稽不通者。

一六五五年，第三版四开本出，系第二版之重印，殊无价值。所以，只有第一版四开本与对折本有研究之价值，因为这是两个不同的版本。

第一版四开本与第一版对折本优劣殊不易言。其差异处大约有两项:（一）四开本之文字较近当时之方言，例如对折本中之 have been 二字在四开本即拼作 ha bin，此外如 em 代替 them，handkercher 代替 handkerchief，不胜枚举;（二）对折本大约有一百六十行为四开本所无，而四开本亦有十余行为对折本所无。此外文字中之差异，则互有优劣，未可强分轩轾。四开本大概是根据排演脚本而印，印时复有遗漏，故行数较少。

三　故事来源

意大利的短篇小说（novella）在伊利沙白时代的英国是很流行的，尤其是班戴娄（Bandello，1485—1561）和钦蒂欧（Cinthio，1504—1573）的作品。这一派作品，继承 Boccaccio 的风格，以描写中产阶级人物之形形色色为务，故常为写实的，故到了莎士比亚手中往往就成了喜剧的好材料。而《奥赛罗》是例外，《奥赛罗》是根据这样一篇小说编成的，但成了最伟大的悲剧之一。

钦蒂欧作《故事百篇》(*Hecatommithi*)，述一五二七年罗马被掠后十个男女航海逃至马赛时所讲的故事，刊于一五六五年。这部集子，同《十日谈》一般，是按照性质分组的，第三组的总标题是“夫与妻之不忠实”，《奥赛罗》的故事正是这第三组的第七篇。这故事对于莎士比亚是熟习的，因为当时虽然没有英文译本出现，法文译本在一五八四年是就刊行了的。

莎士比亚编过的剧情和意大利原文的情节微有出入。(一)动作在原文里是较为迟缓，摩尔与德斯底蒙娜在威尼斯已安居多日，然后才有阴谋；(二)在原文里，旗手私恋德斯底蒙娜而不得逞，遂以为系卡希欧(营长)从中作梗，并以为德斯底蒙娜亦爱卡希欧，故阴谋陷害以为泄愤之计；(三)旗手之妻实参预其谋；(四)原文中营长家里有一妇人描绘手绢之绣花样，而莎士比亚剧中描绘花样之事则系交托娼妇毕安卡充任，且伊又拒绝描绘；(五)关于德斯底蒙娜之死及其后事，原文与莎氏剧亦迥异；(六)政治的及军事的背景，原文中几全未备。莎士比亚利用一五七〇年之土耳其人攻略塞普勒斯之举为全剧动作之背景。(攻塞普勒斯之役在钦蒂欧作品发表之后。)

四　《奥赛罗》的特点

此剧之特点，据布拉德莱(Bradley)教授看，可分做六点来说。第一，在结构方面此剧为莎士比亚作品中之最完整者，且其方法亦甚奇特。“冲突”发生得很迟，剧情进展甚速，逐步推演以迄于最后悲惨之结局。冲突开始之后，毫无“喜剧的调剂”之可言。一般读者的感想总觉得《奥赛罗》里没有真正的丑角。第二，性欲方面的嫉妒是极强烈的一种情感，奥赛罗因误会而妒火狂炽，以至于犯罪，这题材是极动人的。“嫉妒”不比“野心”，“嫉妒”本身是可羞耻的，嫉妒可使人变兽。一个伟人，因妒而杀，杀死的又是最温柔的女子，这是比别种谋杀都要悲惨的。第三，德斯底蒙娜的消极忍受也是一个特别苦痛的因素。她的无辜地受害，并且无告地受苦。第四，剧情的进展完全是依赖依阿高的阴谋诡计，以阴谋诡计为剧情之中心者，《奥赛罗》殆为唯一之例。读此剧者无不静心屏息以观其最后之结局，布局若是之引人入胜，《奥赛罗》在莎氏剧中绝无伦比。第五，莎氏其他重要悲剧类皆描写较悠远之事迹，唯《奥赛罗》则写当时之近事，实为近代生活之描写。土耳其攻塞普勒斯乃一五七〇年间事。并且剧情为家庭惨变，较以国家大事为题材者更易引人之领略伤感。第六，剧情范围甚为狭隘，而黑暗的命运的势力则逼人而来，令人无从脱逃。依阿高之计固毒，然非机缘巧合则其计亦不得售，好像命运也在帮助着恶人。这是莎氏别的悲剧所不能给的一种印象。(《莎士比亚的悲剧》第一七七至一八三面。)

布拉德莱的批评的确是很精当的。在艺术方面讲，《奥赛罗》是莎氏悲剧中最完美的一篇，最富戏剧性，编制得最紧凑，但不一定是最伟大的一篇。《奥赛罗》和《李尔王》正相反，《李尔王》是极伟大的，但在艺术上不是最完美的。《奥赛罗》是以紧张的形式讲述了一段离奇的故事，《李尔王》是以松懈的形式讲述了一段动人的故事。《奥赛罗》使我们惨痛，《李尔王》使我们哀伤。

剧中人物

威尼斯公爵。

布拉班修（Brabantio），元老。

其他元老数人。

格拉希安诺（Gratiano），布拉班修之弟。

娄都维可（Lodovico），布拉班修之族人。

奥赛罗（Othello），一摩尔贵族，在威尼斯军中服务。

卡希欧（Cassio），奥赛罗之副官。

依阿高（Iago），奥赛罗之旗手。

洛德里高（Roderigo），威尼斯一绅士。

蒙台诺（Montano），在奥赛罗之前任塞普勒斯提督。

小丑，奥赛罗之仆。

德斯底蒙娜（Desdemona），布拉班修之女，奥赛罗之妻。

伊米利亚（Emilia），依阿高之妻。

毕安卡（Bianca），卡希欧之情妇。

水手、绅士、使者、音乐师、传令官及随从等。

地点

第一幕威尼斯；其余各幕在塞普勒斯之一海口。

第一幕

第一景：威尼斯一街道

洛德里高与依阿高上。

洛德里高　咄！再别和我说起。我真伤心，你，依阿高，你使用我的钱袋，好像袋上的带子是属于你的一般，而你居然预闻这件事。

依阿高　嘻，你不肯听我说，我若梦想到有这样的事，随你怎么憎恶我。

洛德里高　你和我说过你是恨他的。

依阿高　我若不恨他，你不用看得起我。这城里三个大人物，亲自给我说情，推举我做他的副官，都向他脱帽致敬了。并且，说句良心话，我很知道我自己的身价，不见得不配那个位置。但是他呢，一味地骄傲任性，说了一大套充满军事名词的浮夸的话，对他们只是支吾。最后，拒绝了推荐我的人，因为他说:“真是的，我早已选定我的副官了。”那是谁呢？老实说吧，是一位大算学家，一个名叫迈克尔·卡希欧的，一个翡冷翠人，为了一个漂亮女人几乎下地狱[1]。他从没有带过队伍上战场，讲到军队的组织他不见得比一位处女懂得更多，只懂得纸上空谈，然而文官又何曾不能和他一样说得动听。只是空谈，毫无实验，这就是他所有的军人资格。但是他，先生，居然中选了，而我呢——他曾亲眼看见我在罗底斯在塞普勒斯以及其他基督教及异教的国土上显过身手——倒要被这账房先生占了上风。这打算盘的，他，反倒要做他的副官，而我——上帝瞎了眼——做那摩尔人的旗手。

洛德里高　天哟，我倒想做他的刽子手哩。

依阿高　哎，这没法办。当兵的就是这样倒霉，升发要靠推荐和私情，并不按照惯例依资格顺序递补。现在，老兄，你自己想想，我可有什么正当理由必要爱那个摩尔人。

洛德里高　那么我就不追随他了。

依阿高　啊！先生，你放心，我跟他，另有我的打算。我们不能都做主人，做主人的也不都是能令人效忠的。你看多少屈膝尽职的仆人，甘心为人奴役，消耗了一生，像是主人的驴子一般，只赢得一把草料，等到老时，被开革了，这样的忠仆该用鞭子抽！此外还有一种人，装出尽职的样子。但是一心一意地顾虑着自己的利益，只对主人们做出服务的神气，靠他们得利，当他们的衣囊肥满的时候便为他们自己而服务了。这样的人是有心计的，老实说我就是这样的一个。因为，先生，像你确是洛德里高一般，我若有那摩尔人的地位，我也确不是如今的依阿高了。我跟他，我正是跟着我自己哩。老天来裁判，我决非为了感情和职守来跟他，只是故意做出这样子，好达到我个人的目的。如其我的外表的行动显示出我内心的隐衷，那么我不久就把我的心放在袖头上让鸟来啄[2]。我不是像我表面上这样的一个人。

洛德里高　如其他真这样干了，那厚嘴唇的家伙真不知是交什么样的好运哩？

依阿高　喊起她的父亲。喊醒他，去追他，打破他的快乐，在街上给他宣布，激起她的族人，虽然他住在温柔乡里，我们用一群苍蝇去扰他。虽然他的快乐是真快乐，我们要给他一点烦恼，令他的快乐也要减色。

洛德里高　这就是她父亲的家了，我大声喊。

依阿高　你喊，要用怕人的腔调，凄绝的哀号，像是望见了一座繁庶的城池夜间不慎失了火一般。

洛德里高　哎，嗐！布拉班修！布拉班修先生，嗐！

依阿高　醒醒吧！哎嗐，布拉班修！有贼啦，有贼啦！有贼喽！留神你的家，你的女儿，你的钱袋！有贼了！有贼了！

布拉班修立窗台上。

布拉班修　叫得这样可怕，倒是什么缘故？有什么事体呀？

洛德里高　先生，你家里的人都在家吗？

依阿高　你的门是上锁了吗？

布拉班修　怎么啦？你们为什么要问这话？

依阿高　不得了！先生，你被抢了。好难看，穿上衣服吧。你的心碎了，你的魂灵已失了半只。就在这时候，现在，就是现在，一只大黑羊正和你的那只小白羊交尾呢。起来哟，起来哟！快敲钟惊醒酣睡的人们，否则那恶魔[3]要使你当外祖父哩。起来哟，我说。

布拉班修　什么！你是疯了吗？

洛德里高　顶尊贵的先生，你听不出我的声音吗？

布拉班修　我听不出，你是谁呀？

洛德里高　我名叫洛德里高。

布拉班修　愈发不欢迎了。我曾警告你不可上门打搅，你也曾听我爽爽快快地告诉过你，我的女儿是不能给你的。你如今酒醉饭饱之后，疯疯癫癫地有意取闹，惊扰我的安眠。

洛德里高　先生，先生，先生！

布拉班修　可是你要知道，我的愤怒，我的地位，都有权力可以使你因此吃苦呢。

洛德里高　别急，好先生。

布拉班修　你方才和我说的是什么盗劫的事？这是威尼斯，我的家也不是僻静的村舍。

洛德里高　最尊严的布拉班修，我诚心诚意地前来见你。

依阿高　嘻！先生，你这样的人，本来要做好事，可是恶魔吩咐你要做好事，你就不肯做了。我们好意前来帮你，你以为我们是流氓，那么你的女儿可就要被一匹巴巴里[4]的马给奸了，你的外孙就快要向你嘶嘶地叫了。将来骏马是你的亲戚，矮马是你的本家。

布拉班修　你是什么下贱的东西？

依阿高　先生，我是前来给你报信的人，你的女儿和那个摩尔人现在正表演“双背畜牲”呢。

布拉班修　你是一个下流的东西。

依阿高　你是——一个元老。

布拉班修　这件事你要负责，我认识你，洛德里高。

洛德里高　先生，什么责任我都负。但是，我请问你，这事你是否愿意，是否你已经允许的——我看你许是有一点愿意——你的美丽的女儿，在这静悄悄的夜半之后，微服简从地只随了一个普通受雇的船夫逃到那淫荡的摩尔人的粗大的臂抱里去——假如这事你是早已知道的，并且得到你的允许的，那么我们实在是太鲁莽对你不起了。但你若不知道这件事，我觉得你对我们未免错怪无礼。你不要以为，我是背弃一切礼貌，来和尊驾玩笑。你的女儿，我再说一遍，假如不是你允许她的，她实在是大胆地叛逆了。把她的孝道、美貌、聪明、家世，一齐交给了一个到处流浪漂泊的生人。你自己立刻去看看吧，假如她是在她寝室里或是在你家里，任凭你按照国家法律治我以欺诈之罪。

布拉班修　点火呀！给我一支蜡烛！喊起我所有的家人！这意

外事有点像我的梦，梦境已经使我担忧不浅。点灯啊，我说！点灯！〔自楼窗退〕

依阿高　再会吧，因为我得离开你。假如我留在此地，怕要传我去和那个摩尔人质证，这于我的地位颇不适宜。这件事虽然可以给他一些打击，我知道政府却不见得准能把他免职。因为为了十分紧急的缘故，他奉派去参加塞普勒斯战争——现在正在进行中——像他这样的统帅三军的人物，他们简直找不到第二个。因此，虽然我恨得他像是地狱里的苦痛似的，但是为了目前的必要，我还得挂出一面亲爱的幌子，实在只是幌子而已。你一定可以找得到他，到射手酒店[5]去搜寻，我也就到那里去会他。那么，再会吧。〔下〕

布拉班修率仆众持炬上。

布拉班修　这事一点不假了。她是走了，我此后受人奚落，只合独自哀伤。喂，洛德里高，你在哪里看见她的？啊，不幸的女孩！你是说，和那摩尔人在一处吗？他很可以做一个父亲哩！你怎么知道那是她呢？啊，她骗得我出乎意料。她对你说什么？多点几支蜡烛来！ 把我所有的家人都喊起来！他们已经行婚礼了吗，据你想？

洛德里高　真的，我想他们是结婚了。

布拉班修　天呀！她是怎样出去的？啊，骨肉的叛逆！做父亲的人们，此后不要看了你们的女儿们的行动就信任她们的心。不是有些符箓能骗取青春少女的贞操吗？你没读到过这一类的事情吗，洛德里高？

洛德里高　是的，先生，我读过的。

布拉班修　去喊起我的哥哥。啊！但愿能寻到她。你们几个向这边去，你们几个那边！你知道我们到什么地方去可以寻到她和那摩尔人吗？

洛德里高　我想我可以找到他，假如你愿意召集几个好的护卫随我一同去。

布拉班修　请你引路。每家我都要去，大多数都是听我调遣的。去拿武器，嗐！再喊几名巡夜的特务警察。走吧，好洛德里高，我必酬劳你的辛苦。〔众下〕

第二景：又一街道

奥赛罗、依阿高及随从等持炬上。

依阿高　虽然在战争中我曾杀过不少人，但我认定不预谋杀人是我的良心的要素，我缺乏一股狠劲儿，那有时是很有用的。有九回或十回我想从他这肋骨底下戳进去。

奥赛罗　还是随他去好一些。

依阿高　不，但是他净瞎说，对于将军说些十分卑鄙冒犯的话，加之我没有多大的容人之量，我简直难以忍耐了。但是我请问，先生，你们可是牢牢实实地成婚了吗？你要知道，这位大官儿颇得人心，他的权势比公爵还要大两倍。他能令你们离婚，或以法律允许他执行的一切限制和惩罚来尽力地压迫你。

奥赛罗　由他去泄愤。我对政府所立的功劳可以压倒他的声诉。现在大家还不知道，等我知道夸口是件体面事的时候，我就要宣布出来，我本是皇族的血胤，并且以我的功劳而求我如今已得的这样的权势，也可毫无愧怍。依阿高你要知道，若非是我爱那温柔的德斯底蒙娜，纵然把大海的宝藏都给我我也不肯将我的自由的生活陷于家室之累。可是，你看，那边来的是什么光亮？

依阿高　那就是被喊起来的父亲和他的朋友们，你最好是进去吧。

奥赛罗　我不。我决不躲开。我的本领、我的名誉、我的光明的胸襟，都可以给我好好地做证。那是他们吗？

依阿高　凭着哲奴斯发誓[6]，我想不是。

卡希欧及警吏等持炬上。

奥赛罗　原来是公爵的部下和我的副官。夜里好呀，朋友们！有什么消息？

卡希欧　公爵问候将军，并请火速前去一晤，请立刻去。

奥赛罗　是什么事，据你想？

卡希欧　我猜想，大概是塞普勒斯那方面的什么事。是件很紧急的事。水上警官这一夜接连着派出十二信差，已经喊起好些位委员在公爵府里开会呢。他们很紧急地请你就去。到你家里去没有寻着，元老院又派人分三处去寻你。

奥赛罗　我幸亏让你寻到了。我到这屋里说一句话，就和你同去。〔下〕

卡希欧　旗手，他在这地方做什么？

依阿高　真是的，他今天夜里抢到了一艘陆上的商船。假如那能成为合法的掠夺品，他真一辈子享福了。

卡希欧　我不懂。

依阿高　他结婚了。

卡希欧　跟谁？

奥赛罗上。

依阿高　真是的，就是跟——来，将军，你就去吧？

奥赛罗　同你去。

卡希欧　又来了一队人来寻你。

依阿高　那是布拉班修。将军，要小心，他来不怀好意。

布拉班修、洛德里高及警吏持炬械上。

奥赛罗　喂！站住！

洛德里高　先生，正是那个摩尔人。

布拉班修　动手捉贼！〔双方拔剑〕

依阿高　你，洛德里高！来呀，先生，我对付你。

奥赛罗　把你们的光亮的剑收起来吧，沾了露水要生锈的。

老先生，你的年纪比你的武器更足以服人些。

布拉班修　啊，你这奸贼！你把我的女儿藏到哪里去了？你这该死的奴才，你竟诱惑了她。因为我根据一切常情来判断，假如她不是受了魔术的束缚，焉能以这样一个温柔美丽幸福的少女，对国内风流豪富的男人求婚一律拒绝，而偏要甘冒世人讪笑，从家里逃奔到你这样一个东西的漆黑的胸怀里。只是可怕，毫无可喜。请世人替我判断，那是不是很明显地你对她施用了邪术，用了迷心的毒药害了她的脆弱的青春。这事我要请法庭来检查，这样想法还近乎情理。所以我当你是一个社会的蠡贼，是施用违禁的邪术的人，来逮捕你。动手捉住他，他若敢抵抗，格杀毋论。

奥赛罗　住手，帮我的人和其余的人。若是到了我应该动手打的时候，我就会知道，不用人来提醒我的。你要我到哪里去和你对质？

布拉班修　到监牢里去。等到法庭开审的适宜的时期再传你出来对质。

奥赛罗　我就服从又当如何？可是公爵如何能够满意，他刚派来的人还在我身边，为了紧急国事唤我前去见他？

警吏　启禀大人，这是实在的。公爵正在开会，我想一定有人也正在去请大人呢。

布拉班修　什么！公爵开会！在这夜深的时候！带他走。我这案件非同小可。公爵本人，或当局的我的任何弟兄，

一定觉得这冤抑等于身受一般。如果这种行为可以放纵不管，奴才和异端都要成为我们的政府大员。〔众下〕

第三景：会议室

公爵及元老等围桌坐。侍从等随伺。

公爵　这些消息纷歧，殊难令人置信。

元老甲　真是的，消息太不一致。我接到的一封信说是一百零七只战舰。

公爵　我听说是一百四十只。

元老乙　我听说是二百只。但是虽然这些消息数目上不甚相符——这一类的报告，原是揣测之辞，是难免出入的——不过他们却一致地证实有一队土耳其战舰向着塞普勒斯驶去。

公爵　这的确是很可能的事。我并不因消息的矛盾而就放心，我承认这事本身是很要戒惧的。

水手　〔在内〕喂！喂！喂！

警吏　舰队上的信差。

一水手上。

公爵　喂，有什么事体？

水手　土耳其舰队向罗底斯去了，安哲娄大人命我前来报告。

公爵　对于这一变你有何高见？

元老甲　必不会有这样事，这是不合理的。这不过是故弄狡狯，闪烁我们的耳目罢了。我们要想想塞普勒斯对于土耳其是何等重要，并且我们还要知道，塞普勒斯比罗底斯对于土耳其人不但关系密切，而且还容易进攻，因为并无防御的设备，没有罗底斯那样的要塞。我们若想到这一点，便该料到土耳其人绝不至于如是之蠢，把最关重要的反倒留在最后，放弃轻而易举的事不做，反倒要冒劳而无功的危险。

公爵　对了，敢说一定不是到罗底斯去的。

警吏　又有消息来了。

一信差上

信差　启禀众位大人，土耳其舰队直驶罗底斯岛，在那里和一队舰队取得联络，充作后备。

元老甲　哼，果不出我所料。据你猜想，有多少只？

信差　有三十只。现在他们重新回驶，毫无隐蔽地直向塞普勒斯驶来了。你的忠勇的疆臣蒙台诺大人职责所在，敬以上闻，并请毋疑。

公爵　那么必是攻打塞普勒斯去了。马可斯·陆奇可斯，他在城里没有？

元老甲　他现在翡冷翠。

公爵　给我写信给他，急速送去。

元老甲　布拉班修和骁勇的摩尔将军来了。

布拉班修、奥赛罗、依阿高、洛德里高及警吏等上。

公爵　勇敢的奥赛罗，我们要立刻派你去抵御我们的国敌土耳其。〔向布拉班修〕我没看见你，欢迎得很。我们今夜正需要你的高见和你的臂助呢。

布拉班修　我也正需要你的帮助呢，公爵在上，敬请恕罪。我并非因为我的地位或是听到什么消息才从床上起来的，国家大事也并未使我忧虑，因为我私人的悲哀实在是太猛烈太惨痛了，所以吞灭了其他的悲哀，而其本身的苦痛永不得消。

公爵　怎么，有什么事？

布拉班修　我的女儿！啊！我的女儿。

公爵
元老等　死了吗？

布拉班修　哎，对我算是死了。她受骗了，被劫去了，被那江湖医生贩卖的毒药给迷蒙了。她好好一个人，又不瞎，又不傻，若非被邪术所惑绝不至于做出这样的大错。

公爵　无论是谁下的毒手，使得你的女儿失了神志，使得你失了女儿，国家自有法典，你不妨自己去看看那严峻的条文。纵然你所控告的是我自己的儿子，也要从严法办。

布拉班修　多谢公爵厚爱。那人就在此地，就是这个摩尔人。大概是为了国事你特命他前来的。

公爵 / 元老等　我们很是抱憾。

公爵　〔向奥赛罗〕关于此事你自己有何话说？

布拉班修　无话可说，事情原是如此。

奥赛罗　最尊严有力的诸位先生，我的高贵明察的官长，我带走了这老头子的女儿，这是很确实的。的确，我已经娶了她，我开罪的极顶不过如此而已。我说话鲁莽，我不善于委婉的措辞，我这两只胳臂自从有了七岁的力量，直到最近九个月以前，一向是在营盘里面效劳，除了关于冲锋陷阵的事情以外，我是不懂什么事的。所以我若为自己辩护，怕也得不到什么好处。但是如蒙耐心垂听，我可以直率无饰地把我恋爱的经过完全讲述出来，我用的是什么毒药、什么符咒、什么邪术、什么魔法，才赢得了他的女儿，因为我是被控告曾用这种手段的。

布拉班修　她是一个从不放肆的女子，天性是如此地端详，心头一动便先自赧颜。她，居然不顾本性、年纪、国家、名誉，以及一切，去和那她看上去都要害怕的人发生恋爱！若说这样完美的人品能做出如此伤天害理的荒唐事，这真是最乖谬不过的判断，这事究竟何以能够发生，一定要先考究恶魔的狡狯的手段然后才可以判断哩。我所以再说一遍，他必是用了一种能迷人心窍的药品或是以符咒发生此种效验的药剂，将她诱惑。

公爵　单是这样说，不是证据，你没有提出比这些虚薄类似的平凡的根据更为确实显明的实证。

元老甲　但是，奥赛罗，你说，你是用不合法的强迫手段来毒害夺取这年轻女郎的情爱，还是用请求的方式和心心相印的密谈得来？

奥赛罗　我请求你，派人到射手酒店把那女郎接来，让她当着她父亲的面前替我回答吧。假如在她口中你发现我的罪恶，请不仅削去你给我的信任和官职，还请你将我处死。

公爵　叫德斯底蒙娜来。

奥赛罗　旗手，你引他们去，那地方你最熟识。〔依阿高及侍从等下〕在她未到之前，我可以用对天认罪那样坦白的态度来尽情地禀告，我如何得到那美丽女郎的欢心，她如何得到我的爱慕。

公爵　你说吧，奥赛罗。

奥赛罗　她的父亲喜欢我，常常请我到他家去，总是问我生平的阅历，我所经验过的战争、围城，以及各种的祸福。我便从童时讲起，一直讲到他当时问我的那天为止。这其间我讲起一些顶惨苦的遭遇，海上陆上的惊人的变故，城破人亡时之间不容发的逃生，被强敌掳去贩卖为奴，然后又赎身远走的故事。于是我又有机会讲起庞大的山窟和荒凉的沙漠，顶可摩天的粗野的崇岩峻岭，以及互相吞食的生番和那些肩上没有头的民族[7]。德斯底蒙娜便非常喜欢听这些故事，但是家事总是把她叫走，她急速把事情料理过后，立刻回来又贪求无厌地听我的故事。我看出了这一点，有一回便选了一个适宜的时间，用巧妙的方法引得她诚挚地来请求，要我把她偶然听到的一星半点的故事重新地全盘讲述一遍，我便答允了。有时我讲起我年轻时遭受的苦难，常能使她流泪。我讲完了故事，她便报以长吁短叹。她还赌咒说，这真新奇，真太新奇。这真可怜，真太可怜。她但愿不曾听这故事，但她又愿上天给她这样的一个丈夫，她向我道谢，并且她又说，假如我有一个朋友是爱她的，只消我教他能讲我的历史，那人便可得到她的欢心。我得到这样的暗示便开口说了，她是因为我曾经危险而爱我，我亦因她的同情而爱她。我所用的魔术仅仅如此。女郎来了，请她来证实吧。

德斯底蒙娜、依阿高及侍从等上。

公爵　我想这样的故事也许能得我的女儿的欢心哩。好布拉班修，这不幸的事情，委曲求全吧。我们宁用破烂的武器，总胜似赤手空拳。

布拉班修　我请你听她说吧。若是她承认她有一半的情意，我再怪罪他，让天罚我！过来，尊贵的小姐，在座的诸位贵人当中，你知道你该最服从哪一个吗?

德斯底蒙娜　严父在上，我看出我现在是有两方面的义务。我的生命教养都是由你而来的，教我如何能不尊敬你，你是我该服从的尊长，因为我是你的女儿。但是现在又有我的丈夫，我的母亲当初之服从你，胜过服从她的父亲，所以我要求对于我的夫主摩尔人也有同等的服从的义务。

布拉班修　上帝保佑你！我完了。公爵在上，请讨论国家大事吧。早知如此，我宁愿过继一个孩子，也比亲生的好些。请过来，摩尔，假如你不是已经得到我的女儿，我现在便真心诚意地把我真心诚意地所不愿给你的女儿给你。为了你，宝贝，我衷心地喜欢我幸亏没有别的孩子了。因为你这回私奔实在是教我使用暴虐，给孩子们拴上木橛。我说完了，大人。

公爵　让我也像你似的来说几句话，让我来说几句格言，或者可以做个梯阶帮助这一对情人得到你的欢心。
事到了无可挽救，祸到了终头，
只得勾销那依赖着希望的忧愁。
若净哀悼已成过去的不幸，
那便是招引新的不幸的捷径。
命运的夺取固然不可抗争，
忍耐能使她的伤害徒劳无功。
被夺者的微笑反倒偷了贼人，
无益的悲伤只是掠夺自身。

布拉班修　那么塞普勒斯由土耳其去侵占，
只消我们能微笑，便算没有失陷。
没有忧愁的人才爱听这格言，

他感觉的只是听时的一点慰安。
若把格言和忧愁都一齐忍受，
便要向忍耐借债，来偿补忧愁。
这些格言，使人甜，或使人苦，
两面都有力，意义大是不清楚。
话究竟不过是话，我从没听说，
耳中的言语能把碎心来抚摩。
我请你进行公事吧。

公爵　土耳其人以盛大的武备，向着塞普勒斯驶去。那地方的形势，奥赛罗，你知道得最详细。虽然在那里我们已经有了一位夙称干练的大员，但最有势力的舆论认为你是较为妥当些，所以你要糟蹋你这一身光彩的新装，来担任这较为辛苦的远征哩。

奥赛罗　诸位元老，严厉的习惯早把铁石一般的战场变成我的拣过三番的绒毛褥，我承认我在坚苦中能感觉得夷然自适，我现在就担任这抵御土耳其人的战事。我敬恳公爵设法给我的妻以适当的安置，关于居住费用诸事，要有合于她的身份的供养和侍候。

公爵　假如你愿意，就教她住在她父亲家里吧。

布拉班修　这我可不愿意。

奥赛罗　我也不愿意。

德斯底蒙娜　我也不愿意。我不愿住在那里，在他眼前徒使他心里不乐。尊贵的公爵请你听我禀告，并求恩准成全我的愚衷。

公爵　你愿怎样，德斯底蒙娜?

德斯底蒙娜　我对命运之大胆抵抗的行为可以向世界宣称，我爱这个摩尔，情愿和他同居。我的心已经变得能够追随我的丈夫的职务，当初在他的心里我看见了奥赛罗的相貌，我已把我的灵魂和命运贡献给他的名誉和武功。所以，诸位元老，若留我在后面，苟且偷生，而令他去打仗，把我爱他的义务完全剥削，在他去后我只得度苦的日子。让我跟他去吧。

奥赛罗　请你们准她吧。上天鉴证，我做这个请求不是为欲望的享乐，也不是为了热情的需要——我的青春的热情早已消歇——不是为我自己的满足，而是为的使她心安，并且上天不准你们过虑，莫要以为她在我身旁，便致贻误你们的要事。不，若是生翼的爱神之轻佻的游戏蒙蔽了我这一双睁着有用的眼，以致耽于昏戏而荒废职务，请让贱妇人拿我的盔去当锅用，让一切卑鄙可耻的灾难来进攻我的名誉！

公爵　她的去留，就由你们私下决定吧。事不宜迟，要急速进行。

元老甲　你今夜就要动身。

奥赛罗　很愿意。

公爵　早晨九点我们再在这里集会。奥赛罗，你留下一个官员，好把我的委任状递交给你，以及其他与你有关的重要事件。

奥赛罗　遵命，就留下我的旗手吧，这人诚实可靠，我的妻就交他护送，公爵有何吩咐亦可一齐交他传递。

公爵　就这样办，诸位都再会吧。〔向布拉班修〕

如其美德本身不缺乏美，
你的女婿也很美，虽然有点黑。

元老甲　再会了，勇敢的摩尔！好好地待遇德斯底蒙娜。

布拉班修　留神，摩尔，你若是有眼睛的，
她骗了她的父亲，也许要骗你。〔公爵元老等及随从等下〕

奥赛罗　我敢以性命做赌，她是不变心的！诚实的依阿高，我把我的德斯底蒙娜交给你。我请你，教你的妻来陪伴她。在最适宜的时候你随后就送她们前来。走吧，德斯底蒙娜，我只能和你再消磨一个钟头的情爱和私事的摒挡，我们必要遵守时间。〔奥赛罗与德斯底蒙娜下〕

洛德里高　依阿高！

依阿高　你有什么说的，情种？

洛德里高　你说我怎么办呢？

依阿高　怎么，上床睡觉去。

洛德里高　我立刻就去淹死我自己。

依阿高　好吧，你要是真去，我以后永不爱你了。何苦来呢，你这蠢人！

洛德里高　活着是受罪而还活着，那才是蠢。死是我们的医生，我们就按方去死吧。

依阿高　啊！卑鄙呀，我活在世界上也有四七二十八年了，自从我能辨别利害以来，还不曾遇到一个知道自爱的人。我若是说我为了一只母鸡要去寻死，我一定先要和猩猴换一副头脑。

洛德里高　我应该怎样办呢？我承认我的痴情是可耻的，可是我自己没有力量来纠正呀。

依阿高　力量！那是胡说！我们变成这样或那样，这全在我们自己。我们的身体好比是花园，我们的意志便是园丁了。所以我们若是要种荨麻，或是栽莴苣，植薄荷，艺茴香，满园蕃殖一种香草，或是各色杂陈，园地荒芜，或是勤施肥料，哼，这唯一的抉择的权力都在我们的意志。假如在我们的生活的天平上，没有一盘的理智来和那一盘欲念维持均衡，那么人欲横流，必要引我们到颠覆的结局。但我们有理智来镇冷我们的热狂的情感、肉欲的刺激、放纵的贪欲，你所谓的爱情我认为也正是这一类情欲的枝苗。

洛德里高　绝不是。

依阿高　这不过是色情的贪欲，意志的放肆而已。算了吧，放出一些男人气。淹死你自己！淹死猫和瞎狗吧。我承认是你的朋友，并且对你所应得的那东西有坚强难断的关联，现在正是我最能帮助你的时候。把钱装满你的口袋，跟着参加这回战事，用一把假须改变你的相貌。我说，把钱放在你的口袋里。德斯底蒙娜不会长久地爱那摩尔——把钱放在你的口袋里——他也不会长久爱她。她不过是开始时一阵热狂，不久你就可以看见一般急速的离异。你只消把钱放在你的袋里。这些摩尔人是容易改变主意的——把你的口袋装满了钱——他现在吃着的像皂荚[8]一般地美味，不久就要像是苦瓜[9]一般地苦。

她一定要变心来追求少年。他的身体使她餍足了的时候，她就会发见她选错了人。她一定要变心，一定的。所以你要把钱放在你的袋里。假如你想堕落到地狱里去，不妨采取比淹死更巧妙的方法。你尽力去筹款。假如这流浪的蛮人和这狡狯的威尼斯女人之间的虚伪婚礼和脆弱的誓约，用我的机智和地狱中所有的恶魔的力量是不难于破坏的，那么，你终有享受她的一天。所以你要去筹款。再别说淹死你自己的话！那是全不中用的，宁可在寻到快乐的时候被绞，也别在没弄她到手时便先淹死。

洛德里高　假如我照计而行，你可能帮我到底吗？

依阿高　我这方面你尽管放心，去筹款。我已常常告诉你，我再屡次三番告诉你，我恨那摩尔，此仇必报，这事我已放到心头，你的事也是同样有理的。我们两个联合起来报复他吧。假如你能使他做成乌龟，你总算快活了，我看着也开心。时间的胎里包藏着不少的事端，将来是要产生出来的。开步走，去，预备你的钱。我们明天再谈。再会。

洛德里高　我们早晨在什么地方见面？

依阿高　在我的住处。

洛德里高　我一早就去找你。

依阿高　好吧，再会。你听见了吗，洛德里高？

洛德里高　你说什么？

依阿高　别再想淹死了，你听见了吗？

洛德里高　我已经变计了，我去卖我所有的田。

依阿高　　好，再会吧！你的口袋里要装够了钱。〔洛德里高下〕我总是这样用我的傻瓜做我的钱袋，若非是为了我的开心取利，和这样的一个傻子浪费时间，那真是污辱了我的有经验的见识。我恨那个摩尔，并且一般人都猜测他在我的床褥之中代行了我的职务。我不知是否真确，但是这一类事纵然有一点点的嫌疑，我也当作是真确的来应付。他认为我还不错，这使我益发容易下手。卡希欧是个美男子，容我想想，我要夺取他的位置，还要略施小计一举两得。怎么办，怎么办？让我想想，过些时放谣言到奥赛罗的耳里，就说卡希欧和他的妻太亲近了。他的漂亮的相貌举止是可疑的，天生的是诱惑女人的。那摩尔的性情是坦白直爽的，对貌似忠厚的人他也以为是忠厚的，像驴子一般地容易令人牵着鼻子来摆布。

我有啦，主意已经成了胎，
地狱昏夜要把怪胎送到世上来。〔下〕

注释

[1] 意大利谚语："You have married a fair wife？ You are damned."“你娶了一位漂亮太太？你倒霉了。”原文有 almost 字样，言其将要娶妻也。

[2] 言如隐衷泄露，则事必败，无异于将心暴露自取灭亡。谓决守

秘密。

[3] 旧时图画及木刻中之魔鬼均系黑脸，故云。

[4] 巴巴里 Barbary 即 Moorish。

[5]The Sagittary 可能是酒店之名。Harrison 谓可能是指威尼斯当局集会之一政府大厦，恐非。The Sagittary=The Sign of the Archer，似应是酒店招牌绘此星座，即以为酒店之名。

[6] 哲奴斯 Janus，罗马的神祇，有双面。

[7] 无头的民族 Anthropophagi 的记载见于 Pliny 及一般游记，如 Raleigh 之 *Discovery of Guiana*。（J.Milton French 有一篇论文"Othello among the Anthropophagi"专论此事，见 *PMLA*，Sept.，1934）

[8] 原文 locusts，各家解释不同。一般解作 fruit of carob tree。地中海滨一种常绿树所结之荚，亦称 St. John's bread。但亦有解作为 honey suckle（忍冬，金银花）或 lollipops（糖棒）者。耶鲁本注作 cassia fistula，a sweet fruit。吴经熊译《圣经》，直译此字为"蝗虫"，不知何据。

[9] 原文 coloquintida 即 bitter apple，或称 colocynth。

第二幕

第一景：塞普勒斯海港码头附近

蒙台诺及二绅士上。

蒙台诺　你从海角上望见海里有什么？

甲绅　什么也没有，只是汹涌的涛浪。在海天之交我望不到一片帆。

蒙台诺　我想这风向陆上袭来很是猛烈，更强的风还没有撼过我们的城垒。假如在海里这样地狂吹起来，什么样的木船当得起那排山倒海的巨浪，而不脱了榫呢？这阵风暴将有什么结果？

乙绅　土耳其舰队必定要被吹散。因为仅仅立在这喷沫的海岸，号叫的骇浪就像是要拍上了云霄；风卷起来的波涛，有很高的浪头，像是要浇灭那闪亮的熊星并且扑灭那北斗的卫星。在汹涌的海上我从未见过这样的狂暴。

蒙台诺　土耳其的舰队若不到港里躲避，一定要沉没，要逃出这风暴是不可能的。

第三个绅士上。

丙绅　有新闻哩，伙计们！我们的战事完了。这一场风暴使得土耳其人大受打击，他们的计划不能实现了。威尼斯一只大船，亲见他们的舰队大部分损坏不堪。

蒙台诺　怎么！可当真吗?

丙绅　那船就在此地靠岸，是一只维洛那造的船[1]，勇敢的摩尔奥赛罗的副官迈克尔·卡希欧已经登岸。那摩尔本人还在海里，奉命来到塞普勒斯担任驻守。

蒙台诺　我很喜欢，他是很可敬佩的一个长官。

丙绅　但是这一位卡希欧，虽然提起来土耳其的损失很是高兴，但是面带愁容，还祈祷着那摩尔的安全。因为他们是在激烈的风暴中被隔离的。

蒙台诺　天保佑他。我在他手下做过事，这人发号施令真像是一员大将。我们到海滨去，啊！去看那已入口的船，同时也望看英勇的奥赛罗，一直等到海水和蓝天都无法分辨。

丙绅　来，我们去守着，因为每分钟里都可以有人来到的希望。

卡希欧上。

卡希欧　　多谢了，诸位英勇岛上的武士，你们如此地称赞那摩尔。啊！上天保佑他平安，因为我在凶险的海上遗失了他。

蒙台诺　　他那只船的构造可好吧?

卡希欧　　他的船是很坚固的，把舵的也是极有经验的专家。所以我的希望不能算是过分，我可以大胆地等着它实现。〔内呼声:“一只船！——一只船！——一只船！”〕

一使者上。

卡希欧　　什么声音?

使者　　万人空巷了，海滨上立着各色的人，他们喊着“一只船！”

卡希欧　　我希望在船上的是总督。〔闻炮声〕

乙绅　　他们在施放礼炮，至少总该是我们的友人。

卡希欧　　先生，我请你前去，告诉我们究竟是谁来到了。〔下〕

乙绅　　遵命。〔下〕

蒙台诺　　但是，副官先生，你们的将军结婚过了吗?

卡希欧　　极得意地结过婚了，他得到了一位女郎，真是超过一切形容与赞美。这位女郎胜过了褒扬的作家们的想象，讲起她的天生丽质，会使得人疲于罄述哩。

乙绅上。

到底怎样？是谁来到了?

乙绅　　是一位名叫依阿高的，是将军的旗手。

卡希欧　他总算是一帆顺利。这一场风暴，汹涌的海，呼号的风，冲成沟的岩石，还有淤积的沙滩藏在水下足使无辜的船只搁浅，然而都好像被美人所感动，居然把原有的危险性一齐停止，放那神圣的德斯底蒙娜安稳过来。

蒙台诺　她是谁？

卡希欧　就是我才说起的，她乃是我们的长官的长官，由勇敢的依阿高护卫着，他来得比我们所想象的早了七天。上帝呀，保佑奥赛罗，用你自己的强大的呼吸吹饱他的帆，好教他的巨舰光临这个港湾，使他在德斯底蒙娜的怀里做情爱的急喘，给我们沮丧的士气以重兴的火焰，并且带给塞普勒斯全体以慰安！

德斯底蒙娜、伊米利亚、依阿高、洛德里高及侍从等上。

啊！看哪，船里的瑰宝来上岸了。你们塞普勒斯人，向她下跪吧。向你致敬了，夫人！愿天上的神恩在你身前身后环绕着你！

德斯底蒙娜　谢谢你，勇敢的卡希欧。关于我的夫主，你能有什么消息告诉我吗？

卡希欧　他还没有来到。他是安全的，不久就会来到，此外我就不知道了。

德斯底蒙娜　啊！但是我恐怕——你们是怎样分手的？

卡希欧　海天相扑之际，就把我们隔散了。但是听！一只船。

〔内呼“一只船！——一只船！”炮响〕

乙绅　他们向城垒致礼呢，这也是友人。

卡希欧　去打听消息！〔一绅士下〕

好旗手，欢迎得很——〔向伊米利亚〕欢迎，太太。你别不耐烦，好依阿高，我这是表示敬意。我的礼貌使我不得不如此大胆致敬。〔吻她〕

依阿高　先生，我很愿她把嘴唇献给你，就像她把舌锋施给我一般多，你就会觉得够了。

德斯底蒙娜　哎呀！她并不爱多说话。

依阿高　实在说得太多了。当我想睡的时候她总是说个不休。真是的，在夫人面前，我承认，她是稍微把舌头藏在心里一些，在心里面唠叨。

伊米利亚　你不该这样胡说。

依阿高　得了吧，得了吧。你是街巷的粉头，客厅的响钟，厨房的山猫，害人的时候装作圣人，被侵犯的时候是恶魔，对于理家一道是儿戏，上床的时候是贱女人。

德斯底蒙娜　啊！你别胡说了，毁谤者。

依阿高　不，是真的，否则你可以骂我是异端。

你是下床就玩耍，上床就把活儿干。

伊米利亚　不要你来写诗称赞我。

依阿高　哼，是别叫我称赞吧。

德斯底蒙娜　假如你要称赞我，你将怎样说法呢?

依阿高　啊，温柔的夫人，你别令我称赞吧，因为除了挑剔之外我什么也不会。

德斯底蒙娜　来，试试看。派人到港湾去了吗?

依阿高　是的，夫人。

德斯底蒙娜　我并非心里喜欢，但是我故意要做出这样，不露我的原形。来，你要怎样称赞我呢？

依阿高　我正在想呢。但是我的撰作从我的头里出来就像是从毛布上取鸟黐一般，要连脑子都一齐扯出来了。可是我的诗神已经临盆，就这样地生产了。

假如她是又美貌又聪明，
前者是有用，后者是会用。

德斯底蒙娜　称赞得好！假如她是又黑又慧呢？

依阿高　假如她脸黑而又有智慧，
她会找个白人配她的黑。

德斯底蒙娜　越说越坏了。

伊米利亚　假如是又美又蠢呢？

依阿高　若是美的从来不会蠢，
她的淫欲帮她养儿孙。

德斯底蒙娜　这是酒店里使蠢人发笑的老笑话。对于一个又丑又蠢的你将怎样称赞呢？

依阿高　没有人，那样丑，那样笨，
不学聪明美貌的人之不安分。

德斯底蒙娜　啊，你好没见识！你把顶坏的称赞得顶好。对于一个真值得称赞的女人，一个凭了德行使得怀恶意的人都不能不做证的女人，你将怎样称赞她呢？

依阿高　她若是美而永远不骄，
长于辞令但并不叫嚣，
从不缺钱但从不妖艳，
可纵欲时也避免情焰，
她受人欺侮，大可报复，

但宁愿吃亏，消释愤怒，
她的智慧不是那样昏聩，
至于拿章鱼头换鲑鱼尾，
她有思虑，但从不泄露，
是情人追随，但不回顾，
她，若是女人真能这个样——

德斯底蒙娜　她可以做什么呢？

依阿高　可以喂傻孩子，记流水账。

德斯底蒙娜　啊，这真是最蹩脚无力的一句结论！可别听他瞎说，伊米利亚，虽然他是你的丈夫。你以为如何，卡希欧？他是不是一个最好胡说八道的人？

卡希欧　他说话直爽些，夫人。你若拿他当军人，别拿他当学者，便好多了。

依阿高　〔旁白〕他居然握起她的手掌来了。对，干得好事，低声私语吧。只消这样的小小的一面网我就可以捉到卡希欧那样大的一只苍蝇。对啦，向她微笑，笑。就在你殷勤献媚的当儿，我给你套上枷索。你说的一点不错，真是那样，的确。假如我这一套妙计能弄掉你的副官的位置，你便该后悔当初不该那样常常地吻你的三根手指，不时地冒充绅士了。很好，吻得好！真有礼貌！是这样的，的确。再把手指放在唇上吻一遍？那手指是你的“洗肠管”才好呢！

〔喇叭声响〕

必是那摩尔！我听得出他的喇叭声。

卡希欧　真是的。

德斯底蒙娜　我们去迎接他。

卡希欧　看！他从那里来了。

奥赛罗及侍从等上。

奥赛罗　啊，我的美丽的战士！

德斯底蒙娜　我的亲爱的奥赛罗！

奥赛罗　你比我先到了此地，真使我又惊又喜。啊，我的心头的喜悦哟！如其每次风暴之后都有这样的宁静，刮就刮吧，刮到把死人吹醒！摇荡的船也不妨爬上奥林帕斯山一般高的巨浪，然后再钻到地狱那样深！纵然现在是要死的，现在还是最幸福的时候，因为我恐怕我的心灵是已经绝对地满足了，在将来不可知的命运中不见得能再有这样的慰安。

德斯底蒙娜　上天不准，除非是我们的情爱慰安与日俱增！

奥赛罗　但愿如此，亲爱的神明！我的满足是不能尽述的。把胸间都塞满了，实在是太快活了。这个，这个，〔和她接吻〕这便是我们两心之间最大的冲突！

依阿高　〔旁白〕啊！你们现在是琴瑟调和了，但是我要在你们的乐器上给你们松几条弦，否则我誓不为人。

奥赛罗　来，我们到堡里去。朋友们，有消息奉告，我们的战事已经完结了，土耳其人是都溺死了。我这岛上的老朋友，你近来好吗？我的乖，在塞普勒斯你一定会受大家的爱戴，我已经很得到他们的好感。啊！我的乖，我太语无伦次了，并且太放任我的高兴。我请你，好依阿高，去到海港取下我的箱笼。

把船长带到堡里来，他是一个好人，他的人品是很可敬的。来，德斯底蒙娜，我们在塞普勒斯又团圆了。〔除依阿高与洛德里高外，余众均下〕

依阿高　你立刻就到海港去会我。你过来。假如你有勇气，据说一个懦夫若在情场里便会发生一种本性所无的英雄气概的，那么你听我说。今晚副官要在守卫处值班，我一定先要告诉你，德斯底蒙娜很显然地是和他相爱了。

洛德里高　和他！哼，那是不可能的。

依阿高　把你的手指这样放着[2]，你就听我说吧。你知道那摩尔当初不过是好夸口，同她说些荒诞不经的虚谎，她便如何地热烈地爱他。可是她能永远为了夸口而爱他吗？你千万别这样地妄想。她的眼福也须要喂饱才行。她整天看着那魔鬼可能有什么快活呢？肉欲经过多次的戏弄便变得迟钝了，那时节，若要再把欲火撩拨，若要再把食餍的东西换个新鲜滋味，便必须要有漂亮的相貌，并且在年龄、习惯和品貌方面都要相当，而这一切摩尔都很欠缺。那么，既然缺乏这些必须的优点，她的温柔的性格便会觉得受了委屈，望着那摩尔便要作呕、嫌恶，以至惧怕了，她的本性便自然地逼使她另觅情人。那么，这是不成问题的了，因为这原是顺理成章的自然的局面，除了卡希欧之外谁还能享受这样的艳福？谁能像那个坏蛋那般地圆滑，除了假扮出一派斯文有礼的神情之外再没有什么忌惮，那一派神情也无非是为了利于放纵他的淫欲，宣泄他的私情？哼，没有人。哼，没有人。他真是一个狡猾的混蛋，最会钻营，虽然没有机会他也能捏造出机会来。好一个坏蛋！况且，这家伙长得漂亮，年纪又轻，凡是青春少女所最醉心的条件他都具备了。好十全的一个坏蛋！现在那女人已经看中他了。

洛德里高　我不相信她是这样，她的品性是极好的。

依阿高　好什么东西！她喝的酒也是葡萄做的。她若是好人，就不会爱上那个摩尔。好什么东西！你没有看见她抚摸他的手掌吗？没注意？

洛德里高　是的，我看见了，但那不过是礼貌罢了。

依阿高　淫欲，我赌咒！那正是肉欲秽念的历史之卑贱的开端。他们的嘴唇离得那样近，他们的呼吸都可以互相拥抱了。真是淫邪的心，洛德里高！现在既然混得如此亲热，不久一定就要干出那主要的行为，结果是融为一体。呸！但是，先生，要听我吩咐，因为是我把你从威尼斯带来的。今晚你去守卫，我可以给你弄到这样的命令，卡希欧认不出是你。我不离你很远，你故意找个机会去激怒卡希欧，或是太高声地讲话，或是玷污他的纪律，或是随机应变地采取任何方法。

洛德里高　怎样呢？

依阿高　先生，他是很鲁莽很暴躁的，或者就要打你。激怒他，让他打，就为了这一桩事我便可以使得塞普勒斯的兵士叛变，除非把卡希欧免职，莫想能把这一场叛变安抚下来。那时节我好施展手段替你撮合，你便得到捷径达到你的愿望了。并且可以把障碍排除，否则我们是绝无成功之望的呀。

洛德里高　假如真能由此得到机缘，我必这样做。

依阿高　我可以担保。立刻到城门口去会我。我要去给他取行李上岸。再会吧。

洛德里高　再会。〔下〕

依阿高　卡希欧是爱她，我很信。她爱他，那也是自然的，并且很可信。至于那摩尔呢，虽然我嫌恶他，却是一个忠实诚挚的高贵的人品。我敢说他可以成为德斯底蒙娜的一个最亲爱的丈夫。唉，我也是爱她，不过我不是由于完全的肉欲——虽然我也许负着和肉欲同样大的罪恶——一部分是为了满足我的报复的心，因为我很疑心那淫荡的摩尔已经跳上了我的床位，这念头就像毒药一般地啮着我的肺腑，没有法子能令我心满意足，除非是和他拼一个公平交易，以妻对妻。如其这一层做不到，我至少也要使那摩尔发生一种理智所不能治疗的嫉妒。为要达到这目的，假如威尼斯的那个蠢货能容我抑制他的猎艳的雄心而先实行我的唆使，我便可以抓住我们的迈克尔·卡希欧的把柄了，我便可在摩尔面前痛加诋毁，因为我也怕卡希欧要使我变乌龟，我便可使那摩尔变成一头非常的蠢驴，让他永不得安宁，以至疯狂，可是还要他感谢我，爱我，酬劳我。

主意有了，可是还不明显，

在实行时才能露出狡诈的脸。〔下〕

第二景：一条街道

一传令官上，民众多人随上。

传令官　我们的尊贵的勇敢的奥赛罗将军有令，据刚才来到的确报，土耳其的舰队已经全军覆没，着官民人等一体祝贺。或跳舞，或燃烽火，以及各种游戏娱乐，悉听各便。因为除祝贺胜利之外，这也是庆祝他的新婚。这便是将军愿公告周知的事。所有的仓廪厨房一律开放，自即刻五点钟起，特准纵情宴乐，至钟敲十一句为止，上天保佑塞普勒斯岛和我们的尊贵慷慨的奥赛罗！〔众下〕

第三景：堡中大厅

奥赛罗、德斯底蒙娜、卡希欧与侍从等上。

奥赛罗　迈克尔，你今晚要去照管那些卫兵们，我们自己要晓得适可而止，不要放纵过度才好。

卡希欧　依阿高会晓得如何照料的。不过，我亲眼去视察一番便是。

奥赛罗　依阿高是极可靠的。迈克尔，明天见，明天在越早的时候越好，我有话和你说。〔向德斯底蒙娜〕来，我的爱人。

婚姻已就，就要生儿育女，

我们尚未享受婚姻的乐趣。

再见。〔奥赛罗、德斯底蒙娜及侍从等下〕

依阿高上。

卡希欧　欢迎，依阿高，我们去巡班吧。

依阿高　现在还不必，副官，还不到十点钟呢。将军今天这样早地令我们散班，是为了爱德斯底蒙娜的缘故，所以我们也不好怪他。他还没有和她一度销魂呢，并且她又是天神见了都要爱的。

卡希欧　她是极美妙的一位夫人。

依阿高　并且，我敢保，很会风骚哩。

卡希欧　是的，她是极活泼窈窕的一个女人。

依阿高　她那眼睛多么妙！我觉得那眼睛像是吹起挑衅的喇叭一般。

卡希欧　是惹人的眼睛，但我觉得却还端庄。

依阿高　她一开口说话，不就像是爱情的警钟吗?

卡希欧　她真是绝代佳人。

依阿高　好，让他们享受洞房的福气吧！来，副官，我有一桶酒，外面还有两位塞普勒斯的公子，他们颇想要饮酒祝贺黑奥赛罗呢。

卡希欧　我今晚不能奉陪了，好依阿高，我头脑很不舒服，不能喝酒。我愿世间的礼节另创别种的娱乐才好。

依阿高　　啊！他们都是我们的朋友，只喝过一杯罢哩，我替你喝。

卡希欧　　我今晚已经喝过一杯了，那还是偷着掺了水的，你看，我脸上都变色了。我不幸有这种毛病，实在不敢再多喝酒了。

依阿高　　什么话！今晚是欢乐的日子，他们一定要来喝酒。

卡希欧　　他们在哪里？

依阿高　　就在门口，请你叫他们进来吧。

卡希欧　　好吧，但是我不大乐意。〔下〕

依阿高　　只消我能灌他一杯酒，加上他今晚已经喝的那一杯，他就会叫嚣暴躁得像青年女人养的一条狗。现在，我那情痴的洛德里高，被爱情所颠倒，今晚已经倾杯痛饮，祝贺德斯底蒙娜。他还得站岗。还有三个塞普勒斯的青年，都是自负不凡的，不让名誉受一点点的损伤的，这正是这尚武的岛上的特殊风气，今晚都被我用大杯灌得醺醉，可是他们还要值班的。那么，就在这一群醉鬼中间，我设法令卡希欧做一件开罪岛民的行为。他们来了。

结果若是和我的梦想相同，
我的船便安然驶去，浪静风平。

卡希欧偕蒙台诺及绅士等上，仆从携酒随上。

卡希欧　　当着上帝，他们已经让我干了一杯。

蒙台诺　　真是的，一小杯，还不到一两，我赌咒。

依阿高　　喝酒呀，喂！

“让我碰杯响叮当，叮当；
让我碰杯响叮当：
当兵的是个好男子，
人生不过是一刹时，
那么当兵的痛快喝一场。”
喝酒呀，伙计们。

卡希欧　当着上帝说，很好的一曲歌。

依阿高　这歌儿是我在英格兰学习的，英格兰人最能喝酒。丹麦人、日耳曼人和那凸肚子的荷兰人——喝呀，喂——都比不上英格兰人。

卡希欧　英格兰人就那么会喝酒吗?

依阿高　咳，他能随随便便地就把一个丹麦人灌得死醉；他打倒日耳曼人也毫不费力；他在第二罐酒没装满的时候就把荷兰人给灌得呕吐。

卡希欧　祝我们的将军健康！

蒙台诺　我赞成，副官，我陪你喝一样多。

依阿高　啊，可爱的英格兰！
“斯蒂芬皇帝是英主，
做条裤子用五先令，
他嫌多花了六便士，
因此他破口骂裁缝。

他为人是大名鼎鼎，
你不过是无名小卒。
虚荣把国家社稷倾，

我劝你还穿旧衣服。”[3]

喝酒呀，喂！

卡希欧　咳，这比方才唱的那歌更好了。

依阿高　你要再听一遍吗？

卡希欧　不，因为我认为他做出这样的事是有失身份的。不过，上帝是在一切之上的。有些灵魂是必要被救的，有些是必不可被救的。

依阿高　确是如此，副官。

卡希欧　至于我个人呢——并非对于将军或任何有身份的人失敬——我是希望能被救的。

依阿高　我也这样希望，副官。

卡希欧　是的。但是，对不起，你不能在我之前，副官是要比旗手先遇救的。我们不必再说了，我们该做事去了。上帝饶恕我们的罪恶！先生们，我们去办公事吧。你们不要以为，先生们，我是醉了，这是我的旗手，这是我的右手，这是我的左手。我现在没有醉，我能站得好好的，说话也好好的。

众　非常地好。

卡希欧　那么，是很好了，那么你们不要以为我是醉了。

蒙台诺　诸位，到城垒上去。来，我们站岗去。

依阿高　你们看方才走出去的这家伙，他真是一个好军人，配辅佐西撒发号施令，可是你们只消看看他的短处，和他的长处正是相等，不相上下，这是他的可惜处。我恐怕奥赛罗对他的一番信任，说不定哪一天在他醉醺的时候，会把这岛闹得天翻地覆。

蒙台诺　他常常是这样吗?

依阿高　这永远是他酣睡的先声，若不是酒力催他睡，他可以醒着二十四小时。

蒙台诺　这事最好是教将军知道。或者他是看不出来的，也许他的忠厚的天性重视了卡希欧所表现的长处，因而不理会他的短处。你说是不是?

洛德里高上。

依阿高　〔向他旁白〕你来做什么，洛德里高！我请你，跟着副官去，快去。〔洛德里高下〕

蒙台诺　极可惜的，高贵的摩尔竟把副官的要职交给了这样有嗜好的一个人，把这事告诉摩尔当是一件正直的行为。

依阿高　把这宝贵的岛给了我，我也不去告发，我是很爱卡希欧的，我愿尽力地矫正他这点短处。但是听！什么声音。

〔内喊“救命！救命！”〕

卡希欧追洛德里高上。

卡希欧　你这混蛋！你这流氓！

蒙台诺　什么事，副官?

卡希欧　一个流氓教训我做事！我要把这混蛋打成一个罩草网的酒瓶。

洛德里高　打我吧！

卡希欧　你还有得说，混账?〔打洛德里高〕

蒙台诺　〔拉住他〕别打，好副官。我求你，先生，住手。

卡希欧　你放开我，先生，否则我要敲你的头。

蒙台诺　算了吧，算了吧。你醉了。

卡希欧　醉啦！〔与蒙台诺互殴〕

依阿高　〔向洛德里高旁白〕走开哟！快出去，喊兵变。〔洛德里高下〕

别打了，好副官！上帝的吩咐，先生们！救人哪，噢！副官！先生！蒙台诺！先生！救人来呀，伙计们！此地守夜的官兵可真好哩！〔钟声〕

是谁敲钟？魔鬼哟！噢！全城都惊起了。上帝的意旨！副官，住手吧！你的耻辱要永远洗不清了。

奥赛罗及侍从等上。

奥赛罗　这里闹什么事？

蒙台诺　他妈的！我还流血呢，我受致命伤了。

奥赛罗　为了性命，你们住手吧！

依阿高　住手，噢，副官！先生，蒙台诺，先生们！你们把身份和职位都忘记了吗？住手！将军和你有话说，还不害羞住手！

奥赛罗　这是怎么回事，哦？这是怎么闹起来的？莫非我们都变成异教徒了，以至上天不准他们做的事我们反拿来对自己做？为了基督教的羞耻，快停住这野蛮的吵闹。哪个敢再撒野，他便是不要命。他一动就要死。停住那可怕的钟！要把全岛的人都惊吓坏了。诸位，这倒是怎么回事？诚实的依阿高，你脸上有极忧愁的样子，你说，是谁开始的？你是爱我的，我要你说。

依阿高　我不知道。方才大家都还和和气气的，就是方才，大家心投意合地像是新郎新娘脱衣解带的时候一般。然后，就在方才——好像是有什么煞星把人殛狂了——拔出了剑恶狠狠地彼此向心窝对刺。我不知道这无聊的争斗是怎样起的，使我参入这争斗的这两条腿，我真愿当初在战争中被人砍了去！

奥赛罗　迈克尔，你怎么至于如此地忘形？

卡希欧　我求你，饶恕我，我不能说。

奥赛罗　高贵的蒙台诺，你平常是很和气的，你的少年老成是举世皆知的，最善判断的人提起你来总是赞不绝口的。究竟为了什么，你这样地放弃了你的名誉，为了夜间殴斗的恶名而把你的声名断送？你回答我。

蒙台诺　高贵的奥赛罗，我受了重伤。你的部下，依阿高，他可以告诉你，我现在不能多说，现在我已经感得一点苦痛了。今天晚上我不知我说错了什么话或做错了什么事，除非自爱有时是罪恶，暴力来侵时的正当防卫是罪恶。

奥赛罗　唉，天哪，我的怒气简直按捺不住了，我的情感遮暗了我的理性，我可要感情用事了。我只要一动，或是一举手，我便要一律地加以惩罚。快告诉我，这场混战是怎样起的，谁惹起的。谁若证实了是有罪的，纵然是我的孪生兄弟——同胎生的——我也要和他翻脸。什么！在一个驻军的城里，人心惶惶的时候，竟敢公然私斗，在夜间，并且在值班守卫的地方！这还了得！依阿高，谁开始的?

蒙台诺　假如你因为有所偏袒或同僚的关系而对于真相不免出入，你便算不得一个军人。

依阿高　别这样严厉地逼迫我。我宁愿把这舌头从我口里割下去，我也不愿开罪于迈克尔·卡希欧。但是，我敢自信，述说真相不能算是对不起。真相是如此的，将军。蒙台诺和我在谈话，跑进了一个人喊救命，卡希欧提剑追来就要杀他。这位先生便过来拦阻卡希欧，请他住手。我便去追那喊叫的人，因为我怕他那样叫喊会要惊动了全城，果然不出所料。他呢，脚下很快，使我追赶不着，我便急忙回转，因为我听见叮当的剑声，卡希欧正破口大骂，那些话是我在今晚之前从来不会说的。当我回来的时候——因为是很快的——我见他们正扭作一团互相攒殴，就像你自己亲来排解的时候那样。此外我也不能再报告什么了。不过人究竟是人，顶好的人也难免有忘形的时候，虽然卡希欧有点小小的对他不住的地方，因为人在盛怒的时候是常把善意的人也打了的，但是，我想，卡希欧一定是受了那逃跑的人什么难堪的侮辱，所以一时按捺不住。

奥赛罗　我知道，依阿高，你的忠厚热心把这事说得含糊委婉，想给卡希欧开脱。卡希欧，我爱你，但是永远不得再做我部下的官。

德斯底蒙娜及侍从上。

看！把我的爱妻都惊起了。〔向卡希欧〕我要拿你做个榜样。

德斯底蒙娜　是什么事呀？

奥赛罗　没事了。爱人，睡去吧。先生，你的伤，我亲自给你敷治。领他走。〔蒙台诺被领去〕依阿高，你小心照护这全城，被这次吵闹惊动的人要加以抚慰。来，德斯底蒙娜，
争斗把香甜的睡眠惊醒，
是军人生活常有的事情。
〔除依阿高与卡希欧外，众下〕

依阿高　怎么！你受伤了吗，副官？

卡希欧　是的，医药所不能治的。

依阿高　唉，上天不准！

卡希欧　名誉，名誉，名誉！啊！我失掉了我的名誉。我失掉了我那不朽的一部分，剩下的只是皮肉。我的名誉，依阿高，我的名誉哟！

依阿高　真是的，我以为你是受了身体上的创伤，那是比名誉损失重要得多哩。名誉是空虚无聊的东西，往往得来非凭功绩，失去亦非该当，你一点也没有损失名誉，除非你自己以为是损失了。怎么啦！伙计，有法子能使得将军心回意转。他不过是一时动气把你革职，这惩罚原是一种手段，并非恶意，就好像一个人打他的无罪的狗，为的是惊吓一只雄猛的狮

子。去向他求情，他就会跟你和好的。

卡希欧　我宁愿求他厌恨我，我也不愿以我这样无用的、醉酒的、粗鲁的一个军官去骗那样好的一位将军。醉酒！谰说话！吵嘴，大言不惭，赌咒，和自己的影子胡说乱道！啊，你这无形的酒神哟！你若是没有名姓，让我们叫你做恶魔吧！

依阿高　你拿刀追赶的那是谁？他对你可有什么冒犯？

卡希欧　我不知道。

依阿高　这怎能够呢？

卡希欧　我记起一大团的事，但没有一件事记得清楚。吵了一架，但不记得为什么。上帝哟！人竟把敌人送到嘴里去偷掉他们的脑筋，我们竟在愉乐欢叫之中把自己变成了畜类。

依阿高　怎么，你现在很清醒，你是怎样恢复的？

卡希欧　这是醉魔一时高兴，让位给怒魔。一个缺点引给我另外一个缺点，令我痛快地自责。

依阿高　别这么说，你实在是太严厉的一个道德家了。讲到今天这件事发生的时间、地点，以及国内的现状，我深愿这件事是没有发生，但是既已发生，那么为你自己的利益起见速谋补救便是。

卡希欧　我去求他给我复职。他一定说我是醉汉！我纵然有百头兽[4]那样多的嘴，他这一句话就把嘴都堵住了。好好的一个人，忽然变成了傻瓜。立刻又成为畜牲！怪哉！每一过量的杯都是受过诅咒的，杯里的东西就是恶魔。

依阿高　别这样，别这样。好酒原是有用的东西，若是善于利用。别再咒骂酒了。好副官，我想你认为我是爱你的吧。

卡希欧　这是我早已证明的了，先生。我居然醉了！

依阿高　你，或任何人，总不免有醉的时候呀。我告诉你怎么办吧。我们的将军的夫人现在是真正的将军，我可以这样说，因为他是整个地倾服拜倒于她的贤德丽质之下了。你向她坦白地认罪，恳求她，她会帮着使你复职的。她的天性是如此地慷慨好施，不但有求必应，所应若不过于所求，她还引为遗憾哩。你和她丈夫之间的这一段龃龉，就求她给捏合吧。我敢拿我的财产和任何事物打赌，你这一次情感上的裂痕可以长得比从前还要坚强。

卡希欧　你的劝告很好。

依阿高　你放心，这完全是出于友爱的真诚。

卡希欧　我很相信。一清早我就去找那贤慧的德斯底蒙娜为我讲情。如其这一回失败，我就绝望了。

依阿高　你说得对。再见吧，副官，我去值班。

卡希欧　明天会，忠实的依阿高！〔下〕

依阿高　谁说我是小人？我的劝告不是很忠实正直，近情近理，足以挽回摩尔的欢心的途径吗？因为使和蔼的德斯底蒙娜接受诚挚的请求是最容易不过的事。她秉性慷慨，有如煦日春风。那么由她去劝说摩尔，更当易如反掌，纵然是要他背弃他的宗教信仰，他也要因为被她的情爱所奴隶的缘故，而由着她为所欲为，好像她的愿望可以做他的微弱的心灵的上帝。为了卡希欧的益处，我指示给他这一条直捷的路，我怎么能是一个小人呢？恶魔的哲理哟！魔鬼若要怂恿人做一件罪大恶极的事件，一定先要摆出一副神圣的样子来诱惑人，如我现在这样。在这老实的傻瓜去求德斯底蒙娜给挽回成命而她又在摩尔面前极力为他讲情的时候，我就要向他耳里注入毒言，就说她所以要召还他是为了她的肉欲。于是她愈为他说好话，她将愈启摩尔的疑心了。我便这样把她的贞洁变成污黑，就利用她的优点把他们一网打尽。

洛德里高上。

怎么样，洛德里高！

洛德里高　我跟着大家追逐到此，不是像一条行猎的狗，只是混在群里充数罢了。我的钱是差不多完了，我今晚又挨了一顿好打，我想结果大概就是，为了我的辛苦得到不少的经验。钱是一点没有了，见识多了一点，就此回到威尼斯去。

依阿高　没有耐心的人们是多么可怜！什么创伤不是渐渐才得治好的？你要知道我们是用头脑去活动的，不是用魔术，头脑是要等待那迟缓的“时间”的。一切不是很顺利吗？卡希欧打了你一顿，你因吃这一点小亏而使得卡希欧撤了职。虽然一切的东西在阳光之下滋长，但先开花的果实究竟是要先熟的，你暂且得要知足。咳，天亮啦，连乐带忙使得时间过得

好快。你去休息吧，到你被指定的地方去，去吧，
以后自有好消息报告你，快去吧。〔洛德里高下〕
有两件事要做。我的妻一定要为卡希欧在她的女主
人面前疏通一下才好，我就去怂恿她；同时我自己把
摩尔拉在一边，让他恰好撞见卡希欧向他的妻求情。
对，就是这么做，
别冷淡拖延，误了计策。〔下〕

注释

[1] 原文 A Veronesa 意为“一只维洛那造的船”。耶鲁本作 La Veronesa，意为 “The Lady of Verona”，系船名，亦有可能。

[2] 放在嘴唇上，表示噤不作声。

[3] 古歌谣，见 Percy's *Reliques*.

[4] 百头兽 Hydra，神话中的怪兽，有一百个头，为 Hercules 所戮。

第三幕

第一景：塞普勒斯堡前

卡希欧及音乐师数人上。

卡希欧　　师傅们，就在此地奏乐吧，我必酬劳诸位。只要短短的一曲，祝“将军，早安。”[1]〔奏乐〕

小丑上。

小丑　　怎么，师傅们，你们的乐器都到过奈泊尔斯[2]，所以有这样的鼻音？

乐师甲　　怎么讲，先生？

小丑　　我请问你，这些是不是吹奏的乐器？

乐师甲　　是的，先生。

小丑　　哦，是了，怪不得旁边生尾巴。

乐师甲　你说在什么旁边，先生？

小丑　唉，先生，就在放水的那东西的旁边呀。师傅们，这是给你们的钱，将军很喜欢你们的音乐，请你们再也别响声了。

乐师甲　好吧，先生，我们不奏乐了。

小丑　你们若有令人听不见的音乐，不妨再奏，但是据说将军不大很欢喜听。

乐师甲　这种音乐我们是没有的，先生。

小丑　那么把你们的笛子放进口袋里去吧，我要走了。去，快滚！〔音乐师等下〕

卡希欧　你听见吗，我的好朋友？

小丑　我没有听见你的好朋友，我只听见你了。

卡希欧　请你把废话收起来吧。这儿有小小的一块金子给你。假如服侍将军夫人的那位娘姨出来的时候，告诉她有一名叫卡希欧的求她见面一谈，你可能帮忙吧？

小丑　她已经起来了，先生，她若是来到这里，我便告诉她。

卡希欧　劳驾了，我的好朋友。〔丑下〕

依阿高上。

依阿高，我很高兴见到你。

依阿高　你莫不成没有去睡？

卡希欧　当然没有，我们分手之前天就破晓了。依阿高，我大胆地传进信去给你的妻，我求她的是，请她为我设法得以面会德斯底蒙娜。

依阿高　我立刻令她来会你，并且我设法把摩尔调开，好让你得以自由地谈话行事。

卡希欧　我非常感谢你。〔依阿高下〕我从没见过更和蔼更诚恳的翡冷翠人[3]。

伊米利亚上。

伊米利亚　早晨好，副官。为你获罪的事我很难过，但不久必会弄好了的。将军和夫人正在谈论此事，夫人很为你尽力地解释。摩尔说，你刺伤的人在塞普勒斯是很有名望的，并且又是贵戚，所以为稳健处理起见他不能不斥责你。但是他说他是爱你的，不消有人为你说情，单是他对你的爱就会使他迎面抓着一个稳当的机会重新录用你。

卡希欧　但是，我求你，你若是认为适当，或事属可行，请你给我一个向德斯底蒙娜私下做简单谈话的机会。

伊米利亚　请进来吧，我引你到一个得以尽情声诉衷曲的地方去。

卡希欧　我感谢之至。〔同下〕

第二景：堡内一室

奥赛罗、依阿高及绅士等上。

奥赛罗　依阿高，把这一封信交给舵手，并且令他为我向元老院致敬。随后我要巡查要塞，到那里去会我。

依阿高　是，遵命。

奥赛罗　诸位，我们就去看看堡垒吧?

绅等　敬谨奉陪。〔众下〕

第三景：堡前

德斯底蒙娜、卡希欧、伊米利亚上。

德斯底蒙娜　你放心，卡希欧，我一定为你尽我的全力。

伊米利亚　务请尽力，夫人。我的丈夫真为此事烦恼，好像是他自己的事一般。

德斯底蒙娜　啊！他真是诚恳的人。不必疑虑了，卡希欧，我一定使我的丈夫与你和好如初。

卡希欧　仁厚的夫人，我迈克尔·卡希欧将来无论变成什么，永远感恩图报。

德斯底蒙娜　我晓得，谢谢你。你是爱我的丈夫的，你久已知道他的为人，你尽可放心，他对你的疏远，不过是一时权宜之计。

卡希欧　是的，但是，夫人，这权宜之计也许延长得很久，或是羼杂了薄弱苛细的顾虑，或是因环境的关系而感觉到牵制，那么，我当时又不在面前，位置又有人代替，将军必定要把我忘记了。

德斯底蒙娜　不必这样担心，我当着伊米利亚在此，我担保你一定可以复职。你放心，我若是表示帮忙，一定帮忙到底。我的丈夫将永不得安睡，我老让他醒着，把他驯服[4]，并且我絮絮不休，使他无法忍耐，他的床变成学堂，他的饭桌变成忏悔室，他做任何事，我都要插进卡希欧的请求。所以你可以乐观了，卡希欧，因为你的讲情人宁可死，也不会把你的事体抛弃的。

奥赛罗与依阿高遥上。

伊米利亚　夫人，将军来了。

卡希欧　夫人，我告辞了。

德斯底蒙娜　怎么，别走，你听着我和他说。

卡希欧　夫人，改日奉陪吧，我的心绪很不安宁，恐怕多有未便。

德斯底蒙娜　好，你随便吧。〔卡希欧下〕

依阿高　哈！我不喜欢这样子。

奥赛罗　你说什么?

依阿高　没说什么，将军，或者假如——我不知怎样说。

奥赛罗　才和我的妻分手的不是卡希欧吗?

依阿高　卡希欧?不会是的，一定不是，我不能这样设想，见你来他会这样虚心胆怯地逃去。

奥赛罗　我相信一定是他。

德斯底蒙娜　有什么事，将军！我方才和一个求情的人在这里谈话，那人因受了你的谴责非常憔悴。

奥赛罗　你说的是谁？

德斯底蒙娜　唉，就是你的副官，卡希欧。我的好人，假如我有任何力量可以感动你，请你立刻接受他的请求。假如他不是真正爱你的一个人，这回犯错是出于无心，并非故意，那么我便是无知人之明。我请你准他回来吧。

奥赛罗　他是刚走开的吗？

德斯底蒙娜　是的，他惭愧得无地自容，我如今都替他难过了。好人，准他回来。

奥赛罗　现在是不行的，亲爱的德斯底蒙娜，以后再说吧。

德斯底蒙娜　但是不久就可以吗？

奥赛罗　为了你，乖，当然要更快些。

德斯底蒙娜　就在今天晚饭时好吗？

奥赛罗　不，今晚不行。

德斯底蒙娜　明天午饭时候，那么？

奥赛罗　我明天不在家吃饭，我要在卫城会见营长们。

德斯底蒙娜　好，那么，明天晚上，或是星期二早晨[5]，星期二午间，或是晚上，星期三早晨，我请你指定一个时候，但是别过了三天。真的，他是悔过了，况且他的过错，以常情而论——除非，据说，在战时一定要以勇将的受惩来做全军的榜样——差不多不能算是应受私人处分的一种过错。什么时候叫他来？告诉我，奥赛罗，我心里疑惑，不知有什么事你要求我，而我会拒绝你，或如此地犹疑不决。什么！迈克尔·卡希欧，他当初陪你来求婚，好多次我说起不恭维你的话，他总是为你辩护，而今叫他回来居然还如此费事！你当心吧，我自有办法——

奥赛罗　请你别说了，他要什么时候回来就什么时候回来吧，我什么也不拒绝你。

德斯底蒙娜　噫，这并非是求你的恩典，这等于是我求你戴上你的手套，请你吃滋补的食品，或是使你温暖，或是请你做一件仅仅于你自身有利的事情一般。哼，我若真有意试验你的爱情而对你有所请求，那将要是一件艰难紧要而你所不敢轻于允诺的事哩。

奥赛罗　我一概不拒绝你，我只请你答应我这一点，暂且不要缠我。

德斯底蒙娜　我能不答应吗？不，再会吧。

奥赛罗　再会，我的德斯底蒙娜，我回头就去找你。

德斯底蒙娜　伊米利亚，来。你随意吧。任随你怎样，我总依你。〔与伊米利亚同下〕

奥赛罗　可怜的乖！我若是不爱你，天打雷劈！到了我不爱你的时候，必定世界是又混沌了。

依阿高　将军——

奥赛罗　你说什么，依阿高？

依阿高　当你向夫人求婚的时候，迈克尔·卡希欧可曾知道你的情史？

奥赛罗　他知道，从头至尾都知道。你为什么问？

依阿高　我不过想知道罢哩，没有别的意思。

奥赛罗　为什么想知道呢，依阿高？

依阿高　我没想到他是和她熟识的。

奥赛罗　啊！是的，常在我们之间奔走。

依阿高　真的！

奥赛罗　真的！是，真的。莫非你看穿了什么吗？他可是不诚实？

依阿高　诚实，将军？

奥赛罗　诚实呀！是，说的就是诚实。

依阿高　就我所知，将军，倒没有什么不诚实。

奥赛罗　据你猜想呢？

依阿高　猜想吗，将军！

奥赛罗　猜想吗，将军！我的天，他一句一句地应声，好像他心里怀着什么鬼胎，不好吐露似的。你的话中有意，我方才还听你说，在卡希欧和我的妻分手的时候，你说你不喜欢那样子，你不喜欢的倒是什么？当我告诉你我求婚之际他是完全参与的时候，你喊出了一声“真的！”并且你蹙起眉头，好像你的脑子里藏起了什么可怕的想象。你若是爱我，告诉我你的心思。

依阿高　你知道我是爱你的，将军。

奥赛罗　我想你是爱我的。并且，我知道你老实忠厚，你在说话之前总要忖量一下的，所以你今番吞吞吐吐，格外地使我惊吓了。言辞闪烁原是虚伪小人的一种惯技，但是在一个正直的人，这却是内心情感所不能制止的一种私衷愤懑的表示。

依阿高　讲到迈克尔·卡希欧，我敢赌咒我确以为他是诚实的。

奥赛罗　我也是这样想的。

依阿高　人是应该和外表态度一致的，如其不能一致，但愿他们不必装模作样！

奥赛罗　当然，人是应该和外表态度一致的。

依阿高　所以，我以为卡希欧是一个诚实人。

奥赛罗　不，这里面还有文章。我请你，把你心里盘算的老实对我说，把你心里想到的最丑恶的事不妨用最丑恶的言辞宣示出来。

依阿高　好将军，请原谅我。虽然职责所关的一切我都应该服从，但奴隶都得有自由的事我却碍难遵命。宣示我的心思？哼，假使我的心思是卑鄙虚伪的呢。因为天下哪有不被丑陋东西偶然闯入的宫殿？谁的心胸是如此地纯洁，准保没有一些龌龊的念头盘踞心中，和公正的思虑一同地开庭承审？

奥赛罗　你太对不起你的朋友了，依阿高，假如你以为他是受人欺侮，而你又不肯披沥肝胆。

依阿高　我的揣测既然难免错误——因为我承认我有一种坏毛病，喜欢吹毛求疵，时常因疑而诬认了无稽的过错——所以我请求你，千万不要轻信我这多疑的人，也不必为了我的肤浅观察而私衷烦恼。我若把我的心思告诉你，于你无益，徒惹你的不安，并且在我也有伤忠厚，未免不智。

奥赛罗　你说的是什么意思？

依阿高　无论男和女，名誉是灵魂中无上之宝。偷我的钱袋的人不过是偷去一把臭铜钱，固然有点价值，实在算不得什么。钱原是我的，如今变成他的，从前更曾为千万人做过奴隶。但是他若夺去我的名誉，于他不见有利，对我却是一件损失哩。

奥赛罗　我的天，我一定要知道你的心思。

依阿高　纵然我的心是在你的掌握里，你也不能知道。如今在我自己看管中，你更无从知道。

奥赛罗　哈！

依阿高　哦！将军，要当心嫉妒。嫉妒是一个青眼睛的妖怪，最会戏弄它所要吞噬的鱼肉。一个人若是不爱他的妻，那么，虽明知自己做了乌龟，亦可度幸福的日子。但是，唉！他若爱而又疑，疑而又爱，那日子该多么难过呀！

奥赛罗　苦也！

依阿高　安贫便是富，便是富得可以，一个人若是唯恐或贫，那么虽有无穷之财富亦将如严冬之赤贫。天呀，请保佑全人类的心灵勿生妒心！

奥赛罗　为什么，为什么说这话？莫非你以为我要过嫉妒的生活，以致猜疑丛生与日俱新吗？不，我是疑心一起，立刻就求解决的。我若是像你所说的那样狐疑妄测，请把我当作一只羊。若说我的妻相貌美、讲究吃、好交游、喜谈论、擅长歌舞演剧，这并不能使我疑忌。对于美德的人，这些长处是能相得益彰的，我也不因自惭形秽而生些须之忧虑，或疑惑她有二心。因为她是有眼睛的，是她选中我的。你放心，依阿高，我在疑忌之前是先要考察的。如有疑虑，便去求证，求得证据，便干干脆脆，把爱情或是疑忌一笔勾销！

依阿高　我很高兴。因为现在我可以较为直率地把我对你的敬爱忠诚之意表现出来了。我既不能不说，就请听我说吧。我现在还谈不到证据。你且留心你的妻，她和卡希欧在一起的时候，你好好地观察。只消睁开眼睛，不必猜疑，亦不可太信任。我不愿你的慷慨高贵的天性竟为自身的忠厚所误。你好好地观察吧。我很晓得我们国人的脾气，在威尼斯[6]不敢让丈夫知道的勾当，她们敢当着上天的面去干。她们最高的道德，不是不干，是干了不让人知道。

奥赛罗　你真这样说吗?

依阿高　她当初是骗过她的父亲，嫁了你。她假装惧怕你的面貌的时候，她实在是最爱你的。

奥赛罗　她的确是的。

依阿高　那么，可就对了。她那样年轻，竟能装出那种样子，把她父亲的眼睛遮掩得十分严密，以至后来他认为是魔术。但是我太冒昧了，我请你宽恕我过度地爱护你。

奥赛罗　我是感激不尽的。

依阿高　我看这件事使得你很有一点沮丧呢。

奥赛罗　一点也不，一点也不。

依阿高　真的，我恐怕是使你不高兴了。我方才所说的话，我希望你认为是出于善意。但我看你是很受感触，我希望你不要从我所说的话里引申出更明显的结论，也不要曲解以致超出怀疑的范围。

奥赛罗　我一定不。

依阿高　万一你这样曲解，将军，我所说的话会要产生恶劣的结果，那就不是我原来的用意了。卡希欧是我的好朋友——将军，我看你很受感触。

奥赛罗　不，没有多少感触。我不相信德斯底蒙娜会不贞洁。

依阿高　但愿她永远如此！但愿你永远这样想！

奥赛罗　不过，人情也有反常的时候——

依阿高　对呀，说得就是。譬如说，因为她和你私通款曲，所以有过不少的同国同种、门户相当的男人向她求婚，我们看起来都是合乎情理的，她却一概不顾。咳！从这一点就可以看出一种顶淫荡的情欲、乖谬的脾气、怪僻的思想，但是请饶恕我，我说她的这一番话，并非明白肯定的，虽然我很疑惧她的情欲满足之后，神志重复清醒，把你和她本国的人一相比较，或者要后悔哩。

奥赛罗　再见吧，再见吧。你若是更有什么发见，再告诉我。教你的老婆从旁考察。你去吧，依阿高。

依阿高　告辞了，将军。〔走去〕

奥赛罗　我为什么要结婚呢？这个老实人，无疑地，他所知道的所见到的要比他所宣示的多多了。

依阿高　〔回来〕将军，我愿求你不必再思索这件事了，由时间去证明吧。卡希欧恢复原职，固然是很适宜，因为他是很能称职的，但是，假如你愿意暂且拒绝他，你正可借此看出他的为人和手段。留神考察，你的夫人是否要强烈地请求为他复职，这是很大的关键。同时呢，要把我当作过虑，因为我恐怕我真是过虑，并且要认她是纯洁的，我请你。

奥赛罗　你放心，我会控制我自己的。

依阿高　我再告辞了。〔下〕

奥赛罗　这家伙是极诚实的，而又练达一切人情世故。假如我证明了她是野性难驯的一只鹰，虽然她的系脚的皮带是我的心弦，我也要吹一声口笛把她顺风放去，由她自去觅生。或者，因为我皮肤黑，并且我没有一般情郎所有的风流柔媚，或是因为我上了年纪——其实还不算老——她竟背弃了我，使我上当。我的补救只好是厌恨她罢了。啊，婚姻的罪孽！我们只能说这些娇滴滴的东西属于我们，而不能说她们的情欲属于我们。我宁愿做一只癞蛤蟆，吸地窖里的湿气，我也不愿在我爱的东西里占一隅而被他人享用。但是，这正是贵人们的苦楚，这苦楚是贵人们比贱民更难逃免的，这是像死亡一样，无从躲避的命运：我们刚刚在胎里动的时候，绿头巾的命运就会给我们注定了。看！她来了。假如她真是不贞洁，啊！上天简直是自欺。我不信。

德斯底蒙娜与伊米利亚上。

德斯底蒙娜　怎么了，我的亲爱的奥赛罗！饭菜和你请的岛上的贵族都在等候着你呢。

奥赛罗　　是我的错。

德斯底蒙娜　　你说话怎么这样无精打采的？你不舒服吗？

奥赛罗　　我头上这里有点痛。

德斯底蒙娜　　真的，那是由于缺睡的缘故。就会好的。我给你紧紧地捆扎起来，一个钟头以内就会好。

奥赛罗　　你的手绢小了。〔她把她的手绢遗落〕算了吧。来，我和你一同进去。

德斯底蒙娜　　我很难受，你不舒服了。〔奥赛罗与德斯底蒙娜同下〕

伊米利亚　　我很高兴居然得到这块手绢，这是摩尔最初送给她的纪念品。我的荒唐的丈夫求过我有一百回要我偷它，但是她非常爱这东西，因为他要她永久保存起来，所以她永远把它藏在身边，不时地和它亲吻对谈。我要把这花样描下来，送给依阿高。他要这东西做什么，我可不知道，我不过是讨他一时高兴罢了。

依阿高上。

依阿高　　怎么！你一人在这里做什么？

伊米利亚　　别骂我，我有一件好东西给你。

依阿高　　好东西给我？那没有什么稀奇的——

伊米利亚　　什么！

依阿高　　若是男人娶个笨妻。

伊米利亚　　啊！说完了吗？我把这块手绢给了你，你可有什么报酬给我呢？

依阿高　什么手绢？

伊米利亚　什么手绢！哼，这就是摩尔最初给德斯底蒙娜的那一块，你时常教我去偷的。

依阿高　你真是偷来的吗？

伊米利亚　不是的。她不经意地遗落了，我恰巧在旁边，就拾了起来。你看，这就是。

依阿高　好女人，给我。

伊米利亚　你如此坚执地要我去偷，你要它做什么用呢？

依阿高　唉，这与你何干？〔夺去〕

伊米利亚　如其没有什么要紧的用处，还是给我吧。可怜的夫人，她若寻不着的时候会要急疯了的。

依阿高　可别承认你知道。我有用处的。去吧。〔伊米利亚下〕我要把这手绢遗在卡希欧房里，让他得到这块手绢。像空气一般轻的琐事，对于猜疑的人会像是圣经上的证据一般确凿有力。这东西可以发生效力。摩尔已经中了我的毒而变色了，险恶的思想原是有毒的，初入口时不觉怎样可厌，但在血里发作一下之后，就像硫黄矿一般地燃烧起来了。我已经说过。你看！他来了！

奥赛罗上。

罂粟、曼陀罗，以及世上所有的催眠的药汁，永远不能使你享受你昨天所有的安眠。

奥赛罗　哈！哈！负了我？

依阿高　怎么啦，将军！别再想了。

奥赛罗　　去！走开！你使得我受了拷刑。我赌咒，暗中受人许多欺骗，也比略微闻风好过得多。

依阿高　　怎么啦，将军！

奥赛罗　　她背地偷情，我何尝知道？我看不见，我不去想，于我也无害；第二天晚上我照旧睡觉，照旧快活，在她的嘴唇上我也找不到卡希欧的亲吻。被抢夺的人，如其他不觉得丢了什么，就不要教他知道，他就和没有被抢一样。

依阿高　　听你说这话我很抱歉。

奥赛罗　　我本来是快活的，纵然全营的兵士、工兵及其他，都尝过了她的温柔，我是一点也不知道的。啊！如今，永别了安宁的心境，永别了满足，永别了使野心成为美德的羽军和大战！啊，永别了！永别了嘶鸣的战马、锐声的喇叭、助威的鼙鼓、刺耳的军笛、威风凛凛的大纛，以及光荣战争中的一切璀璨壮丽的铺张！还有那致人死命的大炮，你的粗喉咙的吼声像是上天的雷鸣，永别了！奥赛罗的生涯是断送了！

依阿高　　何至如此，将军？

奥赛罗　　坏蛋，你必须要证明我的爱人是个淫妇，你必须证明才行。要给我亲眼看见的证据，否则，我老实告诉你说，你会要宁愿当初生作一条狗，也比承当我的愤怒好些。

依阿高　　可真到了这个地步？

奥赛罗　　要教我亲眼看见，或是，至少也要证明得没有丝毫可疑之处。否则当心你的性命!

依阿高　将军呀——

奥赛罗　如其你是有意毁谤她并且陷害我，永远不必再祈祷，放弃一切悔祸之心，在罪恶之上再积起罪恶，再做些惊天地动鬼神的勾当，因为你不能再获得更大的天谴。

依阿高　天哪!上天饶恕我!你也算得是大丈夫!你有灵魂和感觉吗?上帝保佑你。请你撤我的职。啊，倒霉的傻瓜!把你的诚实竟变成了罪恶。啊，古怪的世界!留心吧，留心吧，全世界的人哪!诚实正直是不稳当的。我谢谢你这回给我的教益，从此以后我再也不爱朋友，因为友爱是能产生这样的罪戾。

奥赛罗　别走，你且住。你原应该诚实。

依阿高　我应该聪明些，因为诚实是个傻子，费力不讨好。

奥赛罗　唉，我以为我的妻是贞洁的，又以为她是不贞洁了。我以为你是公正的，又以为你不公正。我要证据。她的名誉，本来是和戴安娜[7]的面貌一般地鲜艳，现在却像我自己的脸这样污黑。若是有绳子、刀子、毒药、火焰，或溺人的河流，我绝不能忍受这羞辱。我一定要知道真相!

依阿高　我看，先生，你是气糊涂了。我很后悔不该和你说。你要知道真相吗?

奥赛罗　要知道!哼，我一定要知道。

依阿高　可以的，但是怎么样?要怎么样地知道，将军?你可愿做个旁观者，呆呆地看着她被奸?

奥赛罗　　该死的孽畜！

依阿高　　据我想，看他们当场行事，那是很难为情的。若是让人看见他们同枕而眠，他们真是造孽了！可是又当如何呢？那么怎么办？我可有什么说的？怎样才能有满意之可言？他们纵然是淫得像羊、像猴、像交尾期中的狼，蠢得像沉醉的呆汉，他们也绝不能让你亲眼看见。但是呢，如果引到真理门前的各种附带的证据能令你满意，这种证据你却可以得到的。

奥赛罗　　你给我一个确凿的理由，为什么她不忠诚。

依阿高　　我不愿意说，不过我既然说到这里，激于一片愚忠，我只得说下去。最近我和卡希欧同床睡觉，我牙痛得厉害，睡不着。有一种人最不严紧，在睡梦中诉说心事，卡希欧就是这样的一个。我听见他在睡中说："亲爱的德斯底蒙娜，我们可要谨慎，把我们的情爱秘藏起来吧！"随后，先生，他就握紧了我的手，喊着："啊，我的亲乖乖！"然后用力地和我亲嘴，好像吻是长在我嘴唇上而他要连根拔起似的，随后把他的小腿放在我的大腿上，叹口气，又吻我。随后又叫一声："可恶的命运，怎么把你配给摩尔！"

奥赛罗　　岂有此理！岂有此理！

依阿高　　别忙，这不过是他的梦。

奥赛罗　　但这表示出过去的经验，这虽然仅是一梦，却很可疑。

依阿高　　这一点还可以帮着证实别项薄弱的证据。

奥赛罗　我要把她碎尸万段！

依阿高　不可造次。我们还没有看见什么实在的事，她也许还是忠实的。你只要告诉我这一点，你可曾看见在你夫人手里有一块绣着草莓的手绢？

奥赛罗　我给过她这样的一块，那是我最初的馈赠。

依阿高　这一点我倒是不知道，不过这样的一块手绢——我准知道是你夫人的——我今天看见卡希欧拿着擦胡子。

奥赛罗　如其真是那一块——

依阿高　如其真是那一块，或是属于她的任何哪一块，那么连同其他的证据全是对她不利的证明了。

奥赛罗　啊！但愿那混账东西有四千条性命，一条命是不够令我报复的。现在我知道是真的了。你看着，依阿高，我的一腔痴爱都这样地吹向九霄云外。完了。残毒的仇恨，请从空旷的地狱里面起来！啊，爱情！把你的冠冕和心中的宝座让给酷虐的愤恨。肿起吧，胸怀，因为里面藏着的是毒蛇的舌头！

依阿高　还要镇静才好。

奥赛罗　啊！杀，杀，杀！

依阿高　忍耐些吧，我说，你的心思或者还要改变呢。

奥赛罗　永不，依阿高。就像是黑海的寒流激湍，永不退潮，直入玛摩拉海和鞑靼海峡[8]，我的杀心也同样地勇往直前，义无反顾，永不再溺于柔情，一直等到我的强大的仇恨把他们一口吞下。〔跪〕苍天在上，我敬以此言为誓。

依阿高　　还别起来。〔跪〕天上常明的日月，环抱大地的昊空，敬请鉴临！依阿高如今把他的头脑心手一齐交付了被欺侮的奥赛罗，为他效劳尽瘁！由他驱使，做任何凶险的事务，服从是我唯一的天职。

奥赛罗　　你的一番好意，我不做空虚的谢语，而慷慨地接受了，并且立刻就有事相烦。三天以内请你来告诉我卡希欧已经毙命。

依阿高　　我的朋友必死，这是你要我做的，但是请你保全她的性命。

奥赛罗　　该咒的淫妇！啊，诅咒她！来，随我走，我要走了，我要去急速设法把那美貌的妖魔致死。现在你是我的副官。

依阿高　　我永远伺候将军。〔同下〕

第四景：堡前

德斯底蒙娜、伊米利亚及小丑上。

德斯底蒙娜　喂，你知道副官卡希欧住在什么地方？

小丑　　我不敢说他在什么地方说过诳[9]。

德斯底蒙娜　为什么？

小丑　　他是一个军人，若说一个军人说谎，那是要被刺杀的。

德斯底蒙娜　别胡说，我问他住在什么地方？

小丑　告诉你住在什么地方等于是告诉你我在什么地方说了诳。

德斯底蒙娜　你说的话有什么意思呢？

小丑　我不知道他住在什么地方，我若造出一个地方，说他住在这里，或住在那里，那便是我有意说谎了。

德斯底蒙娜　你能不能探听他的住处，向别人打听？

小丑　我去探询世界，去寻找他。那就是说，到处去问，去寻回答。

德斯底蒙娜　寻他去，叫他到这里来，告诉他我已经为了他说动了将军，可望一切顺利。

小丑　做这事倒是还在人类智能范围以内，所以我就去一试。〔下〕

德斯底蒙娜　我的那块手绢掉在什么地方了，伊米利亚？

伊米利亚　我不知道，夫人。

德斯底蒙娜　真的，我宁愿丢掉我那充满金币的钱袋，若非我的摩尔心地忠诚，毫无善妒的人们的恶习，这恐怕就很够使他狐疑的了。

伊米利亚　他是不嫉妒吗？

德斯底蒙娜　谁！他？我想他的家乡的太阳早把他身体里面的嫉妒汁液吸干了。

伊米利亚　看！他来了。

德斯底蒙娜　他不把卡希欧叫回来，这回我缠着他不去。

奥赛罗上。

你好吧，将军？

奥赛罗　很好，我的夫人。〔旁白〕啊！掩饰的苦痛。你好吗，德斯底蒙娜？

德斯底蒙娜　很好，我的丈夫。

奥赛罗　把手给我。我的夫人，这只手很湿润。

德斯底蒙娜　因为它还没有老，也还不知道烦恼。

奥赛罗　这表示慷慨多情。又热又湿，你这只手需要幽闭，斋戒祈祷，虔诚苦行，因为你这手里有一个多情鬼，常要做乱的。是一只好手，乐善好施的手。

德斯底蒙娜　真的，你可以这样说，因为就是这手把我的心捧送给你的。

奥赛罗　好慷慨的手。从前是由心的结合进而为携手，但是现在的新方式只是携手而不结心。

德斯底蒙娜　这不是我所能谈的事了。喂，你的允许呢。

奥赛罗　什么允许呀，乖？

德斯底蒙娜　我已派人叫卡希欧来和你谈话。

奥赛罗　我因伤风流涕很是苦痛，把你的手绢借给我用。

德斯底蒙娜　给你。

奥赛罗　要我给你的那一块。

德斯底蒙娜　我没有带在身边。

奥赛罗　没有？

德斯底蒙娜　真的没有带。

奥赛罗　这可不该。那块手绢是一个吉帕赛女人给我母亲的。她是一个女巫，善能察知人的心术。她告诉她，若把这手绢藏在身边，便能工媚专宠，使我的父亲不生二心，但如遗失或举以赠人，我的父亲便要对她厌恶起来，另有所欢了。她临死时给了我，令我将来娶妻之后给我的妻。所以我才给你，并且十分珍重把它当作你的眼睛一般宝贵。若是一旦遗失或是给了别人，那真是无比的灾难。

德斯底蒙娜　可当真吗？

奥赛罗　是真的。手绢的线网里是有魔术的，一个巫婆年纪在二百岁以上，在神灵附体之际制缝了这块手绢，吐丝的蚕都是经过魔术的，并且这手绢还用制炼过的处女心的木乃伊洗染过。

德斯底蒙娜　是吗！可是真的？

奥赛罗　一点也不假，所以你要仔细。

德斯底蒙娜　那么我但愿从来不曾见过这手绢！

奥赛罗　哈！为什么？

德斯底蒙娜　你为什么说话这样地惊诧急迫？

奥赛罗　是丢了？是没有了？快说，还是找不着了？

德斯底蒙娜　天保佑我们！

奥赛罗　你说什么？

德斯底蒙娜　没有丢，不过假使丢了又当如何？

奥赛罗　什么！

德斯底蒙娜　我说，并没有丢。

奥赛罗　拿来，给我看。

德斯底蒙娜　怎么，我是可以拿给你看的，先生，但是现在我不愿去拿。这是借辞推宕我的请求的计策：请你准卡希欧复职吧。

奥赛罗　给我拿手绢来，我心里甚是疑虑。

德斯底蒙娜　听我说，听我说，你再也找不到像他那样能干的人。

奥赛罗　手绢！

德斯底蒙娜　请你，先说卡希欧。

奥赛罗　手绢！

德斯底蒙娜　他一向是受你提拔赏识，曾和你共患难——

奥赛罗　手绢！

德斯底蒙娜　老实说，是你的错。

奥赛罗　滚开！〔下〕

伊米利亚　这人还不是多疑吗？

德斯底蒙娜　我从没见过他这样。一定，这手绢很有一点怪，我把它丢掉真不幸极了。

伊米利亚　不须一两年即可看出一个人的真性情。男人全是胃口，我们全是食物，他们饥饿地吃我们，吃饱了又把我们吐出来。你看！卡希欧和我的丈夫。

依阿高与卡希欧上。

依阿高　没有别的办法，非求她去设法不可。喂，看！真好运气：去求她。

德斯底蒙娜　怎样了，好卡希欧！你有什么话说？

卡希欧　夫人，还是我前次的请求。敬乞夫人鼎力维持，使我重见天日，再得我所诚心敬仰的他的欢心，我不愿再迁延下去。如其我的过错真是罪大恶极，以往的功劳、现今的忏悔，以及将来的建树，都不能为我赎罪，重得他的欢心，只消明告，我便受惠不浅，我便当强作知足，另寻途径向命运之神乞怜。

德斯底蒙娜　唉呀。最温文的卡希欧！我的恳求没能奏出和谐的调子。我的丈夫大异往常，若是他的面貌和他的脾气一般地改变，我恐怕不认识他了。天使保佑我，我尽力为你说情，竟因为我慷慨陈词而做了他的愤怒的目标。你要暂且忍耐，我能做到的我必尽力去做，并且比敢为自己做的还要多，你总可以安心了。

依阿高　将军是生气了吗？

伊米利亚　他刚刚走开，确是非常暴躁的样子。

依阿高　他能是生气吗？我曾见大炮把他的军队轰炸到半天，就在他身旁的亲兄弟也被轰得飞散，而他却魔鬼一般地屹立不动。他可能是生气吗？必是有什么重要大事。我去见他。如其他真是动气，其中必有道理。

德斯底蒙娜　请你就去。〔依阿高下〕必是有了什么国家大事，或是由威尼斯来，或是他在塞普勒斯发现了什么未成熟的阴谋，使得他神志浊乱。心上有了什么大事为难，便在小事上借题发作，这原是男人的天性。必是如此了。譬如我们的手指痛，便会连累到其他健康的部分也感到苦痛。我们不要以为男人都是神仙，更不可希望男人能永远像新婚时候那样地温存。伊米利亚，我实在太糊涂了，我方才大不应该怪罪他的凶横，现在我晓得我是贿买了假证，而他是被诬了。

伊米利亚　但愿如你所想是国家大事，不是对你起了什么疑虑。

德斯底蒙娜　唉呀！我并没有启他疑虑的地方。

伊米利亚　但是多疑的人是不接受这种解释的。他们不是因了什么缘由而疑忌，只是因为自己多疑而生疑。所以疑妒是无父无母自生自灭的一个怪物。

德斯底蒙娜　上天别使这怪物钻进奥赛罗的心！

伊米利亚　夫人，但愿如此。

德斯底蒙娜　我去找他。卡希欧，你且在附近盘桓。我若看他心境好的时候，便提出你的请求，尽力使它成功。

卡希欧　我敬谢夫人。〔德斯底蒙娜与伊米利亚下〕

毕安卡上。

毕安卡　上帝保佑你，我的朋友卡希欧！

卡希欧　你离开家到这里来做什么？你好吗，我的美的毕安卡？真的，爱人，我正要到你家里去呢。

毕安卡　我正要到你的住处去呢，卡希欧。怎么！一个星期不来？七天七夜？一百六十八个钟头？并且是情人的别离。这不比钟表上的光阴更加一百六十倍地令人心焦吗？啊，令人好不耐烦！

卡希欧　原谅我，毕安卡，我如今心里有点烦恼事，等到没事打搅的时候，我就去把我们别离的账目勾销。亲爱的毕安卡，〔把德斯底蒙娜的手绢给她〕把这花样描下来。

毕安卡　啊，卡希欧！这是哪里来的？这一定是新欢的赠予。现在我知道你为什么使我别离得好苦了。真弄到如此地步吗？好，好。

卡希欧　去你的，女人！把你从恶魔口里取来的龌龊的疑心还给送回去。你现在疑心这是情人的纪念品。不是的，老实和你说，毕安卡。

毕安卡　那么是谁的？

卡希欧　我也不知道，亲爱的，我在房里找到的。我很喜欢这花样，所以在人寻领之前——大概总会有人来寻的——我要先描下一个花样，你拿去描吧，暂且离开我。

毕安卡　离开你！为什么！

卡希欧　我是在这里伺候将军，他若看见有女人和我相伴，那是不体面的，我也不愿这样。

毕安卡　为什么呢，请问？

卡希欧　不是因为我不爱你。

毕安卡　而是因为你不爱我。请你送我一程，并且今晚我就可以和你见面。

卡希欧　我只能送你一段路，因为我在此地有事，不过我不久就去见你。

毕安卡　很好，我只得随遇而安。〔同下〕

注释

[1] 当时习惯是在新婚夫妇成婚之夜的翌晨于其寝窗之前唱歌奏乐以为庆贺。

[2] Naples 方言多鼻音，故云。但亦可能隐指 the Neapolitan disease，即

花柳病。

[3] 依阿高是威尼斯人，卡希欧是翡冷翠人。卡希欧是说在他的本乡中也找不出像依阿高那样的诚实人。

[4] 驯服野鹰的方法即是不使入睡。

[5] 这证明当天是星期日，抵达塞普勒斯是星期六。此剧的后四幕的情节共历时三十六小时。

[6] 威尼斯的放荡的妇女是驰名全欧的，其妓娼之多为欧洲旅客所侧目。

[7] 司贞操的女神。

[8] 一六〇一年 Philemon Holland 译的 Pliny's *Natural History* 有云："the sea Pontus(Black Sea)evermore floweth and runneth out into Propontis(Sea of Marmora) but the sea never returneth back again within Pontus."

[9] lie 双关语，有"居住"及"说谎"二义。

第四幕

第一景：塞普勒斯堡前

奥赛罗与依阿高上。

依阿高　你愿这样想吗？

奥赛罗　这样想，依阿高！

依阿高　怎么！真个暗中接吻了？

奥赛罗　一个僭越的接吻。

依阿高　或是裸体和她的朋友在床上睡了一个钟头以上，而不及于乱？

奥赛罗　裸体在床上，依阿高，而不及于乱？这真是欺骗恶魔。他们心地虽是光明的，而做出这淫秽的样子，恶魔终究要诱惑他们的美德，而他们也要令上天怀疑。

依阿高　他们若没干事，总算是可恕的错误。不过我若是给我的妻一块手绢——

奥赛罗　怎么样呢?

依阿高　那便算是她的东西了，将军。既是属于她，她便可以随便转给任何人了。

奥赛罗　她的名誉也是属于她的，莫非她也可以给人吗?

依阿高　她的名誉是一件看不见的东西，没有名誉的人也常常享受名誉，但是讲到手绢——

奥赛罗　天哪，我真愿忘记这件事——据你说——啊！这件事来到我的记忆里，好像乌鸦盘旋于疫病之家一般地不祥——我的手绢是在他手里。

依阿高　是的，那又怎么样呢?

奥赛罗　那可是不大好。

依阿高　什么，我若是说我亲自看见他做对你不起的事呢?或是我听到他自己这样说，因为世上原有这样的一种坏蛋，或由于他们自己的恳求，或由于女人们的自动的钟情，一旦称心遂欲，便忍不住地要喋喋不休。

奥赛罗　他说了什么话吗?

依阿高　他说了，将军。但是你要知道，他所说的当然仅仅是他可以赌咒不承认的话。

奥赛罗　他说什么?

依阿高　老实说，他居然做到了——我可不知道他做到了什么。

奥赛罗　什么?什么?

依阿高　睡——

奥赛罗　同她睡？

依阿高　同她睡，睡在她身上，随便你说。

奥赛罗　和她同睡！在她身上睡！有人毁谤她的时候，我们可以说这是污辱到她身上。和她同睡！这可讨厌了。手绢——认罪——手绢！认罪，绞杀，这就是他的酬劳。先绞杀，后招供，我想到这里抖颤了。我的本性绝不会无缘无故地被这样的情感所蒙蔽。使我如此震动的不是什么言语的刺激。呸！耳鼻厮磨，两唇相接。是可能的吗？——认罪！——手绢！——啊！魔鬼！〔昏迷倒地〕

依阿高　发作吧，我的药剂！轻信人言的傻瓜就是这样地上当。许多纯洁无辜的女人也就是这样地受人咒骂。怎样了，喂！将军！将军，我说！奥赛罗！

卡希欧上。

怎么样，卡希欧！

卡希欧　什么事？

依阿高　将军发了癫疯了。这是第二次发作，昨天已有过一次。

卡希欧　揉揉他的太阳穴。

依阿高　不，别动他，要由他昏睡下去，否则他嘴里要喷沫子，并且立刻要发疯撒野。看！他动了，你且退去，他立刻就要复原。等他去后，我还有要事和你相谈。〔卡希欧下〕你好些了吗，将军？你没有伤了头吧[1]？

奥赛罗　你讥笑我吗？

依阿高　我讥笑你！老天在上，我绝不。愿你能像大丈夫一般地忍受你的命运！

奥赛罗　额上生角的人便是一个怪物，畜类了。

依阿高　那么在一个人口众多的城里，正有不少这样的畜类，还有不少体面的怪物呢。

奥赛罗　他是承认了吗？

依阿高　先生，放出些丈夫气。要知道每一个系上了婚姻羁绊的须眉男子都许和你同一命运，现在就有千千万万的人每夜都睡在不纯粹属于自家的床上，而他们却敢赌咒说是自家的，你的情形还较好些呢。啊！在一个安稳的床上吻着淫妇而还以为她是贞洁的，那才是恶魔的诅咒，最刻毒的讥笑。不，只消令我知道，我知道了我的地位，我便知道如何对付她。

奥赛罗　啊！你是机警的。那是一定。

依阿高　你且暂时站开，少安勿躁。你方才在此地悲痛晕厥的时候——你这样的人原不该如此动气——卡希欧到此地来了，我打发他走了，并且给你的疯痫说出一番解释，教他随后就来和你说话，他答应了。你且躲藏起来，看看他满脸讥笑的样子。我要他重新讲述一遍，和你的妻通奸是在什么地方，如何地，多少次数；多久以前，前次是什么时候，下次是在什么时候。你只要看他脸上的神气。但是可要忍耐，否则我只好说你是暴躁脾气，没有一些丈夫气。

奥赛罗　你听我说，依阿高。你看我一定是极善忍耐的，但是——你听我说——极狠心的。

依阿高　那却无妨，但一切不可匆忙。你暂且退去吧？〔奥赛罗退去一旁〕现在我要向卡希欧问起毕安卡，她是为了衣食出卖性欲的娼妇，她对卡希欧非常钟情。欺骗众人终被一人欺骗，这正是妓娼的晦气哩。他，只要一听到提起她来，便忍不住要放声大笑。他果然来了。

卡希欧上。

他一定要笑，奥赛罗一定气得要发疯。他的笨拙的猜忌一定会完全误会了可怜的卡希欧之微笑、神情，及轻薄的举动。你好吗，副官？

卡希欧　你这样的称呼使得我格外难过，自从失掉了这个名义我几乎送了命。

依阿高　好好地去求德斯底蒙娜，你一定可以成功。〔声略低〕哼，如其这次求情是在毕安卡的掌握之中，你当如何迅速地顺利！

卡希欧　哎呀！可怜的女人！

奥赛罗　看！他已经笑了！

依阿高　我从没见过女人这样地爱男人。

卡希欧　哎呀！可怜的女人，真是的，我想她是爱我的。

奥赛罗　他竟轻轻地否认，一笑置之。

依阿高　你听我说，卡希欧。

奥赛罗　现在他是要求他重说一遍了，说吧，很好，很好。

依阿高　据她传说你是要娶她的，你可有这意思吗？

卡希欧　哈，哈，哈！

奥赛罗　你胜利了，罗马人[2]？你胜利了？

卡希欧　我娶她！什么？一个娼妇？请你别这样看不起我的智慧，不要以为是如此地不健全。哈，哈，哈！

奥赛罗　好，好，好，好。胜利的人当然要笑。

依阿高　但据传说你是要娶她。

卡希欧　请你别瞎说。

依阿高　我若瞎说，我是小人。

奥赛罗　你给我算清账了吧[3]？好。

卡希欧　这是她自己的述说，她确以为我要娶她，那是由于她自己的情爱与幻想，不是由于我的允诺。

奥赛罗　依阿高向我招手，现在他是开始讲述这事的原委了。

卡希欧　她方才还在这里，我走到哪里她追到哪里。有一天我在海滨和几个威尼斯人讲话，这东西又追来了，真的，她就这样地搂住了我的脖子——

奥赛罗　想来一定是叫着“我的亲爱的卡希欧！”，他的神情是有这样的表示。

卡希欧　于是搂住我哭哭喊喊，拉拉扯扯。哈，哈，哈！

奥赛罗　现在他是讲她如何地拉他到我的寝室里。啊！我看见你的那个鼻子了，还没有看见用你的鼻子去喂的那一条狗。

卡希欧　我只得躲开她。

依阿高　天呀！看，她来了。

卡希欧　这真是一只臭鼬[4]！哼，还是喷了香水的一只。

毕安卡上。

你这样地追着我是什么意思？

毕安卡　魔鬼和她的母亲追着你！你方才给我的那块手绢是什么意思？我真傻，不该接过去。要我去描花样！你倒说得好听，在房里捡到的，不知是谁丢的！这是什么淫妇的纪念品，倒要我去描花样！拿去，送还给你的淫妇，不管你是从哪里得来的，我不管描这花样。

卡希欧　怎么，我的亲爱的毕安卡！怎么，怎么！

奥赛罗　天哪，那是我的手绢呀！

毕安卡　你今晚若是愿来吃晚饭，你可以来。若是不来，等我下次请吧。〔下〕

依阿高　追她去，追她去。

卡希欧　真的，我得追去，否则她要在街上胡说乱道。

依阿高　你到她那里吃晚饭吗？

卡希欧　是的，我打算这样。

依阿高　好，我也许去看你，因为我很想和你谈谈。

卡希欧　请来，好不好？

依阿高　去你的，别再说了。〔卡希欧下〕

奥赛罗　〔上前〕我怎么样杀他，依阿高？

依阿高　你看见没有他怎样地笑他自己的罪恶？

奥赛罗　啊！依阿高！

依阿高　你看见那手绢吗？

奥赛罗　那是我的吗？

依阿高　是你的，我敢赌咒。你看他是多么爱惜你那痴心的夫人！她把手绢给他，他转送了他所姘识的一个娼妇。

奥赛罗　我愿连着杀她九年才解恨。一个好女人！一个美的女人！一个可爱的女人！

依阿高　不，你一定要忘怀才好。

奥赛罗　对，让她今晚就腐烂、灭亡、受罪，因为她是不能再活了。唉，我的心变成了石头，我捶胸，伤了我的手。啊！世界上真没有比她更可爱的女人，她可以睡在一个皇帝的身旁而命令他去做事。

依阿高　不，你不该这样说。

奥赛罗　我恨死她！我只是说她是怎么样的一个女人。她的针线是如此地精巧！音乐娴熟！啊，她能把一只野熊唱得服帖驯顺，又是那样地聪明颖悟！

依阿高　她越有这样多的长处越坏。

奥赛罗　唉，更坏一千倍，一千倍。再说，性情多么温柔！

依阿高　是，太温柔了。

奥赛罗　那是一定的了——不过多么可惜呀，依阿高！啊，依阿高，多么可惜呀！

依阿高　你如其是这样地怜惜她的罪过，最好是特准她通奸，因为，你若是不介意，便更不关别人的事。

奥赛罗　我要把她剁成肉泥。使我做乌龟！

依阿高　啊！这是她太卑鄙了。

奥赛罗　并且是私通我的部下！

依阿高　这是更加卑鄙了。

奥赛罗　　给我一点毒药，依阿高。今天晚上，我不想和她争论，否则她的肉体和美貌又要打动了我的决心。就在今晚，依阿高。

依阿高　　不要用毒药，就在她所玷污了的那张床上把她勒死好了。

奥赛罗　　好，好。这点公道是很可喜的，很好。

依阿高　　至于卡希欧，交给我去办，半夜就有消息奉告。

奥赛罗　　好极了。〔内喇叭声〕这是什么信号?

依阿高　　必是有谁从威尼斯来。是娄都维可，从公爵那里来。看，你的夫人也同他来了。

娄都维可、德斯底蒙娜及侍从等上。

娄都维可　　上帝保佑你，好将军!

奥赛罗　　敬谢，先生。

娄都维可　　威尼斯的公爵和元老问候将军。〔给他一函〕

奥赛罗　　我敬吻他们厚意的函件。〔开函而读〕

德斯底蒙娜　　有什么消息，娄都维可大叔?

依阿高　　今天拜见大人，我很高兴，欢迎你到塞普勒斯。

娄都维可　　谢谢你。卡希欧副官可好?

依阿高　　活着呢，先生。

德斯底蒙娜　　他和我的丈夫发生了裂痕，你可以补救得好。

奥赛罗　　你准敢保吗?

德斯底蒙娜　　你说什么?

奥赛罗　　“如荷同意，此事务乞照办。”——

娄都维可　　他没有说什么，他是忙着读信呢。将军和卡希欧有什么冲突吗?

德斯底蒙娜　顶不幸的一次冲突。我很想尽力调停，因为我是很爱卡希欧的。

奥赛罗　天打雷劈!

德斯底蒙娜　什么?

奥赛罗　你糊涂了?

德斯底蒙娜　怎么! 他是生气了?

娄都维可　也许是这封信激怒他了。因为，据我想，他们要调他回去，派卡希欧代理。

德斯底蒙娜　老实说，我很高兴。

奥赛罗　真的吗!

德斯底蒙娜　你怎么了?

奥赛罗　我很高兴你是这样地发昏。

德斯底蒙娜　怎么了! 亲爱的奥赛罗?

奥赛罗　恶魔! 〔打她〕

德斯底蒙娜　我无缘无故受这样委屈。

娄都维可　将军，在威尼斯将没人相信有这样的事，虽然我赌咒是我亲见的，这是太过了。向她赔个小心，她哭了。

奥赛罗　啊，恶魔，恶魔! 假如大地受了女人的眼泪就能受孕，她的每滴眼泪会变成一条鳄鱼[5]。滚开!

德斯底蒙娜　我不在这里招你生气便是。〔走去〕

娄都维可　实在是，一位从顺的夫人，我请求你，我请求你，叫她回来吧。

奥赛罗　夫人!

德斯底蒙娜　将军?

奥赛罗　你要和她做什么，先生?

娄都维可　谁，我，将军。

奥赛罗　是的。是你要我叫她回来的，先生，她能来来往往地反复无常。她还能哭，先生，哭。并且她是从顺，如你所说，从顺，很从顺。你继续流泪吧。关于这件事，先生——啊，真会假装伤心——我是奉令调回。你走开，我随后找你谈话。先生，我遵命就回威尼斯去!去!〔德斯底蒙娜下〕就令卡希欧代替我。并且，先生，今晚，我请你同用晚饭，欢迎你到塞普勒斯。畜生兽行!〔下〕

娄都维可　这就是我们全体元老认为完全可靠的高贵的摩尔吗?这就是情感所不能动摇的高贵性格吗?其坚强的美德不为意外灾难的矢石所刺伤吗?

依阿高　他是改变得很厉害了。

娄都维可　他的头脑在清醒吗!可是有点疯狂?

依阿高　他就是现在这个样子，我不愿表示什么意见。他或许是清醒的，如其他现在不是，那么我深愿他现在是!

娄都维可　怎么!打他的妻!

依阿高　真是，那是不大好，但愿没有比这次打更糟的事!

娄都维可　他常这么打吗?还是这封信激动他的怒火，所以才发生今天这样的过失?

依阿高　哎呀，哎!我所见到的和知道的，我可不该说出口。你留心观察他吧，他自己的行为就可以表示出他的本相，不用我说了。你只消跟了去看他以后如何。

娄都维可　我很难过我竟对他失望了。〔同下〕

第二景：堡内一室

奥赛罗与伊米利亚上。

奥赛罗　你没有看见什么，那么?

伊米利亚　也从没有听说什么，也没有疑心过什么。

奥赛罗　怎么没有，你曾看见卡希欧和她在一起。

伊米利亚　但是我却看不出那有什么错处，并且他们俩人所说的一句一字我都听见了。

奥赛罗　什么！他们从没有低声耳语吗?

伊米利亚　从没有过，将军。

奥赛罗　也从没有把你支使开吗?

伊米利亚　从没有过。

奥赛罗　去取她的扇子、手套、面幕，或任何物件?

伊米利亚　从没有过，将军。

奥赛罗　这可怪了。

伊米利亚　将军，我敢拿我的性命来打赌，她是贞洁的。如其你有别样的猜想，快把那念头铲除，那是要玷污你的心胸的。如其有什么小人把这思想放入你的头脑，上天让他受那毒蛇所受的报应！如其她是不贞洁忠实的，天下便没有一个幸福的男子了，顶纯洁的妻也要是和谗谤一般地龌龊了。

奥赛罗　叫她来，去。〔伊米利亚下〕她说的是很充分的，但若说不出这样多话，她就是个蠢妇人了。这真是一个狡诈的淫妇，藏着下流秘密的一只上锁的箱子，但是她还跪下祈祷呢，我见过她祈祷。

伊米利亚与德斯底蒙娜上。

德斯底蒙娜　将军，你有什么事？

奥赛罗　乖，你走过来。

德斯底蒙娜　你要做什么？

奥赛罗　让我看看你的眼睛，你望着我的脸。

德斯底蒙娜　你这是什么怪想？

奥赛罗　〔向伊米利亚〕请你尽点职，让奸夫淫妇在里面，把门关上，若有人来，咳嗽一声，或叫一声“嗐”，你的职守，不，赶快。〔伊米利亚下〕

德斯底蒙娜　我跪下求你，你说的话是何用意？我懂了你的话里的愤怒，但我不懂你的话。

奥赛罗　哼，你是什么人？

德斯底蒙娜　你的妻，你的真实忠诚的妻。

奥赛罗　来，对天发誓，诅咒你自己吧。否则，你貌如天使，魔鬼都不敢来捉你。所以你是要加倍地遭受天谴的，尽管发誓你是忠实吧。

德斯底蒙娜　上天明鉴。

奥赛罗　上天明白知道你是如地狱一般地伪诈。

德斯底蒙娜　对谁呀？同谁呀！为什么我是伪诈？

奥赛罗　唉！德斯底蒙娜，去吧，去吧，去吧！

德斯底蒙娜　哎呀，好苦痛的日子！——你为什么哭？莫非我是你落泪的缘由吗？设或你疑心我的父亲主使把你撤职，你也不该怪罪我，假如你是和他决裂，我也是和他断绝了。

奥赛罗　假如是天意要我受此折磨，把各种灾难降在我的光头上，使我全身浸在贫困里面，使我一切希望都沦入奴隶的境遇，我在心灵里也还能找到一点点的忍耐。但是，哎呀！使我成为世人嘲笑的永久目标，千夫所指[6]，我也还能忍受，很能忍耐。但是你这心窝，是我贮藏爱情的仓库，我除了在此地生活便无生命之可言，这是我的生命之流的泉源，否则便要干枯的，居然把我从这个地方驱逐！或竟留作癞蛤蟆交尾生卵的水池！耐心哪，我这青年红唇的天使，变色吧，唉，把脸色放得地狱一般地阴沉吧！

德斯底蒙娜　我希望我的高贵的丈夫认为我是贞洁的。

奥赛罗　啊！是的，像屠场中的夏天蝇子一般贞洁，在产卵的时候还会受孕。啊，你这害人的东西！你是如此地美艳芬芳，使得眼鼻都感到苦痛，但愿你是不曾生。

德斯底蒙娜　哎呀！我无意中犯了什么罪恶？

奥赛罗　这样美的一张白纸，这样好的一本册子，是为写上“妓娼”两个字的吗？犯了什么罪！犯了什么罪！

啊，你这公众的娼妇！我若把你的行为说出来，我的面颊会要变成火炉，把羞耻烧成了灰烬。犯了什么罪！上天都要掩鼻，月亮都要闭眼，到处接吻的狂风都要停息在地下的洞窟，不愿意听。犯了什么罪！无耻的淫妇哟！

德斯底蒙娜　天哪，你冤枉我了。

奥赛罗　你不是淫妇吗?

德斯底蒙娜　当然不是。假如把我这身体为我的丈夫保藏，不令任何人做非法的接触，便算不是淫妇，那么我便不是。

奥赛罗　什么！不是妓娼?

德斯底蒙娜　不是，毫无疑问的不是。

奥赛罗　能有这样的事吗?

德斯底蒙娜　啊！上天饶恕我们。

奥赛罗　那么，我请你原谅，我把你当作了嫁给奥赛罗的那个威尼斯的狡诈娼妇了。你，你的任务是和圣彼得的正相反，看守地狱的门呀[7]！

伊米利亚上。

你，你，是的，你！我们已经干完了好事，要有钱酬劳你的。我请你，锁上门，给我们守秘密。〔下〕

伊米利亚　哎呀！这位先生心里想到的是什么事！你好吗，夫人？你好吗，我的夫人?

德斯底蒙娜　真是的，我在半睡。

伊米利亚　夫人，将军今天怎么了?

德斯底蒙娜　谁?

伊米利亚　就是将军呀。

德斯底蒙娜　谁是你的将军?

伊米利亚　就是你那亲爱的丈夫，夫人。

德斯底蒙娜　我没有。别和我说话，伊米利亚。我不能哭，我也没有任何话来回答，除非是用泪来表示。请你今晚把我的新婚的被褥放在我的床上。别忘了，去叫你的丈夫来。

伊米利亚　真是有了变故!〔下〕

德斯底蒙娜　我该受这样的待遇，很应该。我过去应该有怎样的行为，才足以使他对我的最微小的错误加以这样苛刻的非难呢?

伊米利亚与依阿高上。

依阿高　有何吩咐，夫人?你可安好?

德斯底蒙娜　无从得知，凡教训小孩子的，都用温柔的手段和简易的工作，他原可这样地责罚我，因为我真是一个孩子，受不住严峻的惩罚。

依阿高　怎么回事，夫人?

伊米利亚　哎呀!依阿高，方才将军辱骂她是娼妇，加以非常轻蔑的咒骂，是诚实的人难以忍受的。

德斯底蒙娜　我是那个名称吗，依阿高?

依阿高　什么名称，夫人?

德斯底蒙娜　就是她说我的丈夫说我的那名称。

伊米利亚　他叫她作娼妇，就是一个乞丐在醉酒中也不能把这样的称呼加在他的姘妇身上。

依阿高　他为什么这样说呢?

德斯底蒙娜　我不知道，我确知道我不是这样的一个。

依阿高　别哭，别哭。哎呀，真不幸!

伊米利亚　她抛弃了许多富贵的姻缘，绝决了严父朋友，离乡背井，为的是令人叫娼妇吗?这能不令人哭吗?

德斯底蒙娜　这是我命运不济。

依阿高　这该让他倒霉!他何以忽然这样动气呢?

德斯底蒙娜　只有天知道。

伊米利亚　我敢以性命打赌，这一定是有什么阴险小人，挑拨好事的流氓，招摇撞骗的奴才，为要谋个一官半职，所以捏造这段谰言，一定是这样一回事。

依阿高　呸!没有这样的人，绝不可能。

德斯底蒙娜　假如真有这样的人，上天饶恕他吧!

伊米利亚　让绞索饶恕他，地狱咬他的骨头!为什么他叫她作娼妇?是谁和她姘识?什么地方?什么时候?有什么痕迹?有什么可疑?摩尔必是被一个顶奸诈下流的奴才给骗了。天哟!愿你把这样的小人暴露出来，并且给每个诚实的人一条鞭子，抽打这些流氓的裸体，打得他们由东跑到西，遍世界地逃窜!

依阿高　声音放低些。

伊米利亚　啊!这些人真可恨。那个使你胡思乱想，疑心我和摩尔私通的人，也正是这些小人之一。

依阿高　你是傻瓜，滚你的。

德斯底蒙娜　啊，依阿高，我怎样才可以再得我的丈夫的欢心呢？好朋友，你去找他，因为，我对天发誓，我真不知道为什么失了他的欢心。我在此下跪了。假如我曾有心辜负他的爱情，无论是在思想里或行为上；假如我的眼睛耳朵以及任何感官，在任何别的男人身上感得了愉快；假如我在现在以往或未来纵然他要把我遗弃，都没深挚地爱他，请上天使我永远不得安宁！疏冷是很可怕的。他的疏冷会毁灭我的生命，但永远不能玷污我的爱情。我不能说“娼妇”，我说出来就使我战栗，全世界的尊荣富贵也不能使我做博得这个称号的事。

依阿高　我请你别着急，这不过是他一时的脾气。国家大事使他烦恼，所以他和你争吵。

德斯底蒙娜　假如并无别情——

依阿高　不过如此，我敢说。〔喇叭声〕听！这号声是召唤用饭，威尼斯的使者在等候晚饭。进去，别哭，一切都会安好的。〔德斯底蒙娜与伊米利亚下〕

洛德里高上。

怎样，洛德里高！

洛德里高　我觉得你没有公正地待我。

依阿高　有什么不公正？

洛德里高　你每天总是借故推脱，依阿高。并且我现在觉得，你简直有意隔断我的一切机会，更谈不到给我什么丝毫希望的鼓励了。我实在不能再忍，我已受的苦楚我也还觉得于心不甘。

依阿高　　你愿听我说吗，洛德里高?

洛德里高　　哼，我已经听太多了，因为你的言行太不一致。

依阿高　　你这样责备我是最不公道。

洛德里高　　我所责备的都是事实。我的钱是已经浪费净了。你从我这里拿去献给德斯底蒙娜的珠宝差不多可以够诱惑一个尼姑的了，你告诉我说她都收受了，并且就有一亲芳泽的希望与安慰，但是我毫无所得。

依阿高　　好，算了吧，很好。

洛德里高　　很好！算了吧！我不能就算了，伙计。也不是很好，我赌咒。这是很卑鄙的勾当，我开始觉得我是受骗了。

依阿高　　很好。

洛德里高　　我告诉你不是很好。我要向德斯底蒙娜去自首，假如她退还我的珠宝，我也放弃我的非法的要求，如其不还，我唯你是问。

依阿高　　你说得很对。

洛德里高　　是的，并且我还说得到做得到。

依阿高　　哈，现在我看出你是有骨头的，就凭这一件事我就要比从前更看得起你一些。把手给我，洛德里高。你怪罪我，是很有理的，不过，我要说，我已经顶直率地为你的事尽力。

洛德里高　　但是毫无表现呀。

依阿高　　我承认实在是毫无表现，你的怀疑不是没有见识的。但是，洛德里高，假如你真是有骨头的，我现在比从前更相信你是有的，我的意思是说毅力、勇气、胆量，那么今夜你就表现出来。如其你明晚还不能尝着德斯底蒙娜的温柔，你尽可把我害死，任你用什么方法害我的性命。

洛德里高　好，是什么事？是否合理而不越轨的？

依阿高　先生，威尼斯有特使前来委任卡希欧代理奥赛罗的位置。

洛德里高　是真的吗？那么奥赛罗与德斯底蒙娜又要回威尼斯去了。

依阿高　啊，不，他是要到毛里滩尼亚[8]去的，并且要带美貌的德斯底蒙娜同去，除非有什么意外事或许要在此多耽搁几天。在这期间当然没有什么意外事比卡希欧之被铲除为更有效。

洛德里高　你是什么意思，铲除他？

依阿高　怎么，就是使他不能代替奥赛罗的位置。敲破他的脑壳。

洛德里高　这事你要我去干。

依阿高　对了，假如你敢于为你自己谋一点权益。他今晚和一个娼妇吃晚饭，我到那里去找他，他自己还不晓得他的红运。假如你守候着他出来——我可设法叫他在十二点钟至一点之间的时候出来——你便可自由处置他了。我在附近帮助你行事，他在我们夹攻之下必死无疑。来，别站着发呆，同我走，我将指示给你，他的死是如此地必要，你会认定非去杀他不可的。现在已是晚饭的时候，夜晚已经费去不少的时候了，我们就去准备。

洛德里高　　我还要知道这事的根由。

依阿高　　我必令你听了满意。〔同下〕

第三景：堡内又一室

奥赛罗、娄都维可、德斯底蒙娜、伊米利亚及侍从等上。

娄都维可　　我请你，先生，就此止步吧。

奥赛罗　　啊！请原谅，散散步于我很有益的。

娄都维可　　夫人，晚安，我敬谢夫人。

德斯底蒙娜　　甚表欢迎。

奥赛罗　　你走不走，先生？啊！德斯底蒙娜——

德斯底蒙娜　　什么？

奥赛罗　　你立刻去睡，我也就回去，把你的侍从打发走，就这样办。

德斯底蒙娜　　我照办。〔奥赛罗、娄都维可及侍从等下〕

伊米利亚　　现在如何了？他的样子似较和缓了一点。

德斯底蒙娜　　他说他立刻就回来，他令我去睡，并且打发你走。

伊米利亚　　打发我走！

德斯底蒙娜　　这是他的命令，所以，好伊米利亚，把我的睡衣给我，再见吧，我们现在不可冲撞他。

伊米利亚　　我愿你从不曾见过他。

德斯底蒙娜　我不愿这样，我爱他如此之深，虽然是他粗暴、斥责、愤怒——请你给我拔下扣针——都似乎是美妙可爱。

伊米利亚　你叫我拿的被单我放在床上了。

德斯底蒙娜　好吧。真是的！我们的心是多么傻，我若是先你而死，请你就用这一条被单裹我的尸身。

伊米利亚　别瞎说。

德斯底蒙娜　我的母亲有过一个女仆名叫巴巴啦，她有了情事，她的爱人发了疯抛弃了她。她有一曲“青柳歌”，那原是旧调子[9]，却能抒发她的命薄，于是她歌唱而死。今晚这只歌总是不离我的心头，我不自禁地要把头侧向一边，像可怜的巴巴啦那样歌唱。请你，快些。

伊米利亚　要我去给你拿晚衣吗?

德斯底蒙娜　不，拔下这里的扣针。这位娄都维可倒是一个漂亮人。

伊米利亚　很美的一个人。

德斯底蒙娜　他会说话。

伊米利亚　我知道威尼斯有一位妇人为了吻一下他的嘴唇宁愿赤脚走到帕勒斯坦。

德斯底蒙娜　可怜的人坐在无花果树边叹气，
唱啊，所有的青柳。
她的手抚着胸，她的头垂到膝，
唱啊，青柳，青柳，青柳。
清溪在她身边流，低诉她的苦痛，

唱啊，青柳，青柳，青柳。
她的酸泪下落，把石头泡得软松——
把这些收起来——
唱啊，青柳，青柳，青柳。
请你去吧，他就要来了——
唱着青柳必要成为我的花冠。
谁也不要怪罪他，他的傲慢我该当——
不，不是这样的一句。听！谁敲门?

伊米利亚　是风。

德斯底蒙娜　我说，我的爱人是负心，但他说什么?
唱啊，青柳，青柳，青柳。
若我恋爱别的女人，你可陪别的男子睡卧。
那么，你去吧，明天会。我的眼睛发痒，这是要哭的征兆吗?

伊米利亚　那是不相干的。

德斯底蒙娜　我听人这样说过。啊！这些男人，这些男人！你真相信吗，告诉我，伊米利亚，世界上有如此无耻的辱没丈夫的女人吗?

伊米利亚　这样的女人也是有的，无疑的。

德斯底蒙娜　纵有世界大的利益，你愿干这样的事吗?

伊米利亚　怎么，你不干吗?

德斯底蒙娜　不，我对光天发誓！

伊米利亚　我也不能在光天化日之下干这事，我要干也是在暗中去干。

德斯底蒙娜　有世界大的利益，你便干这样的事吗?

伊米利亚　世界是很大的东西，为了这样一桩小罪恶，这是很大的代价了。

德斯底蒙娜　说真的，我不信你肯干。

伊米利亚　说真的，我信我一定干，干完之后再图补救。当然，仅仅为了一只联锁指环、几尺麻纱、几件袍子、裙子、帽子等等的小恩小惠，我是不干这事的。但是若把全世界都给我，谁不愿先令丈夫做乌龟随后再令他做皇帝？我甘愿因此冒入地狱的危险哩。

德斯底蒙娜　虽为了世界大的利益，我若犯这样的错误，天罚我。

伊米利亚　怎么，错误也不过是世人眼中的一桩错误。既为了你的辛苦而把全世界赔补给你，那错误也便成为你自己的世界中的一桩错误，你自可很快地纠正过来。

德斯底蒙娜　我不信有这样的女人。

伊米利亚　有的是，足有一打。还有更多的，足够把她们换来的世界给充满私生子。但我以为妻子堕落都是由于她们的丈夫的错处。假如，他们不尽为夫之道，把我们应得的宝物倾注到别人的股间，或是无故醋兴勃发，把我们加以幽禁；或是他们殴打我们，或是一怒而把我们的从前零钱减少，那么，我们也不是毫无心肝的，虽然我们是仁厚为怀，可是我们也要报仇的。做丈夫的要知道，他们的妻是和他们一样的有感觉，她们看得见，嗅得出，尝得出甜和酸，和她们的丈夫一般。他们弃了我们而另求新欢，他们做的是什么事？是游戏吗？我想是的；是爱情产生出的结果吗？我想是的；这样逾轨的行为是意志薄弱

吗？我想也是的。可是我们莫非就没有爱情、游戏
的兴致，以及薄弱的意志，和男人一般的吗？
他们要善待我们，否则要知道，
是他们的错误教我们来仿效。

德斯底蒙娜　再会，再会。愿上天教我警觉，
不要效尤，而引以为戒。〔同下〕

注释

[1] 奥赛罗所伤者是心，不是头，故以为是讥笑之意。下文“a horned man”直译为“额上生角之人”，意即乌龟。所谓伤头即指额上生角而言。

[2] 凯旋式为罗马典礼，说起“胜利”遂联想到罗马人。

[3] 原文 Have you scored me？费解。或解作：“你给我打上烙印了吧？”或解作：“你用鞭子在我身上抽打出一条鞭痕了吧？”

[4] 臭鼬 fitchew，即 polecat，性淫。

[5] 据说鳄鱼噬人时，先佯为哭泣落泪，以引起同情，然后扑食之，故云。

[6] 牛津本根据第一对折本作：

The fixed figure for the time of scorn
To point his slow and moving finger at；

第一四开本作：

A fixed figure for the time of scorn

To point his slow unmoving fingers at！

后者似较佳。scorn 是被拟为一面钟，上面的两根时针动得很慢，好像是根本未动，好像是永久地指着奥赛罗（the fixed figure）。

[7] 圣彼得之任务为看守天堂门。"你……"是指伊米利亚言。

[8] Mauritania 据说是摩尔人聚居之地。其肤色是黄铜色的，不是黑的。

[9] 青柳是失恋的情人的标帜。此歌显然不是莎士比亚所作，可能是亨利八世时一位 John Heywood"the Epigrammatist"为一个男子所作。

第五幕

第一景：塞普勒斯街道

依阿高与洛德里高上。

依阿高　这边，站在这柱子后面，他立刻就来，把你的剑拿在手里，狠命地刺他一击。要快，快，别怕，我会来到你身边。我们的成败就在此一举了，要记住这一点，把你的意志放得顶坚决。

洛德里高　可要离我近些，我也许误事。

依阿高　就在这里，在你手边，鼓起胆来，去站在你的位置上去。〔退后〕

洛德里高　我并不十分热心做这事，可是他说的理由颇是动听。不过杀一个人罢了，出来吧，我的剑，令他死吧。

依阿高　这回我可把这脓包给揉痛了，他有些气愤。现在，无论是他杀死卡希欧，或卡希欧杀死他，或同归于尽，都是于我有利的。若是洛德里高活着，他会要叫我赔偿当初我从他手里骗取的假作馈赠德斯底蒙娜的大批金宝，这是万万不可的。假如卡希欧活着，他的生活中有一种优美的风度，显得我是丑了。况且，摩尔也许把我说的话泄露于他，那么我便处境甚险了。不，他非死不可。就这样办。我听见他来了。

卡希欧上。

洛德里高　我辨得出他的脚步声，是他。混蛋，你死吧！〔向卡希欧刺击〕

卡希欧　这一击真能致我的死命，若非我这衣服是你所想不到的结实[1]，我且试试你的。〔拔剑，刺伤洛德里高〕

洛德里高　啊！我被杀了。〔依阿高自后出，刺伤卡希欧腿部而逃〕

卡希欧　我永远是残废了。救命，啊！杀人了！杀人了！〔倒下〕

奥赛罗遥上。

奥赛罗　卡希欧的声音，依阿高真不失信。

洛德里高　啊！我真是一坏蛋！

奥赛罗　简直是的。

卡希欧　啊，救命！啊，点灯！外科医生！

奥赛罗　是他了。勇敢的依阿高哇，诚实而正直！你真能为你的朋友抱不平，你给了我一个好榜样。妇人，你的情郎死了，你的厄运也就要临头。贱妇，我来了！

你的媚眼的魔力已从我心里涂去，你的被淫欲玷污的床，将要点上淫欲的血迹。〔下〕

娄都维可与格拉希安诺遥上。

卡希欧　怎么啦！没有巡警吗？没有过路人吗？杀人了！杀人了！

格拉希安诺　有了什么变故，喊叫得很可怕。

卡希欧　啊，救命！

娄都维可　听！

洛德里高　倒霉的坏蛋！

娄都维可　有两三个呻吟呢。这一夜好生凄惨。这也许是假装的。不再多纠合几个人就应声而去，怕不大妥当。

洛德里高　没有人来吗！我可要流血而死了。

娄都维可　听！

依阿高持灯上。

洛德里高　有一个人来了，穿着内衫，拿着灯笼和武器。

依阿高　是谁呀？谁在这里喊杀了人？

娄都维可　我们不晓得。

依阿高　你们没听见一声喊吗？

卡希欧　这里，这里！看上天的面上，救我。

依阿高　怎么回事？

格拉希安诺　这人大概是奥赛罗的旗手，据我看。

娄都维可　正是他，很勇敢的一个人。

依阿高　你是什么人，在此地这样地惨叫？

卡希欧　依阿高？啊，我是毁了，被小人暗算！救救我吧。

依阿高　啊哟，是副官吗！这是什么匪人干的事？

卡希欧　我想有一个还在附近，他跑不掉了。

依阿高　啊，阴险的匪徒！〔向娄都维可及格拉希安诺〕你们是做什么的？过来，帮帮忙。

洛德里高　啊！过来救救我吧。

卡希欧　那就是一个。

依阿高　啊，行凶的奴才！啊，匪徒！〔刺洛德里高〕

洛德里高　可恨的依阿高！啊，毫无人心的狗！

依阿高　暗中杀人！这些行凶的匪类哪里去了？全城多么安静！喂！杀人了！杀人了！你们是什么人？是好人还是歹人？

娄都维可　由你自己估量吧。

依阿高　娄都维可先生？

娄都维可　正是。

依阿高　我请原谅。卡希欧在这里被匪徒刺伤了。

格拉希安诺　卡希欧！

依阿高　弟兄，你伤势如何？

卡希欧　我的腿砍成两截了。

依阿高　可了不得，拿着灯，先生。我用衬衫给他裹上。

毕安卡上。

毕安卡　怎么回事？喂？谁喊来的？

依阿高　谁喊来的！

毕安卡　啊，我亲爱的卡希欧！我宝贝的卡希欧！啊，卡希欧，卡希欧，卡希欧！

依阿高　啊，你这著名的娼妇！卡希欧，你可疑心到是谁这样残害你的吗？

卡希欧　猜不出。

格拉希安诺　我见你这样很是难过。我正在要找你。

依阿高　借我一根袜带。好。啊！但愿有顶轿子，把他安稳地抬走才好！

毕安卡　哎呀！他晕了！啊，卡希欧，卡希欧，卡希欧！

依阿高　诸位先生，我疑心这贱人也是匪党之一。且忍耐一刻，好卡希欧。来，来。给我一点灯光。看看我们是否认识这个脸。哎呀！我的朋友，我的同乡，洛德里高吗？不是。是，一定是。啊，天哟！洛德里高。

格拉希安诺　什么！就是威尼斯的那一位？

依阿高　就是他，先生。你认识他吗？

格拉希安诺　认识他！是的呀。

依阿高　格拉希安诺先生吗？请你恕我。这流血的惨事竟使我一时失礼，未识尊颜。

格拉希安诺　我见到你，很是有幸。

依阿高　你觉得怎样，卡希欧？啊！来了一顶轿子！

格拉希安诺　洛德里高！〔一轿抬上〕

依阿高　他，他，就是他——啊！这是很好的。这乘轿子！好好地把他抬去，我去请将军的医生。〔向毕安卡〕

至于你呢，姑娘，不劳你费心。倒死在这里的，卡希欧，是我的好朋友。你们之间可有什么仇恨？

卡希欧　毫无仇恨，我也并不认识他。

依阿高　〔向毕安卡〕怎么！你的脸发白？啊！把他抬回家去——〔卡希欧与洛德里高俱抬下〕等等再走，先生们。你的脸发白，姑娘？——你们看见她眼光的憔悴吗？不，你们若是凝视，我们立刻就更明了一些这个案情。好好看她，我请你们看看她。你们看出了吗，先生们？哼，罪恶的事会自己吐露出来，虽然没有用舌头。

伊米利亚上。

伊米利亚　呀！什么事？是什么事，丈夫？

依阿高　卡希欧在黑暗中被洛德里高和在逃的几个人攻击，他差不多是送了命，洛德里高已死。

伊米利亚　哎呀！好人。哎呀！好卡希欧！

依阿高　这必是嫖娼的结果。伊米利亚，请你去问卡希欧他今晚在哪里吃饭的。怎么！你一听说就发抖？

毕安卡　他在我家吃的晚饭，但是我并非因此发抖。

依阿高　啊！他真在你家吃的晚饭？我命令你，跟我走。

伊米利亚　呸，呸，你这娼妇！

毕安卡　我不是娼妇，我的生活是和辱骂我的你一般地体面。

伊米利亚　和我一般！哈！呸！

依阿高　先生们，我们去看看可怜的卡希欧的创口的包裹。来，姑娘，你得要向我们另说实话。伊米利亚，你

跑到堡里去，报告给将军和夫人这一切的事情。你先去好吗？〔旁白〕

我的失败与成功，

完全就在今夜中。〔众下〕

第二景：堡内一寝室，德斯底蒙娜在床上睡眠。一盏灯燃着

奥赛罗上。

奥赛罗　是有理由，是有理由的[2]，我的心哟。贞洁的星辰，别让我诉说给你听吧！是有理由的。但是我不令她流血，我也不在她那比雪还白、和石膏像一样平滑的皮肤上划出伤痕。可是她非死不可，否则她要骗害别的男人。熄灭了灯火，然后再扑灭生命的火？我若是熄灭你，你这熊熊燃烧的蜡烛，我如一旦翻悔，还可使你再放光明。但是我若扑灭你的生命之火，你这天生尤物，我不知什么地方有那从天上盗来的神火[3]能再点燃你的光亮。我若掐下一朵玫瑰，我不能令它再有生命的滋长，那是一定要枯萎的，我还是乘它在树上的时候嗅它。〔吻她〕啊，芬芳的呼气，几乎使得“正义”折断她的剑！再吻一下，

再吻一下。如其你死后还是这样，我就杀你，并且以后还是爱你。再吻一下，这是最后一次了，如此甜蜜的从无如此之凄绝。我一定要哭，但是残酷的眼泪，这一缕悲哀是神圣的，上天对他所爱的人才给以这样的悲怆。她醒了。

德斯底蒙娜　谁在那里？奥赛罗？

奥赛罗　是，德斯底蒙娜。

德斯底蒙娜　你来上床睡吧？

奥赛罗　你今天祈祷过没有，德斯底蒙娜？

德斯底蒙娜　祈祷过了。

奥赛罗　你如其觉得有什么罪过还没得上天慈悲，赶快就祈祷吧。

德斯底蒙娜　啊呀！你这话是什么用意？

奥赛罗　你祈祷好了。要简捷些。我在一边走着。我不愿乘你不意的时候杀你。不，上天不准！我不愿杀你的灵魂。

德斯底蒙娜　你是说杀吗？

奥赛罗　是，我是说。

德斯底蒙娜　上天饶恕我！

奥赛罗　阿门！我也极愿如此。

德斯底蒙娜　你既这样说，我希望你不杀我。

奥赛罗　哼！

德斯底蒙娜　但是我怕你。你的眼睛这样一翻，你便是起了杀心。我既然问心无愧，我不知为什么要怕，但是我觉得我怕。

奥赛罗　想想你的罪恶吧。

德斯底蒙娜　那只是我对你的爱情。

奥赛罗　是的，你就要为这个而死。

德斯底蒙娜　为爱而被杀，那未免死得不近情理。哎呀！你为什么这样咬你的下唇？必是杀心震撼了你的周身。这是不祥之兆，但是我还希望，希望不是对我来的。

奥赛罗　别说了，不许动！

德斯底蒙娜　我听从你。到底是什么事？

奥赛罗　我最爱的、我给了你的那块手绢，你给了卡希欧。

德斯底蒙娜　没有，敢以我的性命灵魂为誓！把他叫来，问他。

奥赛罗　可爱的人，要当心，要当心别发假誓，要知道你是在死床上呢。

德斯底蒙娜　是的，但还不至于就死。

奥赛罗　立刻就死。所以直供你的罪恶吧，因为你纵然一桩桩地发誓否认，也不能铲灭那使我苦痛呻吟的坚强的认识。你是就要死的。

德斯底蒙娜　那么上帝怜悯我吧！

奥赛罗　我愿说一声“阿门”。

德斯底蒙娜　你也要有怜悯心呀！我从未做过亏负你的事，从未爱过卡希欧，除了上天所允准的一种泛泛的爱，我从未给过什么纪念品。

奥赛罗　我对天说话，我亲见我手绢在他手里。啊，发假誓的女人！你使得我的心肠变硬，我所要做的事我本认为是一种献祭的牺牲，你使得我把它唤作谋杀。我亲眼看见那块手绢。

德斯底蒙娜　那么是他寻到的。我从没有给他。你叫他来，让他供出实情。

奥赛罗　他已经供了。

德斯底蒙娜　他供了什么?

奥赛罗　他说他已经享用过你了。

德斯底蒙娜　怎么?犯奸吗?

奥赛罗　是的。

德斯底蒙娜　他将不会说这话。

奥赛罗　当然不。他的嘴已经闭塞住了，诚实依阿高已经设法安排好了。

德斯底蒙娜　啊!我明白了。怎么!他已经死了!

奥赛罗　如其他所有的毛发都是生命，我的仇恨也有一齐吞食的大量。

德斯底蒙娜　哎呀!他是被骗，我也是被毁了。

奥赛罗　倒下去，淫妇!你当着我的面前哭他吗?

德斯底蒙娜　啊!你驱逐我，别杀我!

奥赛罗　倒下去，淫妇!

德斯底蒙娜　明天再杀，让我再活一晚!

奥赛罗　不行，你如是抵抗——

德斯底蒙娜　只要再容我半点钟!

奥赛罗　已经干了，便不能中止。

德斯底蒙娜　只等我再祈祷一回!

奥赛罗　太晚了。〔他将她窒死〕

伊米利亚　〔在内〕将军，将军!怎么了，啊!将军!将军!

奥赛罗　这是什么声音?没死?还没有死透?我虽残忍，究竟还是仁慈。我不愿令你在苦痛中迁延。好，好。

伊米利亚　〔在内〕怎么了，啊！将军！将军！

奥赛罗　谁呀?

伊米利亚　〔在内〕啊！将军。我有话和你说！

奥赛罗　是了，是伊米利亚。我就来。她是死了。她来大概是报告卡希欧的死。声音是很高。哈！不再动了吧？像坟一般地静。让她进来吗？可有好处？我觉得她又动弹了。没有。怎样好呢？ 她若是进来，她一定要和我的妻谈话。我的妻！我的妻！什么妻?我没有妻。啊，难堪！啊，悲痛！我想现在日月必定蚀晦，受惊的大地也要望着上天的变异而张开大口。

伊米利亚　〔在内〕我求你，我有话和你说。啊！将军。

奥赛罗　我把你忘了。啊！进来，伊米利亚。且慢，我就来，让我扯上床幔。你在哪里呢？〔开门〕

伊米利亚上。

你有什么事?

伊米利亚　啊！将军，那边出了残杀的事。

奥赛罗　什么！现在?

伊米利亚　方才，将军。

奥赛罗　这真是月亮逸出了轨道，月亮离地球比平常为近，以至使得人们发疯。

伊米利亚　卡希欧，将军，杀死了一个名叫洛德里高的威尼斯青年。

奥赛罗　洛德里高被杀！卡希欧也被杀了？

伊米利亚　不，卡希欧没有被杀。

奥赛罗　不是卡希欧被杀！那么暗杀是错了音阶，复仇也岔了调子。

德斯底蒙娜　啊！冤杀，冤杀了！

伊米利亚　哎呀！那是喊什么？

奥赛罗　那是！什么？

伊米利亚　哎呀呀！那是夫人的声音，救命！救命，喂，救命！啊，夫人，再说话！可爱的德斯底蒙娜！啊！可爱的夫人，你说话。

德斯底蒙娜　我死得冤枉。

伊米利亚　啊！是谁下的毒手？

德斯底蒙娜　没有谁，我自己。永别了，替我致意我的丈夫。啊！永别了！〔死〕

奥赛罗　怎么，她怎么被害了？

伊米利亚　哎呀！谁知道？

奥赛罗　你听见她自己说了并不是我。

伊米利亚　她是这样说的。我得说实话。

奥赛罗　她像是一个下地狱的说谎的人。是我杀的她。

伊米利亚　啊！她格外地是个天使，而你格外地是个恶魔。

奥赛罗　她堕落了，她变成了娼妇。

伊米利亚　你诬蔑她，你真是恶魔。

奥赛罗　她是水性杨花。

伊米利亚　你是性急如火，你若说她不贞洁。啊！她是天真无邪的。

奥赛罗　卡希欧和他通奸，不信问你的丈夫。我做下这极端的事，若不是有正当的理由，我该下十八层地狱。你的丈夫都知道。

伊米利亚　我的丈夫！

奥赛罗　你的丈夫。

伊米利亚　说她和人通奸？

奥赛罗　是，和卡希欧。唉，假如她是忠实的，虽然上天给我另造一个整体完好的绿宝石的世界，我也不愿将她出卖。

伊米利亚　我的丈夫！

奥赛罗　是的，是他首先告诉我的。他是一个诚实人，最恨粘在龌龊行为上的黏质。

伊米利亚　我的丈夫！

奥赛罗　为什么反复地说，女人？我说是你的丈夫。

伊米利亚　啊，夫人！阴谋玩弄了爱情。我的丈夫说她不贞洁！

奥赛罗　就是他，女人，我说的就是你的丈夫。你懂不懂？就是我的朋友，你的丈夫，诚实的，诚实的依阿高。

伊米利亚　如其他真是这样说的，让他的坏心一天腐烂一小块！他昧了良心说谎，她原是太爱了她那最龌龊的丈夫。

奥赛罗　哈！

伊米利亚　把你的最恶的手段使出来吧，你的这件行为是不配得上天饶恕的，等于你这个人是不配享有她。

奥赛罗　胡说！你最好少开口。

伊米利亚　你害我的力量还不及我挺身受害的力量的一半哩。

啊，愚人！啊，蠢人！像泥土一般地无知！你干下了这件事——我不怕你的剑，我就是失掉二十个性命，也要给你宣布。救命！救命，啊！救命！摩尔把夫人杀了！杀人了！杀人了！

蒙台诺、格拉希安诺、依阿高及其他上。

蒙台诺　什么事？怎么了，将军！

伊米利亚　啊！你来了吗，依阿高？你干的好事，使得人家把杀人的事不得不推在你身上。

格拉希安诺　什么事？

伊米利亚　如其你是一个人，反驳这一个坏人，他说你告诉他说他的妻不贞洁。我知道你是不会说的，因为你不是这样的一个坏人。快说，我的心里苦闷极了。

依阿高　我只把我的感想告诉了他，我所告诉的，他自己都发现是真的。

伊米利亚　但你可曾告诉他说她是不贞洁？

依阿高　我说了。

伊米利亚　你说的是谎，是一个令人深恶痛绝的谎。我以灵魂发誓，是谎，是一个阴险的谎。她和卡希欧通奸！你是说和卡希欧？

依阿高　是和卡希欧，太太。别瞎说，闭上嘴。

伊米利亚　我偏不闭嘴，我一定要说。我的夫人在她床上被杀死了。

众　啊，上天不准！

伊米利亚　是你报告造成了这场凶杀。

奥赛罗　诸位先生，不要惊讶，的确是如此 。

格拉希安诺　这可真是怪事。

蒙台诺　骇人听闻的事！

伊米利亚　罪过！罪过！罪过！我才一设想，我就觉得形迹可疑。啊，罪过！果然不幸早被我猜中，我真痛不欲生了。啊！罪过，罪过！

依阿高　怎么！你疯了吗？我命令你，回家去。

伊米利亚　诸位先生容禀。我本该服从他，但是现在我不能听命。依阿高，或者我永远不回家了。

奥赛罗　啊！啊！啊！〔倒在床上〕

伊米利亚　唉，你倒下去号啕吧，因为你杀死了一个世界上最纯洁可爱的人。

奥赛罗　啊！她是淫秽的。我几乎不认识你了，姻叔。你的侄女在此地躺着呢，是我这两只手把她刚刚窒死的，我知道这件事很凶残可怕。

格拉希安诺　可怜的德斯底蒙娜！幸而你的父亲是已经死了。你的婚事是他的致命伤，悲恸切断了他的生命。假如他现在还活着，这种景象会使得他做出拼命的事，哼，会要使得他骂走他的善良天使，而自寻短见哩。

奥赛罗　这诚然是很可怜，但是依阿高晓得她和卡希欧做过一千回无耻的勾当，卡希欧自己承认的。她还拿我最初给她的定情物转赠了给他，报酬他的通奸之劳。我亲眼看见那东西在他的手里，是一块手绢，当初我的父亲给我的母亲的一件旧礼物。

伊米利亚　天呀！啊，天神呀！

依阿高　喂，别作声。

伊米利亚　真相是要揭穿的，真相是要揭穿的。我不作声，先生？那不行。不，我要像北风一般地自由发言，虽然上天、人类、魔鬼，一切一切，都辱骂我，我也要说。

依阿高　你要懂事些，快回家去。

伊米利亚　我偏不。〔依阿高做举剑欲刺伊米利亚之状〕

格拉希安诺　呸！你敢剑刺女人！

伊米利亚　啊，你这愚蠢的摩尔！你所说的那块手绢原是我偶然寻到给了我的丈夫，因为他屡次求我去偷这块手绢，而其请求之恳挚实在显得是除这琐细的东西以外还另有重大的作用。

依阿高　险恶的淫妇！

伊米利亚　她给了卡希欧！不是的哟！是我寻到的，我给了我的丈夫。

依阿高　淫妇，你说谎！

伊米利亚　对天发誓，我没说谎，我没说谎，诸位先生。啊，杀人的傻子！这样的一个傻子怎么配享受这样好的一个夫人呢？

奥赛罗　天上没有一个雷霆了吗？好一个小人！〔向依阿高。依阿高刺伤伊米利亚而逃〕

格拉希安诺　这女人倒了，必是他刺杀了他的妻。

伊米利亚　是的，是的。啊！把我放在夫人的旁边吧。

格拉希安诺　他跑了，但是他的妻死了。

蒙台诺　这真是一个奸险绝伦的小人。你拿着这把剑，这是我刚从摩尔手里得来的。来，在外面把守门，别让他过去，宁可杀死他。我去追那一个小人，他真是该死的奴才。〔蒙台诺与格拉希安诺下〕

奥赛罗　若每一个小人不吃我一剑，我也算不得勇敢。但是既已铸成大错，何苦再逞一时之勇呢？由它去吧。

伊米利亚　夫人，你那阕歌唱成了什么预兆？听，你还能听见我吗？我且做一只天鹅在歌唱中消逝吧[4]——

青柳，青柳，青柳。摩尔，她是贞洁的，她是爱你的。残忍的摩尔，我已说出了实话，我的灵魂可以升上天国了。我已说出了我所确知的，我亦可以死了，死了。〔死〕

奥赛罗　我的房里还另有一件武器，是一把西班牙的宝剑，在冰川里锻炼过的。啊！就是这个。姻叔，我一定要出去。

格拉希安诺　〔在内〕假如你要尝试，你要付很大的代价。你没有武器，你是一定要吃亏的。

奥赛罗　那么你进来看看我，和我谈谈话，否则，我虽是赤手空拳，也要和你厮杀。

格拉希安诺上。

格拉希安诺　什么事？

奥赛罗　看！我有一把武器，一个军人的腰间还没有佩带过比这个更好的武器。在当年，就凭这区区的胳臂，这把宝剑，虽有二十倍你这样的阻难当前，我也会冲杀过去。但是，无益的虚夸呀！谁又能操持自己的命运呢？今非昔比了。你别怕，虽然你见我手里有了武器。这里是我的旅途的终点，这里是我的鹄的，是我的最远的航程的标志。你恐慌而退了吗？这是不必要的恐惧，只消用一根灯草向奥赛罗胸间一刺，他就会退后了。奥赛罗可到哪里去好呢？你现在脸上是什么样子？啊，不幸的女人！像你的衬衣一样地惨白！在最后裁判那天我们遇到的时候，你的这副面容将要把我的灵魂从天堂撞下，让魔鬼攫捉了去。冰冷，冰冷，我的女人！恰似你的贞操。啊！该死的，该死的奴才。用鞭子抽走我，魔鬼哟，别让我看这天神般的姿色！狂风吹我！硫黄烧我！在火液的深渊里浇洗我！啊，德斯底蒙娜！德斯底蒙娜！死了！啊！啊！啊！

娄都维可、蒙台诺、卡希欧坐在轿里，警士们捕得依阿高上。

娄都维可　那急躁不幸的人在哪里呢？

奥赛罗　那就是原来名叫奥赛罗的了，我在此地。

娄都维可　奸贼在哪里？把他带过来。

奥赛罗　我看看他的脚。那只是一种传说[5]。如其你真是一个魔鬼，我便杀不死你。〔刺伤依阿高〕

娄都维可　把他的剑夺过来。

依阿高　我流血了，先生。但是没有死。

奥赛罗　那我也并不懊悔，我愿你活着。因为，由我看，死是幸福。

娄都维可　啊，你这个奥赛罗！你原来是很好的一个人，中了这恶奴的奸计，我可把你当作什么样的人呢？

奥赛罗　唉，随便吧。假如你愿意，就把我当作一个名誉的凶手，因为我做的事没有一桩由于仇恨，都是由于名誉。

娄都维可　这个坏蛋已经部分地供认了他的阴谋，是不是你和他共谋杀害卡希欧？

奥赛罗　是的。

卡希欧　亲爱的将军，我从没开罪于你。

奥赛罗　我相信，我求你饶恕。我请你可否问问这个半人半鬼的东西，到底为什么要这样陷害我的灵魂身体？

依阿高　什么也别问我，你所知道的，你都知道了。从此以后，我一字不说。

娄都维可　什么！不祈祷了吗？

格拉希安诺　上刑罚就能令你张口。

奥赛罗　哼，你最好是不开口。

娄都维可　经过的情形我要叫你明白，我恐怕你是还不知道。在被害的洛德里高的衣袋里寻到了这一封信，还有这一封，有一封里写明谋杀卡希欧是由洛德里高担任。

奥赛罗　啊，恶人！

卡希欧　最伤天害理的东西！

娄都维可　这里还有一张愤懑不平的字条，也是在他衣袋里寻到的。这张东西，大概是，洛德里高原想送给这一个该死的混蛋的，或者是，正在这时候依阿高走过来结果了他。

奥赛罗　啊，这险恶的奴才！卡希欧，你到底怎样会得到我的妻的手绢呢？

卡希欧　我在我房里寻到的。他方才自己承认是他故意丢在那里，为要达到他所希冀的特殊的目的。

奥赛罗　啊，傻子！傻子！傻子！

卡希欧　洛德里高的信还说好些怪罪依阿高的话，因为是他唆使他在值班的时候向我挑衅，我之所以被免职也就是由此而来。他就是在方才已经像是死了半晌之后还说呢，依阿高杀了他，是依阿高主使他的。

娄都维可　你要离开这屋子同我们走，你的职权已经撤销了，塞普勒斯现由卡希欧统治。至于这个奴才，假如有什么残酷的刑罚能让他多受苦痛而又延长时日，都要令他尝受。你是要严加监禁的，等到你犯罪的情由呈报到威尼斯政府。来，带他走。

奥赛罗　且慢，在你走前我还有几句话说。我对国家曾建过功劳，他们是知道的。这且不提。我请你，你呈报这一段不幸的案情的时候，提起我来只消报告我的本来面目，不要为我开脱，也不要下刻毒的刀笔。随后，你要说我这个人是用情不明，而又用情太过；本不容易猜疑，而疑心一被逗起，却又极度地昏迷；像是一个粗鲁的印度人，随手抛弃了一颗比他全族价值还大的珍珠。我这一双不胜悲怆的眼睛，虽然向不湿润，这一回却簌簌堕泪，像是阿拉伯树之滴药浆一般地迅速。把这句话写下来。再说，有一回

在阿莱波，有一个恶劣的缠头的土耳其人殴打一个威尼斯人并且辱骂威尼斯，我便扼住了这人的咽喉，这样地，一击。〔自刺〕

娄都维可　啊，好惨的结局！

格拉希安诺　所说的话都是枉然了。

奥赛罗　我在杀你之前，我吻了你。只得如此，〔倒于德斯底蒙娜身上〕我自杀再死在你的吻上。〔死〕

卡希欧　我已经料到这一点，但我以为他没有武器，因为他是极光明磊落的。

娄都维可　〔向依阿高〕啊，斯巴达的狗[5]！比苦痛、饥饿、海洋，还要残酷。你看看这一床的惨怛的尸身，这是你干的好事。惨不忍睹，遮盖起来吧。格拉希安诺，你守着这屋子，接收摩尔的财产，因为是该由你继承的。总督阁下，如何判处这个罪大恶极的奸贼完全由你定夺，时间、地点，以及刑罚。啊！请你执行吧。

我就上船，以满腔的惨痛
向政府报告这惨痛的案情。〔众下〕

注释

[1] 衣服里面穿着铠甲。

[2] 原文 It is the cause，it is the cause，何所指？一般认为德斯底蒙娜被

疑为不贞，此不贞即是奥赛罗所欲报复的“理由”。但是下文所谓“否则她要骗害别的男人”可能是奥赛罗的真正的“理由”。言其突起杀心，非为个人报复，实为在原则上着想，不惩淫妇不足以儆世也。

[3] 神火 Promethean heat，希腊神话 Prometheus 自天上盗火送给人类。

[4] 据说天鹅在死前歌唱，而且仅此一次。

[5] 据传说，魔鬼的脚趾分歧。

[6] 斯巴达人，受苦痛而不作声，言心肠狠也。

李尔王

King Lear

序

一　版本历史

《李尔王》最初在书业公会注册簿登记的日期，是一六〇七年十一月二十六日，旋于一六〇八年出版，是为“第一四开本”，其标题页如下：

M. William Shakespeare: His True Chronicle Histories of the life and death of King Lear and his three Daughters. With the unfortunate life of Edgar, son and heir to the Earl of Gloucester, and his sullen and assumed humor of Tom of Bedlam: As it was played before the Kings Majesties at Whitehall upon S.Stephans night in Christmas Holidays. By his Majesties servants playing usually at the Globe on the Bancke-side, London, Printed for Nathanael Butter, and are to be sold at his shop in Pauls Church-yard at the sign of the Pide Bull near St. Austins Gate. 1608.

此本现存者仅有六部，而其内容则六部并不一致，正误之处非常凌乱，其中只有两部内容完全相同。此本排印出版之仓促可以想见。

但同于一六〇八年另有一四开本《李尔王》出现，内容大致相同，惟讹误较前述本更多，殊无独立价值。此本标题页仅列出版人名姓而无地址，故“第一四开本”有“Pide Bull edition”之称，无地址之四开本则为“第二四开本”，又称“N.Butter edition”。“第二四开本”大约是袭取“第一四开本”而成，此两种版本间之关系，剑桥版莎士比亚集之编者阐述甚详。有些学者还以为“第二四开本”乃一六一九年之出品，标题页虽标明“一六〇八”字样，而实系伪托云云。

一六二三年“第一对折本”出版，其二八三面至三〇九面即为《李尔王》。据 D.Nicol Smith 之估计，“四开本”约有三百行为“对折本”所无，“对折本”亦有一百一十行之数为“四开本”所无。其出入若是之巨，二者关系究竟若何，实为莎士比亚版本批评上难题之一。据一般学者研究之结论，“四开本”大概是在宫廷表演时的速记盗印本，而“对折本”则系经过删削之剧院实用脚本。但“对折本”往往保存了“四开本”的舛误。这事实颇难解释，也许是排印“对折本”的时候参考了“四开本”的缘故吧。

就大致论，“对折本”绝对地优于“四开本”。不过“四开本”亦有可取之处。例如：第四幕第三景为“对折本”所全删，是很可惜的。现代通用的本子，大概全是集二者之长编辑而成。

英国复辟之后，经德莱顿之提倡，莎士比亚戏剧往往改编上演，以适合当时戏剧之环境。故当代桂冠诗人泰特（NahumTate）遂改编《李尔王》，于一六八一年出版并上演。此改编本，以爱德加与考地利亚相恋爱，并以情人团圆、李尔复位为煞尾，中间复羼入新景，“弄臣”一角则完全取消，与莎氏剧之本来面目大相径庭。然此改编本霸占舞台一百数十年，直至一八二三年名伶 Edmund

Kean 始恢复悲剧结局，然犹未恢复“弄臣”一角。十五年后名伶 Macready 始完全恢复莎氏剧之本来面目。到如今，改编本已成历史上的陈迹了。

“对折本”之《李尔王》已有幕景之划分。一七〇九年 Nicholas Rowe 编莎氏全集出版，为最初之近代编本，在版本方面虽仅知依据“第四对折本”，无大贡献，然其改新拼音、标点，加添剧中人物表，及剧中人物上下等等之舞台指导，则厥功殊伟。《李尔王》之版本历史至此可告一段落。自 Rowe 以后之各家编本则据 Furness 所列，截至一八七〇年已不下三十余种，益以最近数十年间出版之编本，当在六十种以上。

二　著作年代

《李尔王》之作大约是在一六〇五年之末或一六〇六年之初。其重要证据如下:

（一）据书业公会注册簿，此剧初演系在一六〇六年十二月二十六日。

（二）爱德加所说的几个魔鬼的名字系引自 Harsnet's *Declaration of Egregious Popish Impostures*。而此书乃一六〇三年出版者。故知《李尔王》之作不能早于一六〇三年。

（三）第一幕第二景提起关于日蚀月蚀的话，这或者与一六〇五年九月间之月蚀及十月间之日蚀有涉的。

（四）据文体考察，《李尔王》当是莎氏晚年最成熟作品。例如：有韵脚之五步排句极少，仅有三十七对；不成行之短句有一百九十一行之多，为莎氏剧中最高记录；散文所占分量亦巨。平常在宫廷出演之剧，率皆新作，故《李尔王》既于一六〇六年冬演出，则姑断其著作年代为一六〇五或一六〇六，谅无大误。

三　故事来源

关于李尔王的故事其来源甚古，自 Geoffrey of Monmouth: *Historia Britonum* 以降，以诗体及散文体转述此故事者不下十余家。但莎士比亚确曾利用过的材料恐怕也不外下述几种:

（一）*Holinshed's Chronicles* ——何林塞的《史记》出版于一五七七年，再版于一五八七年，莎士比亚戏剧之历史材料常取给于此。李尔王的故事见该书英格兰史卷二第五、第六章。在这里，李尔没有疯，没有格劳斯特一段穿插，没有放逐化装之坎特，也没有弄臣，也没有悲惨的结局，故事的纲要略具于是，莎士比亚无疑是读过的。

（二）*The Faerie Queene* ——斯宾塞的《仙后》之前三卷刊于一五九〇年，卷二第十章第二十七至三十二节便是李尔王的故事。在考地利亚这一个名字的拼法上，斯宾塞与莎士比亚是一致的。还有，国王之无意识地问询三女之爱，及考地利亚之死于绞杀，这两点也是斯宾塞的创造而莎士比亚采用了的。

（三）在莎士比亚写《李尔王》之前，李尔王的故事已经被人编为戏剧而上演了。一六〇五年出版的 *The True Chronicle History of King Leir, and his three daughters, Gonorill, Ragan and Cordella*, 作者不明。其内容完全按照传统的李尔故事加以戏剧的安排罢了。

此剧是莎士比亚所熟知，殆无疑义，莎士比亚不但袭用了此剧中一大部分的结构，即字句之间亦有许多地方雷同。所以此剧可以说是莎氏剧的蓝本。不过莎士比亚自出新裁的地方仍然很多，这是在比较之下就可以看出来的。

（四）*Sidney's Arcadia*——西德尼的小说《阿凯地亚》刊于一五九〇年，第二卷第十章有一段故事，与《李尔王》中格劳斯特一段穿插极为类似，故曾予莎士比亚以若干暗示，殆无疑义。

上述四种，为《李尔王》之主要来源，但剧中尚有一大部分则纯为莎士比亚之创造，例如，悲惨的结局、弄臣之插入、格劳斯特故事之穿插、李尔之疯狂，皆是。在这些地方，我们可以看出莎士比亚的编剧的手段。

四　艺术的批评

批评家大概都认定《李尔王》是一部伟大作品，但为什么伟大呢?

诗人雪莉在《诗辩》里说:“近代作品常以喜剧与悲剧相掺和，虽易流于滥，然实为戏剧的领域之一大开展；不过其喜剧之成分应如《李尔王》中之有普通性，理想的，并且有雄壮之美，方为上乘。即因有此原则，故吾人恒以《李尔王》较优于《儿底婆斯王》与《阿加曼姆农》。……《李尔王》如能经得起此种比较，可谓为世上现存戏剧艺术之最完美的榜样。”雪莉此言是专从悲剧喜剧之混和一点立论。哈兹立（Hazlitt）则更笼统地说:“《李尔王》为莎士比亚戏剧中之最佳者，因在此剧中莎士比亚之态度最为诚恳之故。”像这一类绝口赞扬的批评，我们还可以举出斯文本（Swinburne）、雨果（Hugo）、布兰兑斯（Brandes）等等。

《李尔王》之所以伟大，宜从两方面研究，一为题材的性质，一为表现的方法。

《李尔王》的题材是有普遍性永久性的，这戏里描写的乃是古今中外无人不密切感觉的父母与子女的关系。父母子女之间的伦常的关系乃是最足以动人情感的一种题材。莎士比亚其他悲剧的取材往往不是常人所能体验的，而李尔王的取材则绝对地有普遍性，所谓孝道与忤逆，这是最平凡不过的一件事。所以这题材可以说是伟大的，因为它描写的是一段基本的人性。

单是题材伟大，若是处置不得当，仍不能成为伟大作品。但是我们看看莎士比亚布局的手段。T.R.Price 教授说得好:

“《李尔王》的故事本身，自析分国土并与考地利亚争吵以后……仅仅是一篇心理研究……只是一幅图画，描写一个神经错乱的老人，因受虐待而逐渐趋于颓唐，以至于疯狂而死。……所以这故事本身缺乏戏剧的意味，这是莎士比亚所熟知的，绝不能编配成剧的。我想即因此之故，莎士比亚乃以格劳斯特与哀德蒙的故事来陪衬李尔与考地利亚的故事。……经过此番揉和，故李尔个性的描写以及其心理溃坏的写照成为此剧美妙动人之处，而哀德蒙的情绪动作以及其成败之迹乃成为戏剧的骨格与活动。”（见 *PMLA*，Vol. ix，1894，pp.174-175.）

这一段话非常中肯，两个故事的穿插配合不能不说是成功的技巧。

再看《李尔王》的煞尾处，莎士比亚把传统的“大团圆”改为悲惨的结局，虽因此而为十八世纪的一些批评家所诟病，但以我们的眼光来看，“诗的公理”在此地是没有维持之必要的。Tate的改编本虽然也有一百五十七年的命运，终归经不起Lamb的一场奚落！

就大致论，《李尔王》的题材与表现都是成功的，不愧为莎氏四大悲剧之一。不过短处仍是有的，如Bradley教授所指示，至少有下列数端：

（一）格劳斯特之当众挖眼是太可怕的。

（二）剧中重要人物过多，故近结尾处过于仓促，于第四幕及第五幕前半部为尤然。

（三）矛盾或不明晰处过多，例如：

甲、爱德加与哀德蒙住在同一家中，何以有事不面谈而偏写信？

乙、何以爱德加甘受乃弟蒙骗而不追问贾怨之由？

丙、格劳斯特何以长途跋涉至多汶仅为觅死？

丁、由第一景至李尔与刚乃绮冲突，仅两星期，而传闻法兵登岸，据坎特谓此乃由于李尔受其二女虐待所致，但事实上瑞干之虐待李尔仅前一天之事，传闻毋乃太速？

戊、李尔怨刚乃绮裁减侍卫五十名，但刚乃绮何曾言明数目？

已、李尔与刚乃绮各派使者至瑞干处并候回信，而李尔与刚乃绮亦均急速赶赴瑞干处，何故？

庚、爱德加何以不早向盲目的父亲自白？

辛、坎特何以化装至最后一景？自谓系有重要意义，究系何故？

壬、何以勃根地有先选考地利亚之权？

癸、何以哀德蒙事败之后良心发现不早解救彼所陷害之人？

（四）动作背景之确实地点，殊欠明了。

当然此等琐细处之缺憾，不能损及此剧之伟大，然缺憾如此之多，恐怕就不能使此剧成为“完美的”的艺术品了。Bradley 教授说:“此剧为莎士比亚最伟大之作品，但并非如哈兹立所说，‘最佳的作品’。”此语可谓不易之论。

托尔斯泰曾严酷地批评莎士比亚，以为不能称为第一流作家，即以《李尔王》为例曾详加剖析，谓莎士比亚之作实远逊于其蓝本，这可以说是很大胆的批评。但至少在两点上托尔斯泰的意见是不无可取的，一是莎士比亚的文字太嫌浮夸矫饰，太不自然，太勉强；一是《李尔王》的事迹太不近人情，太不自然，太牵强。这是任何公正的读者都有同感的吧?

剧中人物

李尔（Lear），不列颠王。

法兰西王（King of France）。

勃根地公爵（Duke of Burgundy）。

康瓦公爵（Duke of Cornwall）。

阿班尼公爵（Duke of Albany）。

坎特伯爵（Earl of Kent）。

格劳斯特伯爵（Earl of Gloster）。

爱德加（Edgar），格劳斯特之子。

哀德蒙（Edmund），格劳斯特之私生子。

柯伦（Curan），一廷臣。

奥斯瓦（Oswald），刚乃绮之管家。

老人，格劳斯特之佃户。

医生。

弄臣。

一官佐，爱德蒙所任用。

一绅士，考地利亚之随侍。

一传令官。

康瓦之仆役多人。

刚乃绮（Goneril）
瑞干（Regan）
考地利亚（Cordelia）——李尔之女。

李尔之侍卫多人、官佐、信使、军士及侍从等。

地点

不列颠。

第一幕

第一景：李尔王宫

坎特、格劳斯特、哀德蒙上。

坎特　我以为国王对于阿班尼比对于康瓦更宠爱一些。

格劳斯特　我们一向是这样看法的。但是如今，析分国土，倒看不出他是偏重哪一位公爵。因为分得非常均匀，精密地计较起来也辨不出孰薄孰厚。

坎特　这不是你的儿子吗，先生?

格劳斯特　他的抚养是由我担负的。我常常地赧颜承认他，现在倒忝不知惭了。

坎特　我不明白你的意思。

格劳斯特　先生，这位青年的母亲却能。所以她的肚子凸了，在她的床上未有丈夫之前，摇篮里先有了儿子。你觉得这是错事吗?

坎特　儿子长得这样漂亮，我倒不能愿你不犯那桩错事了。

格劳斯特　但是我有一个嫡出的儿子，比这一个差不多还大一岁，可是我并不偏爱他。这家伙谁也没有要他来，他鲁莽地来到了世上，可是他的母亲很美。生他之前，我很享受了一番，所以这私生子一定要予以承认的。你认识这位先生吗，哀德蒙?

哀德蒙　不。

格劳斯特　坎特伯爵。以后记住这是我的好朋友。

哀德蒙　谨向伯爵致敬。

坎特　我一定喜欢你，并且我愿和你熟些。

哀德蒙　先生，我将努力不辜负盛意。

格劳斯特　他已经有九年在外国，还要再到外国去呢。国王来了。

李尔王、康瓦、阿班尼、刚乃绮、瑞干、考地利亚及侍从等上。

李尔王　格劳斯特，去延请法兰西国王和勃根地公爵。

格劳斯特　遵命，陛下。〔格劳斯特及哀德蒙下〕

李尔王　现在我要宣示我的更秘密的计划。把地图给我。你们知道，我已经把我的国土分为三块。我已决心要使我的衰老之身摆脱一切的烦剧，交给年轻的人去做，我好轻松地爬向死所。我的女婿康瓦，还有你，我的同样亲爱的女婿阿班尼，我现在决意宣布我的女儿们的妆奁，免得将来发生争执。法兰西和勃根地两位亲王争着要娶我的小女，到宫内求婚也有些时候了，现在也要解决。我的女儿们，告诉我——既然我现在就要放弃我的统治、领土，以及政务——你们当中哪一个可以说是最爱我的？哪个情爱最笃，最应邀赏，我便给予最大的赏赉。刚乃绮，你年最长，你先说。

刚乃绮　父王，我爱你不是言语所能表达的。比这一双眼睛、全世界和自由，都更亲爱。超过一切可能计值的珍贵，不下于美健尊荣的生命。人子所能爱的，或是人父所能享的爱，我是完全无缺的。我的爱使得言辞都显得薄弱无力了，我爱你胜过上述的一切。

考地利亚　〔旁白〕考地利亚可怎么办呢？心里爱，口里不要多说。

李尔王　所有在这界线以内，由这一边到这一边，有的是成荫的森林、肥沃的原野、丰富的河流、广阔的牧场，我完全给你领受，由你和阿班尼的后裔永远承继。我的二女儿，最亲爱的瑞干，康瓦的妻子。你有什么说的？说吧。

瑞干　我和我的姐姐有同样的气质，所以自视亦有同等的价值。我觉得她已经把我的内心的真爱形容得很确切，只是还不充分。因为我可以说我对于最敏锐的感官所能感受到的快乐是一概加以敌视的，我只是在你的宠爱中觉得幸福。

考地利亚　〔旁白〕那么考地利亚可太寒酸了！但是并不寒酸，因为，我敢说，我的爱是比我的言语要丰富些。

李尔王　我的美丽的国土之广大的三分之一，永远属于你和你的后裔。在区域价值和趣味方面，都不下于给刚乃绮的那一块。现在，我的乖，虽是最后的，可不是最薄的[1]，法兰西的葡萄和勃根地的牛奶争着要享受你的爱情，你有什么说的，可以赢得比你姐姐的更为丰美的一块？你说。

考地利亚　没有什么说的，陛下。

李尔王　没有什么！

考地利亚　没有什么。

李尔王　你不说我便不给，再说说看。

考地利亚　我诚然不幸，我不能把心呕到嘴里，我按照我的义务爱陛下，不多亦不少。

李尔王　怎么，怎么，考地利亚！把你的话稍修补一下吧，否则要毁了你的财产。

考地利亚　陛下，你曾生我、养我、爱我，我的回报亦将恰如其分，服从你、爱你、尊敬你。我的姐姐们为什么要嫁丈夫呢，如其她们说她们只爱你一个？我出嫁的时候，和我誓盟恩爱的郎君，或者就要携去我一半的爱，一半的眷怀与义务。一定的，我不能像我的姐姐似的结婚，而还专爱我的父亲一个。

李尔王　你真忍心如此吗？

考地利亚　是的，陛下。

李尔王　如此年轻，而竟如此狠心？

考地利亚　陛下，是如此年轻而又如此诚实。

李尔王　好吧，那么就拿你的诚实来做你的妆奁。当着太阳的圣光、海凯特的魔术和昏黑的夜，对着那握着我们的生死之运的星斗，我如今发誓我脱离一切的为父的责任、亲属关系和血统的缘分，从此我永远把你当作一个陌生的人。野蛮的西兹亚人[2]，或是那把自己的子孙当作食品吞吃的人，从此将和曾为我的女儿的你，同样地受我的关怀、怜爱、慰安。

坎特　陛下——

李尔王　你不用开口，坎特！不用到怒龙和它恼恨的对象之间来排解。我本来最爱她，本想完全靠她来供养我的[3]。走开，离开我的眼前！现在我既然和她脱离了父女的关系，就让我的坟墓做我的安息之所吧！去叫法兰西的国王来。谁去？叫勃根地公爵来。康瓦和阿班尼，除了我的两个女儿的妆奁之外，你们再分享这三分之一。由傲慢，即她所谓的坦白，去给她找个丈夫吧。我把我的权力、尊荣，以及一切连带着的优厚的利益，都交给你们两个。我自己呢，保留一百名侍卫，由你们供养，我按月轮流着与你们同住。我只留国王的名义和一切的虚衔。至于政权、入款，及其他一切设施，亲爱的女婿们，都是你们的。为证实起见，这顶金冕由你们两个均分吧。〔授冕〕

坎特　陛下，我一向敬你为我的君王，爱你如我的父亲，尊你为我的主上，在祈祷中总把你当作我的恩人——

李尔王　弓已经引满待发，尽早离开我的箭。

坎特　宁可由它射下来，虽然箭镞射入我的心坎。李尔发狂的时候，坎特只得无礼了。老头子，你是要怎么样？当权者听信谄谀的时候，你以为正直的人臣就不敢诤谏了吗？君王昏聩的时候，忠臣是该直谏的。还保留你的王位吧，妥加考虑之后，要纠正这次的鲁莽。我冒死上陈，你的小女并非爱你独薄，朴实的言辞是毫无矫饰的，其衷心亦非虚伪。

李尔王　坎特，小心你的性命，别再说了。

坎特　我从不珍视我的性命，只当作是和你的敌人的打赌赌注。我并不怕失掉它，我的动机是为求你的安全。

李尔王　滚开我的眼前！

坎特　李尔，你要看仔细了，让我永久在你眼前做个鹄的。

李尔王　什么，阿波罗在上——

坎特　阿波罗在上，陛下，你赌咒也没有用。

李尔王　啊，奴才，恶汉！〔手按剑上〕

阿班尼
康瓦　陛下，不可这样。

坎特　杀吧，杀死你的良医，把报酬给予恶病。尽早把这报酬撤回，否则我一息尚存，也要告诉你是错误的。

李尔王　可恶的东西，听我说！按照忠君之义，听我说！我从来不敢失信，如今你要我食言，并且胆敢对于我的主张妄加干预，我实在难以容忍——我的君权既然是还在，你接受你的报酬吧。我给你五天的期限，由你准备，摒挡一切。在第六天，作速离开我的国土。如其在第十天上，仍在国内发见你，立即处死。

去！朱匹特在上，这命令是不能收回的。

坎特　再会吧，国王。

你既如此，这里已没有自由，

我留在这里也无异于流囚。

〔向考地利亚〕

你的心术纯正，言语大方，

天神会保护你的，姑娘！

〔向瑞干和刚乃绮〕

愿你们的行为证明你们的大话，

好的结果从甜蜜的语言里迸发。

啊，诸位王爷！坎特就此告辞了，

他将在一个新的国里去终老[4]。〔下〕

奏花腔。格劳斯特偕法兰西王、勃根地及侍从等上。

格劳斯特　陛下，法兰西王与勃根地到了。

李尔王　勃根地公爵，我先和你说，你是和这位王爷争娶我的女儿的。你至少需要多少陪送她的妆奁，否则便放弃你的求婚?

勃根地　陛下，于你愿给的数目之外，我不再多求，而你也绝不会少给的。

李尔王　勃根地公爵，她得我宠爱的时候，我的确认为她值得这样多，但是如今她的价钱落了。先生，她现在立在那边，如其这小东西有什么部分，或是全部，再加上我的厌恶，居然蒙阁下青眼，那么任凭把她娶去便是。

勃根地　我不知怎么回答了。

李尔王　她既有这样多的缺陷，没有友好，新近又受了我的厌恨，以我的咒骂做了妆奁，发誓断绝了亲属关系，你究竟是要她，还是不要她？

勃根地　请原谅，陛下。在这情形之下是很难打定主意的。

李尔王　那么弃了她便是。因为，上帝在上，她的所有财富我都告诉你了。——〔向法兰西王〕至于你，伟大的君王，我很不愿辜负你的一番厚爱，以我所恨的来做你的配偶。所以我请你把你的爱情转变到更适宜的路上去，这女人是不配你爱的，父女的至情都差不多羞于承认她是自己的骨肉。

法兰西王　这真奇怪极了，方才她还是你的最宠爱的对象、赞不绝口的题材、老年的安慰、你的最优美最亲爱的女儿，一霎间也不知犯了什么大罪，把这么多层的恩爱一齐剥夺了。她的过错一定是极其伤天害理，所以是该深恶痛绝，否则必是你以前所表示的宠爱已起了变化。若相信她真犯了这样大罪，这是理性不借奇迹永远不能使我发生的一个信仰。

考地利亚　我再恳求陛下——如其是因为我缺乏油腔滑调，不善于言不顾行，因为我真想行的事，我必先行后言——我恳求陛下宣布这事的经过，我所以失了你的宠爱，不是由于什么污点或是别种秽行，不是由于不贞或是有什么失足，而是只因为我缺乏一个愈没有愈好的东西，一只媚眼，还有那幸而未备的一条舌，虽然因了未备而失掉你的宠爱。

李尔王　你如此地不讨我的喜欢，还不如当初没有生你。

法兰西王　原来不过如此？不过是天性的迟缓，心里想做而口里没有说出吗？勃根地阁下，你对这位小姐以为如何？爱情若牵连到本身以外的各种顾虑，便不是真爱情了。你愿否娶她？她的自身即是妆奁。

勃根地　李尔陛下，你只消按照你自己提议的陪送妆奁，我现在就和考地利亚携手缔婚，使她为勃根地公爵夫人。

李尔王　什么也不给。我已经发过誓，我很坚决。

勃根地　那么，我很抱歉，你已经这样地失掉了一个父亲，你还得要失掉一个丈夫。

考地利亚　勃根地自管放心！他的爱情既然是财产的考虑，我也不要做他的妻。

法兰西王　最美丽的考地利亚，你因为贫所以实在是最富；被人舍弃，实在最可贵；被人藐视，实在最可爱！你和你的美德，我现在据为己有。人弃我取，这总该是合法的。

天呀，天呀！于他人冷漠之中，
我的爱竟燃烧成炽热的尊敬。
你的无妆奁的女儿既属我有，
她便是我的法国臣民的王后。
肥沃的勃根地之所有的公王，
也不能买去我这无价的姑娘。
考地利亚，对狠心的他们辞行，
你失掉此地，得到更好的环境。

李尔王　法王你娶她吧。她是属于你了，
因为我没有这样的女儿，也不要
将来再见她的面，所以就去吧，
无须我的祝福欢送和祈祷的话。
来，高贵的勃根地。〔奏花腔。李尔、勃根地、康瓦、阿班尼、格劳斯特及侍从等下〕

法兰西王　去向你的姐姐们告辞。

考地利亚　父亲的宝贝，考地利亚以泪眼向你们告辞了。我知道你们是什么样人。既是姐妹，我最不愿直率地指摘你们的短处。对父亲要好好地待承，我把他交给了你们自行披沥过的心胸。
但是，唉！我若是得他的宠爱，
我愿把他放在一个更好的所在。
二位再见吧。

瑞干　我们的责任不劳你来按派。

刚乃绮　你小心服侍你的丈夫去吧，他是因怜悯才娶你的。你于服从之道有了欠缺，所以活该你讨了这一场冷落无趣。

考地利亚　蒙蔽的奸巧迟早会被揭穿；
胸怀狡诈的终必被人笑讪。
但愿你们成功！

法兰西王　来，我的美丽的考地利亚。〔法兰西王与考地利亚下〕

刚乃绮　妹妹，我有很多话要和你说，与我们两个是极有关系的。我想父亲今晚就要走吧。

瑞干　那是一定的，并且是同你去。下月住在我们那里。

刚乃绮　你看他年老了脾气变得多么厉害，我们观察到的就很不少了。他一向是最爱我们的妹妹，现在他毫无道理地把她抛弃，是很显然的了。

瑞干　这是他年老糊涂的地方，不过他一向也就是不大清醒。

刚乃绮　他一生最明白的时候也是鲁莽的，所以现在他上了年纪，我们不仅是将要承受他的积久成习的劣性，我们同时也还要忍受那与年纪同来的暴躁的脾气。

瑞干　我们也许难免要受他的任性的脾气，像方才坎特被逐那样。

刚乃绮　他还要给法兰西王行饯别礼呢。我们两个同心合作吧，假如我们的父亲还是按照平日的脾气作威作福的，那么这次放弃君权对于我们并无利可言。

瑞干　我们再商量吧。

刚乃绮　我们要立刻设法。〔同下〕

第二景：格劳斯特公爵堡内大厅

哀德蒙持一函上。

哀德蒙　天性，你才是我的神明，我只听从你的法律，为什么我要受习惯的束缚，让人间吹毛求疵的精神剥夺我的权利，只为了我比我的哥哥迟生十二个月，或十四个月？为什么是私生子？何以是私？和良家妇女生出来的儿子比起来，我的身躯不是同样的构造，胸襟不是同样的宽敞，面貌不是同样的酷肖吗？为什么他们认定我们是私？私生？私生子？私，私？我们在情浓幽会之际所秉受的遗传胎教，岂不远胜过于半睡半醒之际在陈旧无谓的床上所苟合出来的成群的蠢材？好吧，嫡出的爱德加，我一定要得到你的产业。我们父亲对于私生子哀德蒙和对于嫡生子是一样地爱。"嫡生子"，好一个名词！好吧，嫡生子，假如这封信能成功，我的计划顺利，私生的哀德蒙就要压倒了嫡生的——我滋长了，我胜利了。上帝哟，来帮助私生子！

格劳斯特上。

格劳斯特　坎特如此地被逐！法兰西王盛怒而去！国王今晚就走！放弃了他的君权！只支用一笔给养费！这些事竟做得如此仓促！哀德蒙，怎样！有什么消息？

哀德蒙　启禀父亲！没有什么？〔把信藏起〕

格劳斯特　为什么那样匆忙把信收起？

哀德蒙　没有什么消息。

格劳斯特　你读的是什么？

哀德蒙　没有什么。

格劳斯特　没有？何必那样慌张地藏进衣袋里去呢？若真没有什么，便用不着那样地藏。给我看看，给我，如其真是没有什么，我也就不看了。

哀德蒙　我请你饶恕我。这是我的哥哥给我的一封信，我尚未读完，就我看过的一部分而论，我觉得这封信不适宜于给你看。

格劳斯特　把信给我。

哀德蒙　我藏着或是拿出来，都要获罪。这内容，就我所了解的一部分论，是不对的。

格劳斯特　给我看，给我看。

哀德蒙　我希望，我的哥哥之所以写这封信，不过是想试验我的操守。

格劳斯特　“这尊重年龄的风尚，使得我们在青春时候感觉到世界的苦恼无聊，使得我们不能享受资产，一直等到我们太老了不能享受。我开始在老年压迫下感觉到一种无聊的束缚，这老年人之所以能支配一切，不是因为他有力量，而是因为被我们纵容的缘故。请来到我这里，我要和你详谈。如其我们的父亲在我惊醒他之前一直地睡着，你可以永远地享受他的入款的一半，并且我们永远地友好。兄爱德加上。”——哼！阴谋！“在我惊醒他之前一直地睡着，你可以永远地享受他的入款的一半。”——我的儿子爱德加！这能是他写的吗？能有这样的心肠吗？你什么时候接到的？谁送来的？

哀德蒙　这不是送来的，妙就在这一点，是从我的窗口掷进来的。

格劳斯特　你知道这笔迹是你哥哥的吗？

哀德蒙　　如其内容是好的，我敢发誓这是他的笔迹。但是，既然如此，我但愿不是他的笔迹。

格劳斯特　　这是他的。

哀德蒙　　的确是他的亲笔，但是我希望他的真心并不在这信里。

格劳斯特　　关于这件事他以前从没有试探过你的意思吗?

哀德蒙　　从没有过的。不过我常听他主张，儿子成年而父亲衰老的时候，父亲应该受儿子的保护，财产应该由儿子来掌管。

格劳斯特　　啊，恶棍，恶棍！这正是他信里的意见！好怕人的恶棍！伤天害理卑鄙下流像禽兽一般的恶棍！比禽兽还不如！去，去找他，我要捉他。可恶的东西！他在哪里?

哀德蒙　　我不知道。请父亲暂且息怒，我的哥哥意欲如何，不妨再搜集一些证据，然后便好安然处置。如今若是有点误会，便要严加处置，恐怕这于你的名誉倒大有损伤，并且他的一片孝顺之心反倒要打得粉碎，我敢以我的性命作赌，他写这信不过是要试探我对你的孝心，并无别的恶意。

格劳斯特　　你真这样想吗?

哀德蒙　　如其你认为合适，我可以让你窃听我们俩关于此事的谈话，你亲耳来听总可放心得过了。并且这事不必延迟，今晚就办。

格劳斯特　　他不能是这样的一个怪物——

哀德蒙　　并且一定不是的。

格劳斯特　——尤其是对于爱他如此深挚的父亲。天地呀！哀德蒙，去找他来，引他把实话吐出来，你临机应变吧。为了追究这事的真相，纵然放弃我的权位我也甘心。

哀德蒙　我立刻就去找他，我设法办理这件事，随后再通知你吧。

格劳斯特　最近的日蚀月蚀不是我们的吉兆。虽然科学家如此这般地解释，但随后发生的事却总使人类遭殃。爱情变冷淡，朋友变疏远，弟兄变成不睦；在城里，有兵变，在乡间，有争端，在宫中，有叛逆；父子之间又要生出裂痕。我这个忤逆的儿子果然应验了这个兆头，这是儿子反抗父亲，国王之忽改常态，这是父与子绝缘。我们当年的景况是不可复得了，如今只有阴谋、虚伪、奸诈，以及一切灭亡的纷扰，追逐我们慌乱地入了坟墓。哀德蒙，你去侦察那坏蛋，这于你无损，你要谨慎。诚实高贵的坎特竟被放逐！他的罪状，诚实！怪事！〔下〕

哀德蒙　我们遭遇不幸的时候——往往是因为自己行为放浪所致——便归罪于日月星辰，这真是人世间最糊涂的事。我们成为恶棍，好像是必然的，成为傻瓜，也是天意，成为流氓盗贼叛徒，也是星宿的支配，成为醉汉说谎者和奸夫，也是天体逼迫不得不然。我们所有的罪恶，都是由于上天的强迫。一个和人通奸的人，把他的淫念都归罪于一颗星辰，这真是极妙的推诿！我的父亲在“龙星”尾梢下和我的母亲交合，我又是在“大熊星”下诞生的[5]，所以我必定该是粗野淫秽的了。呸！幽会的时候，纵然天上最贞洁的星座是在闪烁着，我也一定是像我现在这样的吧。爱德加——

爱德加上。

说着他来了，恰似旧式喜剧中的煞尾处一般[6]。我的“尾词”[7]是非常阴郁的，带着一声疯丐似的叹息。唉，这些晦蚀真预兆了这些纠纷！法，骚，拉，米[8]。

爱德加　怎么啦，哀德蒙弟弟！你在做什么严重的思索？

哀德蒙　哥哥，我正在想我那天看到的一段预言，在这晦蚀之后将要发生什么事端。

爱德加　你要在这事上费心吗？

哀德蒙　我告诉你说吧，他所预言的结果都是些不祥的事情，例如父子间的失和，多年的友谊之死亡，饥荒，毁灭，国家的崩析，国王与贵族所遭受的威胁与诽谤，朋友间之不必要的猜疑倾轧，军队的解散，婚偶的仳离，以及一切一切。

爱德加　你从什么时候起竟做了星相学的信徒？

哀德蒙　算了，算了。你最近在什么时候见到父亲的？

爱德加　昨天夜晚。

哀德蒙　你和他谈话了吗？

爱德加　谈了有两个钟头。

哀德蒙　和和气气地分手的吗？他在言语颜色上，你没有看见有什么不悦的样子吗？

爱德加　一点也没有。

哀德蒙　你或许有得罪他的地方，你试想想看。我劝你且别见他的面，等以后过一些时候他的怒气就会减消的，现在他的怒气正盛，他就是加害于你的身体也不会轻易消怒的。

爱德加　必是有什么小人谗害我。

哀德蒙　我也恐怕是的。所以我劝你且忍耐地规避他，等他的怒气渐渐弛缓，并且请你到我那里去休息一下，等到适宜的时候，我领你去见父亲。请去吧，这是我的钥匙。你若是出外，可要带武器。

爱德加　武器，弟弟！

哀德蒙　哥哥，我劝告你都是为你好。要带武器，若非将于你不利，就算是我不诚实。我所见到听到的都已经告诉你了，但是我说得很和缓，绝不是事情的可怕的真相。请你走吧。

爱德加　我不久就可以得到你的消息吗？

哀德蒙　我必尽力。〔爱德加下〕一个轻信人言的父亲，一个正直的哥哥，他的天性是不欺人的所以也不怀疑别人欺他。如此诚实可欺，我的计划可以坦然进行了。我有了办法了。

产业不得继承，我用计巧来赚。

事事机缘凑巧，我必稳操胜算。〔下〕

第三景：阿班尼公爵邸内一室

刚乃绮及其管家奥斯瓦上。

刚乃绮　我的父亲是不是打了我的当差，因为他责骂了他的弄臣？

奥斯瓦　是的，夫人。

刚乃绮　日日夜夜地他欺侮我，时时刻刻地他要大发雷霆，使得我们都不得安宁，我不能再忍受了。他的侍卫变得很放肆，他自己也在每一桩小事上面责备我们。等他打猎回来的时候，我不愿和他说话，就说我病了。如其你伺候他不及以前周到，你尽管那样好了，有错由我担当。

奥斯瓦　他来了，夫人，我听见了。〔内号角声〕

刚乃绮　你和你的伙伴们，随意装出疏懒的样子，我故意要弄成僵局。如其他觉得不是滋味，让他到我的妹妹的家去，不过我知道她的心和我的心在这事上是一致的，我们都不受支配。好蠢的老头子，他还要行使他已经放弃了的威权！哼，老傻子是和小孩子一般的，需要逢迎但是也需要管教，尤其在逢迎被误解了的时候。你记住我说的话。

奥斯瓦　是，夫人。

刚乃绮　对于他的侍卫们，你们全都要更以冷眼相加，闹出事来，不要紧，就这样告诉你的伙伴。我愿意，并且我要从此酿出事端，我好借题发挥。我立刻就写信给我

的妹妹教她采取同样的手段，预备饭去吧。〔同下〕

第四景：阿班尼公爵邸内之大厅

坎特化装上。

坎特　如其我能借用别人的口音改变我自己的声调，那么我这番毁容化装的苦心便可大大地成功了。被放逐的坎特哟，如其你能在放逐之中效忠，早晚会有这样一天，你所爱戴的主上会有不少事要你做的。

内号角声。李尔、侍卫及侍从等上。

李尔王　不要再教我等候着开饭，去，快备饭。〔一侍从下〕怎么！你是谁呀？

坎特　一个人，先生。

李尔王　你是干什么的？你要我做什么事？

坎特　我像是干什么的就是干什么的。我伺候信任我的人，爱诚实的人，喜欢和聪明寡言的人来往，怕受裁判[9]，不得已的时候就挺身而斗，并且不吃鱼[10]。

李尔王　你倒是什么人？

坎特　一个很诚心的人，并且是和国王一般地穷。

李尔王　如其你以平民的身份而穷，像他以国王的身份而穷一般，那么你是够穷的了。你要什么？

坎特　伺候人。

李尔王　你要伺候谁？

坎特　你。

李尔王　你认识我吗，伙计？

坎特　不认识，先生。但是你的脸上有点什么，我不能不称你为主上。

李尔王　是什么？

坎特　威严。

李尔王　你能做什么工作呢？

坎特　我能守正当的秘密，能骑，能跑，能开口把一段烦复的事情说得稀糟，能鲁莽地传达一桩简单的消息。凡是平常人能做的事，我都能做，我最大的长处是勤。

李尔王　你多大年纪了？

坎特　先生，我不是那样地年轻，以至于因为一个女人会唱便爱她，可也不是那样地年老，以至于随便为点什么便溺爱她，我已虚度四十八岁了。

李尔王　跟我来吧。你来伺候我，如其我在饭后仍然喜欢你，我还要留你在跟前的。开饭，喂！开饭！我的人呢？我的弄臣呢？你去把我的弄臣喊来。〔一侍从下〕

奥斯瓦上。

你，你，先生，我的女儿在哪里？

奥斯瓦　　对不住——〔下〕

李尔王　　这家伙说的是什么？把那傻瓜叫回来。〔一侍卫下〕我的弄臣在哪里，喂？我想大概是都睡着了。怎么着！那杂种到哪里去了？

侍卫又上。

侍卫　　他说你的女儿病了。

李尔王　　我叫他的时候他为什么不回来？

侍卫　　他很直率地回答我说，他不愿意回来。

李尔王　　他不愿意！

侍卫　　陛下，我不知道是怎么回事，但是据我看，陛下现在所受待遇不似往常那样亲热有礼，礼貌方面大为疏减，不但一般侍从如此，就是公爵自己以及你的女儿也是这样。

李尔王　　哈！你这样说吗？

侍卫　　敬请原谅，假如是我误会。因为我觉得陛下受了怠慢，便不能不说。

李尔王　　你只是提醒了我自己的观察，我最近也觉察出一桩很小的怠慢。我还怪我自己多心，并不曾视为有意的冷淡。今后我要再留心考查一番了。我的弄臣在哪里呢？这两天来我没有见他。

侍卫　　自从公主到法兰西去之后，这弄臣便很憔悴。

李尔王　　不必再提了，我已经看出来了。去告诉我的女儿我要和她说话。〔一侍从下〕你去，把我的弄臣叫来。〔一侍从下〕

奥斯瓦又上。

啊！你，你，你过来，先生。我是谁？

奥斯瓦　太太的父亲。

李尔王　“太太的父亲”！贵管家，你这混蛋！奴才！狗！

奥斯瓦　我不是这样的东西，请你原谅。

李尔王　你以怒容对我吗，你这恶棍？〔打他〕

奥斯瓦　我不能被人打。

坎特　也不能被人踢吧，你这下贱的踢足球的[11]。〔以足踢之〕

李尔王　多谢你，伙伴，你很帮忙，我喜欢你。

坎特　来，先生，滚你的！我教训你要有点礼貌，滚，滚！你若是还想量量你的身长，你就别走。滚开吧！去你的，你有脑筋吗？哼。〔推奥斯瓦下〕

李尔王　喂，我的好朋友，我感谢你，这是我雇用你的定钱。〔给坎特钱〕

弄臣上。

弄臣　我也来雇他吧，这是我的帽子。〔以帽给坎特〕

李尔王　怎么，我的好人，你也来了！你近来好吗？

弄臣　先生，你最好是戴我的帽子。

坎特　为什么呢？

弄臣　为什么？就为了你帮助一个已经失势的人。哼，如其你不善顺风转舵，就会遭受冷待的。喏，拿我的帽子去吧。这家伙已经失掉了他的两个女儿，无意中对于第三个倒加以祝福了[12]。你若是要追随他，你一定要戴上我的帽子。怎么，大爷！我但愿我有两顶帽子和两个女儿！

李尔王　为什么，我的孩子？

弄臣　我若是把我的财产都给了她们，我还可留下我的帽子。那是我的一顶，你向你的女儿再讨一顶吧。

李尔王　当心，小子，当心鞭子。

弄臣　真理就是一只狗，一定得赶入狗洞的。在牝狗立在炉前发臭气的时候，它是一定要被赶到外边去的。

李尔王　你这刻毒的东西！

弄臣　〔向坎特〕先生，我教你唱一只曲。

李尔王　好。

弄臣　请听吧，大爷——

有的要比露出来的多，
你知道的别尽量地说，
出借不可多于你所有，
能骑马时莫要徒步走，
多听而不可太轻信，
赌注不可过于野心，
莫纵酒，莫宿娼，
足迹不可出户堂，
你再数你的那二十，
就将不只是个双十。

坎特　这是胡说。

弄臣　那么恰似是未给酬的律师的谈话，你并未报酬我什么。你不能于空虚中找出什么有用的地方吗?

李尔王　当然不能，无中不能生有。

弄臣　〔向坎特〕请你告诉他，他的领土的田赋也是等于零，他不相信我的傻话。

李尔王　刻薄的傻子!

弄臣　你知道一个刻薄傻子和一个忠厚傻子的分别安在吗?

李尔王　我不知道，你告诉我。

弄臣　劝你放弃国土的
那一位大人，
叫他和我来并立，
你先把他替。
忠厚奴和刻薄鬼
立刻都出现，
一个在此披鹑衣，
一个在那边。

李尔王　你叫我做傻子吗?

弄臣　别的官衔你都已放弃了，只剩这个是你生来有的。

坎特　这家伙倒并非是完全的傻子哩。

弄臣　当然不是的，当今的贵人们不准我是。傻子若被我一个人独享，他们就不得分润，太太们也没有份了。他们不准我独自做傻子的，他们会抢的。大爷，你给我一个蛋，我就给你两个“金冕”。

李尔王　什么样的两个金冕?

弄臣　唉，我把一个蛋从中间割开，把其中的肉吃掉，剩下的蛋壳就是两个金冕了。你把你的王冕从中间裂开，把两半都给了人，你简直就是背着驴子走泥泞。你放弃你的金冕的时候，你那秃壳里面实在是没有多少脑筋。如其我说的是傻子的话，那最初发觉这是傻话的那个人才该用鞭子抽。

如今傻子最不受欢迎，
因为聪明人都变蠢了，
不知怎样做个明白人，
举动是如此装腔作调。

李尔王　你什么时候惯会这样唱歌?

弄臣　自从您把您的女儿当作母亲的时候起，我便惯会这样了。因为自从您把戒尺交给她们，自己脱下了裤子。

她们喜欢得要哭泣，
我便悲伤得要歌唱，
如此的国王竟儿戏，
在傻子队中去徜徉。

我请你，大爷，雇一位先生教我说谎吧，我很愿学着说谎。

李尔王　你若说谎，我要拿鞭子抽你。

弄臣　我真不明白你和你的女儿们是什么样的一家人，她们为了我说实话而打我，你又为了我说谎话而要打我。有时我不说话而也要挨打。我当什么都比这傻子好些，可是我还不愿意当你哩，大爷。你把你的脑筋从两端削去，中间没有剩下什么。削下的一块来了。

刚乃绮上。

李尔王　怎么了，女儿！为什么皱着眉头？我觉得你近来太爱皱眉了。

弄臣　你当初无须管她皱眉不皱眉的时候，你倒还是个好好的人，现在你不过是个零。我现在远比你强，我是个傻子，你却任什么也不是。〔向刚乃绮〕对，真是的，我不多说话。虽然你没说什么，你的脸色是这样地命令我。

别作声，别作声，
不留硬皮不留瓤，
将来终要闹饥荒。
那是一只空豆荚[13]。〔指李尔〕

刚乃绮　不单是你这个肆无禁忌的弄臣，你的其余的狂慢的仆从，都时时刻刻地争吵，闹出一些粗暴不堪的乱子。我本想，把这事告诉你，便可一定加以纠正了，但是现在我却有点疑虑。看你自己近来的言行，恐怕是你从中包庇，故意纵容他们的。假如你真是如此，他们的错误仍然是不能任其逍遥法外的，纠正仍然是刻不容缓的，我为了整顿我的家规，不能不有所开罪于你。这事若在平常也许是怪难为情的，但是现在迫于必要不能不断然处置了。

弄臣　你知道吧，大爷，
麻雀喂了鹧鸪这样久，
终被这小雏咬掉了头。

烛光就这样扑灭了，我们被抛在黑暗里[14]。

李尔王　你是我的女儿吗？

刚乃绮　我愿意你用用你的智慧，我知道你是很有智慧的。你近来的脾气使你变得不像样子，把那脾气趁早收起。

弄臣　若是车拉着马，蠢驴也许会知道的吧？喂，乖乖！我爱你。

李尔王　这里有人认识我吗？这不是李尔。李尔是这样走路，这样说话的吗？他的眼睛哪里去了？他的智力必是衰了，或是他的头脑发昏了。哈！醒着呢？不会是的。谁能告诉我我是谁？

弄臣　李尔的影子。

李尔王　我很愿意知道。因为，根据我的仪表、智识、理性，我会误认我自己是个有女儿的人。

弄臣　却要被她们弄成一个惟命是听的父亲。

李尔王　太太，你贵姓？

刚乃绮　先生，你这种惊愕的情形很像是你的别种的戏弄。我真要请你明白我的意思。你是年高有德的，你应该是聪明的。你在这里养着一百名的侍卫仆从，他们是如此之凌乱纵恣，我的宫廷沾染上这种恶习，有如骚乱的酒店一般，狂欢纵欲，使得这地方像是酒寮妓院，而不是庄严的宫殿了。这可耻的情形是须要立即纠正的。所以我请你，否则我就强制执行，把你的仆从略为减少一点，余剩的照常服务，但须是一些与你年纪适合并且知道自爱又知道你的脾气的人。

李尔王　真是白昼见鬼！快去备马，召集我的部下。下流的贱种！我不打搅你了，我还有一个女儿呢。

刚乃绮　你打了我的人，你的一群没规矩的徒众也擅自役使比他们身份高的人。

阿班尼上。

李尔王　后悔无及的人，活该倒霉。〔向阿班尼〕啊！先生，你来了？是你的意思吗？你说，先生。给我备马。忘恩负义呀，你这铁石心肠的鬼，你在一个孩子身上出现的时候是比海怪还可厌哩。

阿班尼　先生，请你别发急。

李尔王　〔向刚乃绮〕你这可恶的鸢鹰！你瞎说。我的部众都是稀罕的人才，深明职守，并且极爱惜他们的名誉。啊，最微细的疵谬，你在考地利亚身上显着是何等丑陋！像是刑具一般，绞得我的本性都失了原位，从我的心里抽去了一切的爱，加增我的苦痛。啊，李尔，李尔，李尔！敲打这个门吧，糊涂是从这地方进去的，〔打自己的头〕你的宝贵的理性是从这地方放出的！去，去，我的人们。

阿班尼　陛下，我不知情，我不知道什么事激动了你。

李尔王　也许是如此。听我说，天哪，听我说！亲爱的天神，听我说！如其你是要令这东西生育的，请你改变主意吧！令她的子宫不孕吧！干涸了她的生殖的机能，从她的下贱的肉体永远不要生出婴孩！如其她一定要怀胎，把她的孩子造成坏脾气的，长成为乖戾的不近人情的，使她苦恼！在她的青春的额上刻皱纹，用热滚的泪在她的腮上蚀成沟，使她的为母的劬劳全变成了一场耻笑，好让她也感觉到有一个忘恩负义的孩子是比毒蛇的牙还要尖锐多少！走吧，走吧——〔下〕

阿班尼　天哪，这是哪里来的事？

刚乃绮　你不必追问缘由了。他老昏了，由他任性发作去好了。

李尔又上。

李尔王　什么！在十几天之内，一下子减去了我的五十个人？

阿班尼　是什么事？

李尔王　我告诉你。〔向刚乃绮〕岂有此理！我觉得很惭愧，你居然使得我失掉了丈夫气，我迸出的这几滴热泪会教你配来领受。狂飙恶瘴降在你的身上！父亲的诅咒之刻毒的创伤蚀入你的肉体！老昏的眼，你若再为这事哭泣，我要把你挖出来，连同你流出的水，丢出去和泥！唉，真，真到了这般地步？就这样吧。我还有一个女儿，她一定是孝顺的。她若听到你这种行为，她会用指甲剥掉你的豺狼似的脸皮。你以为我永久放弃了的尊严，我就要恢复起来的，你等着瞧吧。〔李尔、坎特及侍从等下〕

刚乃绮　你听见没有？

阿班尼　刚乃绮，我很爱你，我却不能偏袒你——

刚乃绮　请你不用管。喂，奥斯瓦，喂！〔向弄臣〕你呀，不仅是傻子，更是小人，跟你的主人走吧。

弄臣　李尔爷，李尔爷！等等，带我一同去吧。
一只狐狸被人捉到，
或是这样的一个女儿，
一定要被人绞杀掉，
假如我能卖帽子买绳套，
所以我也跟着走了。〔下〕

刚乃绮　这人倒打得好主意。一百名侍卫！让他拥有一百名武装齐备的侍卫，这倒是很妥善的。对了，只消稍有疑忌流言、怨懑冲突，他便可利用这些侍卫的力量保护他任意胡为，我们的性命由他摆布。奥斯瓦，喂！

阿班尼　但是，你也许是虑得太远些。

刚乃绮　比信任太过总较为妥当。宁可是永远地在铲除着我恐惧中的伤害，而不可时常地恐惧着陷于伤害之手。我知道他的用心，他所说的话我已写信通知我的妹妹。如其于我指责之后她仍然收容他和他的一百名侍卫——

奥斯瓦上。

怎样，奥斯瓦！给我妹妹的那一封信，你写了吗？

奥斯瓦　写了，夫人。

刚乃绮　你带几个人，立刻骑马去，把我的私人的疑虑完全告诉她，额外再加上一些你自己的足以更自圆其说的理由。快去快来。〔奥斯瓦下〕你的仁厚怯弱的行径，我并不诅咒，但是，请你原谅，你因没见识而受的谴责远超过了因误事的宽厚所受的赞美。

阿班尼　你的眼光射多么远我不知道，
想求进展，常把已成的毁掉。

刚乃绮　不，那么——

阿班尼　罢了，罢了。且看结果吧。〔同下〕

第五景：阿班尼公爵邸前庭院

李尔、坎特及弄臣上。

李尔王　你先带这一封信到格劳斯特去[15]。除了她看过此信就会知道的以外，你不要把你所知道的事再多告诉她一点。如其你不赶快，我会要比你先到那里了。

坎特　在送到你的信之前，我连觉都不睡。〔下〕

弄臣　一个人的脑子若是生在脚跟上，不要有长冻疮的危险吗？

李尔王　是的。

弄臣　所以，我请你开怀吧，你的头脑是不需穿拖鞋的[16]。

李尔王　哈，哈，哈！

弄臣　你将看出你那一个女儿会以她的本性款待你的，虽然她和这一个之相似犹如林檎之与苹果，但是我还能看出我所能看出的。

李尔王　你能看出了什么？

弄臣　她的味道和这一个之相像，恰似林檎之与林檎。你知道为什么一个人的鼻子长在脸中间吗？

李尔王　不知道。

弄臣　为的是好把眼睛放在鼻子的两边，一个人用鼻子嗅不出的便可以用眼睛望到了。

李尔王　我冤屈了她[17]——

弄臣　你知道牡蛎为什么要造一个壳？

李尔王　不知道。

弄臣　我也不知道，不过我知道为什么蜗牛有个壳。

李尔王　为什么？

弄臣　就为的是好把它的脑袋放进去。这是他所不肯给他的女儿的，以至于使得自己的触角都失了寄托。

李尔王　我要狠起心肠来了。如此慈爱的一个父亲！我的马备好没有？

弄臣　你的蠢驴去给你预备去了。何以“金牛七星”不多于七颗星，这是很有一番道理的。

李尔王　因为他们不是八个吧？

弄臣　是，真是的，你可以是一个很好的傻子。

李尔王　用武力去恢复！忘恩负义的怪物！

弄臣　你若是做我的弄臣，我是要打你的，因为你没到时候便先老起来。

李尔王　那是怎么回事？

弄臣　　你不该在变聪明之前先变老。

李尔王　　啊！天呀，别令我疯狂，别令我疯狂。使我镇定吧，我不愿疯狂！

一侍从上。

怎样！马备好了没有?

侍　　好了。

李尔王　　来呀，孩子。

弄臣　　现在看着我走路发笑的大姑娘，
除非那话削短些，处女做不长[18]。〔众下〕

注释

[1] 原文“Our last, not least”在四开本作“Although the last, not least in our dear love”，但在第一版对折本作“Our last and least”。牛津本原文系参照二者改窜。如采对折本原文，则应译为“最年轻，最娇小”或“最后的，最年轻”。

[2] 西兹亚人（Scythians），凶残之蛮族。

[3] 原文“To set my rest on her kind nursery”稍费解。“To set one's rest”如认为是牌戏术语，则有“孤注一掷”之意，亦即“完全依靠”之谓；但“rest”亦可解作“老年之将息”。无论如何，全句主旨甚明显，李尔欲与考地利亚同居，度其残年。

[4] 原文“He'll shape his old course in a country new”，约翰孙博士注云

“他继续实行他的旧的信条”。佛奈斯注云“在新地方度老年”，似较浅显近理。

[5] 大熊星 Ursa major。

[6] 指古戏剧中之“deus ex machina”。

[7] “尾词”（Cue）剧院中术语，即演员一段戏词之最后一字，演员上下及对白，均须熟记“尾词”，方能衔接。哀见爱上场，故以滑稽口吻谓戏词已毕，最后一语应是一声太息，故作沉思之状，以启爱之问。

[8] “法骚拉米”，意义不明。（一）四音阶次序凌乱，表示凶兆纠纷之意;（二）即是上文之“叹息”;（三）高声歌唱，佯示不知爱之前来。

[9] 不喜诉讼之意，或解作畏惧世界末日裁判之意。

[10] 天主教徒星期五例食鱼。故不食鱼即不做天主教徒。

[11] 伊利沙白时代，足球为下流人之游戏，远不及网球比剑等之文雅。

[12] 故作此反语，以刺李尔。

[13] 喻李尔徒具国王虚名。

[14] 烛光灭，谓李尔的威严的日子已过。其光明现已被刚乃绮的一顿抢白所扑灭。

[15] 格劳斯特城，非人。

[16] 意谓李尔无脑筋也。

[17] 指考地利亚。

[18] 系对观众而发之诨语。

第 二 幕

第一景：格劳斯特公爵堡内庭院

哀德蒙与柯伦对面上。

哀德蒙　上帝保佑你，柯伦。

柯伦　保佑你，先生。我方才见到令尊大人，和他说起康瓦公爵和他的夫人瑞干今晚就要来到他这里。

哀德蒙　这是怎么回事？

柯伦　不，我也不知道。你可曾听到外面传播的消息？我的意思是说私下暗语的消息现在还是只好附耳说的。

哀德蒙　我没有听到。请问，什么消息？

柯伦　你没有听说康瓦和阿班尼两位公爵之间将有战事发生？

哀德蒙　一点也不知道。

柯伦　　你不久就晓得了。再会吧，先生。〔下〕

哀德蒙　　公爵今晚到这里！更好！好极了！这一定要编入我的计划。我的父亲已经派兵捕捉我的哥哥。我有一件事，很棘手，可是我一定要做。迅捷和幸运，帮帮忙吧！哥哥，说句话。下来，哥哥，喂！

爱德加上。

父亲派人要捉你呢，啊，快逃开这地方，你藏身的地方已经走漏了消息。你现在正好利用这昏夜。你没有说过什么话，反对康瓦公爵吧？他要到这里来了，现在，夜里，很仓促地，还带着瑞干。你没有站在他这一方面说过什么话，反对阿班尼公爵吧，要仔细想想。

爱德加　　我敢说一定，是没有说过一句。

哀德蒙　　父亲来了。原谅我，我得做出拔剑刺你的样子。拔出剑来，做出抵御的样子。现在，你假装奋力相斗。投降——到我父亲面前来。点火，喂，这里！快逃，哥哥。火炬！火炬，那么，再会了。〔爱德加下〕我身上带一点血更可以显得我争斗之烈，〔自刺其臂〕我曾见过醉汉闹着好玩做出比这更厉害的事。父亲！父亲！站住，站住！没人救我吗？

格劳斯特及仆从等持炬上。

格劳斯特　　喂，哀德蒙，恶人在哪里？

哀德蒙　　他就在这黑暗中站立着，扯着利剑，口中喃喃念咒，行妖法使月亮协助他。

格劳斯特　可是他在什么地方呢?

哀德蒙　看哪，我流血了。

格劳斯特　恶人在哪里，哀德蒙?

哀德蒙　向这边逃了。他无论如何也不能——

格劳斯特　追他，喂！跟下去。〔数仆下〕“不能”什么?

哀德蒙　怂恿成我谋害你。我反倒告诉他说，弑父是要遭雷殛的，并且父子之间是有何等强固的关联。简单说吧，他看出我是坚决反对他的逆谋，于是他恶狠狠地用他预备好的利剑向我的毫无防范的身上刺来，刺中了我的胳臂。但是他看出我的义愤激发，毫不示弱，奋起和他厮杀，或者也许是被我的喊声所吓，他忽然逃了。

格劳斯特　让他飞远了吧，在这境内是没有他藏身之所的。一经捉到——立刻处死。我的恩主公爵将要在今晚来到，我将呈准公爵，公告一般人等，凡有能寻得这个凶犯并且缉拿归案的，我有赏赐，藏匿他的，死。

哀德蒙　我劝他不要存那恶念而他的意思却很坚决，我便严词恫吓他，说要告发他的阴谋，他回答道:“你这不能承继财产的私生子！如其我要否认你的话，你以为会有人因为信仰你的人品便会相信你的话吗? 不会的。凡我所否认的——这事我自然要否认，纵然你举出我的亲笔证据，我也要否认——我把我所否认的事一齐认作是你的阴谋诡计，假如世人不以为这是你为利禄所迫，有意置我于死，希图从中取利，恐怕你得要先把世人都变成傻子。”

格劳斯特　好倔强的奴才！他能否认他的亲笔信吗？简直不是我生的孩子。〔内喇叭鸣，作进行曲〕听！是公爵的喇叭声。我不晓得他为什么来。所有的港口我都封锁起来，那奴才无法逃走，公爵一定会准我的。并且，我还要把他的图像送到各处，全国都可注意到他。我的忠孝的孩子，我要设法使你能承继我的领土。

康瓦、瑞干及侍从等上。

康瓦　怎么，我的好朋友！自从我来到此地——不过是刚才来到的——我就听到奇异的消息。

瑞干　如果属实，则一切的刑罚不足以蔽其辜。到底是怎么回事，先生？

格劳斯特　啊！夫人，我的老心碎了，碎了。

瑞干　什么！我父亲的教子要谋害你吗？就是我父亲给命名的那孩子？你的爱德加？

格劳斯特　啊！夫人，夫人，这事说出来好不羞人！

瑞干　他是不是和伺候我父亲的那一群吵闹的侍卫们做伴？

格劳斯特　我不知道，夫人。真糟，真糟。

哀德蒙　是的，夫人，他是和那些人做伴的。

瑞干　无怪他是染了恶习，必是他们煽动他谋害这老人家，好挥霍他的钱财。今天晚上我接到我姐姐的一封信，我知道了他们的详情，她还警告我说，万一他们来到我家小住，我就不要在家。

康瓦　你放心，我也不在家，瑞干。哀德蒙，我听说你对你父亲尽了一番孝道。

哀德蒙　那是我的本分，大人。

格劳斯特　他的确是告发了他的阴谋。为要逮捕他，才受了这个伤。

康瓦　有人缉拿他去了吗?

格劳斯特　是的。

康瓦　如其他被捉到，便不怕他再作恶了。随你怎样用我的威权，你尽管便宜行事。至于你呢，哀德蒙，你的忠诚很值得称赞，你来跟我吧，我很需要这样可靠的人，我首先引用你。

哀德蒙　我必诚谨地伺候你，大人，不问是否胜任。

格劳斯特　公爵如此照拂他，我很感激。

康瓦　你不知道我们为什么这回到你这里来——

瑞干　如此地不合时宜，深更半夜的，格劳斯特，是有点紧要的事我一定要征询你的意见。我的父亲写信来，我的姐姐也写信来，述说他们争吵的事，我想回信最好是不在家里写。信使正等候着由此地出发呢。我的老朋友，你心里不必悲伤，你来给我的事情出个好主意，这事是急待处理的。

格劳斯特　敢不效劳，夫人。欢迎二位驾临。〔众下〕

第二景：格劳斯特堡前

坎特与奥斯瓦上。

奥斯瓦　朋友，早安。你是这家的吗？

坎特　是。

奥斯瓦　我们的马放在哪里？

坎特　泥里。

奥斯瓦　你若是爱我，请你告诉我吧。

坎特　我不爱你。

奥斯瓦　那么，我也不理会你。

坎特　我若是把你放在黎破斯堡兽栏里[1]，我就要令你理会我了。

奥斯瓦　你为什么对我这样？我不认识你。

坎特　伙计，我认识你。

奥斯瓦　你认识我是谁？

坎特　是一个恶棍，一个地痞，一个吃剩菜的人；是一个下流、狂慢、浅薄、卑鄙，三套衣裳的，一百镑的，龌龊的，穿毛袜的小人[2]；是一个胆小的，好告状的小人[3]；是娼妇养的，顾镜自怜的，多管闲事的，纨绔气的流氓；只有一只箱子的奴才；是替人帮忙做龟奴的人，你的本身不过是恶棍、乞丐、懦夫、老鸨、杂种母狗生出来的儿子，你都合而有之，你就是一个设若否认这些名义的一个字我便要打得乱叫的人。

奥斯瓦　你对一个不认识你的并且你所不认识的人如此谩骂，你真是一个何等的怪物！

坎特　你是一个何等厚颜的奴才，竟敢否认你认识我！我在国王面前踢你打你，不只是两天前的事吗？拔剑吧，你这个流氓。虽在夜里，月色正明，我要把你打个稀烂。〔拔剑〕拔出剑来呀，你这娼妇生的下贱的小白脸，拔剑呀。

奥斯瓦　滚开！我不屑于理你。

坎特　拔剑吧，你这流氓。你是带着不利于国王的信件来的，你是和那虚荣傀儡同党，要陷害她的父王。拔剑吧，你这流氓，否则我就要横切下你的腿来，拔剑，你这流氓，来呀！

奥斯瓦　救命，啊！杀人了！救命！

坎特　打呀，你这奴才。别跑，流氓，别跑。你这漂亮的奴才，动手呀。〔打他〕

奥斯瓦　救命！啊，杀人了！杀人了！

哀德蒙拔剑上。

哀德蒙　怎么！是什么事？〔将二人分开〕

坎特　和你厮杀，少爷，假如你愿意。来，我让你尝尝血腥。来吧，小少爷。

康瓦、瑞干、格劳斯特及仆从等上。

格劳斯特　刀剑！武器！这是什么事？

康瓦　你们若是要命，不要争吵，谁再动手，谁就是死。

什么事？

瑞干　这是我父亲和我姐姐派来的信使。

康瓦　你们争执的是什么？说吧。

奥斯瓦　我喘不过气来，大人。

坎特　无怪，你刚才是如此地英勇。你这怯懦的流氓，你没有半点人性，是一个成衣匠造的你。

康瓦　你可是个怪人，成衣匠可以造一个人吗？

坎特　是的，成衣匠可以的，大人。一个雕刻匠或是一个画匠不至于把他造得这样坏，纵然他们学习不过两个钟头。

康瓦　且说，你们怎样争执起来的？

奥斯瓦　这个老东西，大人，我饶了他一条命，为了他的灰白胡子——

坎特　你这娼妇养的Z！不必需的赘字[4]。大人，如其你准许我，我就把这没筛过的恶奴踏成泥灰，拿他修补厕所的墙。饶了我的灰白胡子，你这只鹡鸰鸟？

康瓦　不要吵，先生！你这畜类似的东西，你不懂得敬意吗？

坎特　我懂得的，大人，但是怒气忍不住不发。

康瓦　你为什么发怒呢？

坎特　这样一个奴才，毫无忠诚，却也佩着剑。像这样笑脸的流氓，和老鼠一般，常把那亲切难解的神圣的线绳[5]咬成两截。主子有了什么悖叛良心的情感，他们就来谄媚。在火上加油，在冷中送雪，时而说是，时而说非，像是鱼狗子[6]的嘴随着主子的风向转，像狗似的，什么也不知道，只知道跟着走。你这歪扭的脸真该遭瘟！你笑我的话，拿我当傻子吗？蠢鹅，我若在沙壤原野上遇见你，我就要赶得你咯咯地叫着回到卡美洛特[7]。

康瓦　怎么！你疯了吗，老头子？

格劳斯特　你们为什么争吵？说这事。

坎特　天下没有比我和这恶棍更相反对的了。

康瓦　你为什么叫他作恶棍？他有什么错？

坎特　他的脸不讨我喜欢。

康瓦　我的，他的，她的，恐怕也不见得能更讨你喜欢。

坎特　大人，我有话向来喜欢直说。我在当年曾见过一些脸，比起现在我面前所能看见的任何肩上落着的脸，都要漂亮些。

康瓦　这家伙因为以直爽见称，更肆无忌惮，装腔作势起来。他是不奉承的，他，一个诚实直爽的人，他一定要说实话的。如其人们承受他的话，便罢;如其不，他是直爽的。这种恶棍，我很知道，于直爽之中藏着很深的用意，比二十个小心翼翼地弯腰打躬的蠢东西还要更狡猾。

坎特　大人，说老实话，说真的，在尊颜眷顾之下，尊颜之威仪固犹如闪烁的阿波罗额上环绕之灿烂的光辉——

康瓦　这是什么意思？

坎特　这不过是不用自己的方言罢了，因为你是那样不欢喜我的方言。我知道，大人，我是不会谄媚的人。

用直爽的语言欺骗你的，显然的是一个恶棍，而我却不愿做这样的人，虽然为了你要我做这样的人而获罪于你。

康瓦　　你是怎样惹恼他的?

奥斯瓦　　他从没有惹他。他的主上国王陛下最近曾殴打我，为了一点误会，而他也来附和，并且迎合他的心思，从背后踢倒我。我倒下之后，他就辱骂起来，大逞威风，居然是英雄气概，为了欺凌一个忍辱自重的人而大得国王激赏。才尝过胜利的滋味，于是又在这里向我寻衅了。

坎特　　这些流氓懦夫，没有一个不把哀札克斯[8]给衬比成傻瓜的。

康瓦　　取脚枷来！你这顽老的恶奴，上年纪夸嘴的东西，我要教训你一下。

坎特　　大人，我太老不能学了，不要给我取枷吧。我是伺候国王的，我是他派遣来的，你若是把他的使者上起枷来，对于我主人面上似乎太缺敬意，太无礼了。

康瓦　　取脚枷来！我一息尚存，我一定要你戴枷坐到正午。

瑞干　　到正午！到晚上，丈夫，并且整夜。

坎特　　怎么，夫人，我若是你父亲的一条狗，你也不该这样待我。

瑞干　　先生，你是他的部下，所以我这样待你。

康瓦　　这家伙正和姐姐来信说起的一模一样。来，快拿脚枷来。〔脚枷取出〕

格劳斯特　　我劝公爵不可如此。他的过错诚然不小，他的主人国王自会管束他的，你计议中的耻辱的惩罚，那是施之于最贱的小民之扒窃行为或最平常的过错的。如其把使者拘禁，国王失了体面一定要恼怒的。

康瓦　有我担当。

瑞干　我姐姐会要更见怪的，假如她派出公干的人员受了辱打。把他的腿放进去。〔坎特上枷〕来，我的丈夫，我们走。〔除格劳斯特与坎特外均下〕

格劳斯特　我很为你难过，朋友。这是公爵的意旨，他的脾气，全世界都深知的，是不容劝阻的，我将为你请求。

坎特　请不要，先生。我一路劳累缺睡，正好以睡眠消遣，其余的时间还可呼啸自娱。一个好人也会倒霉的，愿上帝给你早安！

格劳斯特　这是公爵的错处，这是要开罪人的。〔下〕

坎特　圣主啊，你的确是证实了一句俗话，你是由沐天庥而变到了被煦日[9]。来呀，人间的灯塔[10]，我好借了你的安慰人的光芒来读这封信。不在患难之中是难经验到奇迹的，我知道这是考地利亚的信，我化装追随国王的事幸而让她知道了，她将要从这僵局之中寻得机缘补救一切。困惫的眼睛，太疲劳了，借这机会不必再看这羞人的居处了。命运的神，再会，再向我笑笑，转动你的轮子吧！〔入睡〕

第三景：荒野之一部分

爱德加上。

爱德加　我听说我已被宣布不受法律保护了，并且亏了一个树窟窿，我逃开了缉拿。没有港口可以逃走，没有地方无严密的警戒，都在注意捕我。我能逃时，我总要保全性命，并且我想，人被贫穷嘲弄，逼得过近似禽兽那般卑贱的生涯，我也不惜采取。我将用泥污涂面，毛毡围腰，把头发乱成结，以赤裸的身子去抵挡风吹雨打。在乡间我看过不少疯乞丐的榜样，他们有狂吼的嗓音，用针钉木刺以及迷迭香的枝子戳在他们的麻木的臂上，他们就用这种可怕的景象，去向贫乏的农庄、小村、羊槛、磨坊，强求一点捐助，有时用疯狂的咒骂，有时用善言哀恳。可怜的疯丐！可怜的汤姆！做个疯丐还不错哩。若是爱德加，一刻也不得活。〔下〕

第四景：格劳斯特堡前

坎特在脚枷中坐。李尔、弄臣及一侍臣上。

李尔王　真是怪事，他们竟这样地离家他去，可又不打发我的使者回来。

侍臣　据我听说，在昨天晚上他们原无意他去。

坎特　主上有礼了！

李尔王　哈！你在拿这羞耻事当作游戏吗?

坎特　不，陛下。

弄臣　哈，哈！他戴着一双好厉害的线袜带哩[11]。马是在头上拴的，狗和熊是在颈子上拴的，猴子是在腰上拴的，人是在腿上拴。一个人的腿若是太顽皮了，就要穿木袜子的。

李尔王　是谁误认了你的身份把你放在这里?

坎特　是他和她，你的女儿和女婿。

李尔王　不是。

坎特　是。

李尔王　我说，不是。

坎特　我说，是。

李尔王　不是不是，他们不会的。

坎特　是的，他们已经这样做了。

李尔王　我当着朱匹特赌咒，不是。

坎特　我当着朱娜赌咒，是的。

李尔王　他们不敢这样做，他们不能，并且不会这样做的。对礼貌如此蹂躏，那是比谋杀还厉害。赶快地回答我，你负了我的使命前来，究竟为什么受了这样的惩罚，或是他们强以非礼相加。

坎特　陛下，我把你的信送到他们家里去的时候，我还跪着没有起来，来了一个流汗的使者，匆忙地喘不过气来，就喘息着说他的女主人刚乃绮派他前来致意，于是捧出书信，也不管是否打断我的公事，他们立刻取过去读了。读罢之后，他们就传集侍从，立刻上马，嘱咐我随后跟着，听候回话，给了我许多冷眼。在这里我正好又遇见那个使者，我很明白就是因为他受款待所以才败坏了我的事——就是最近对陛下狂慢无礼的那个人——我本是勇而无谋的一个人，所以我就拔出了剑，把他吓得大声喊叫，惊起了全家的人。你的女儿女婿便认为这点过错该受我现在所受的耻辱。

弄臣　若是野鹅向那边飞，冬天是还没有过呢[12]。
父亲穿着破衣裳，
可使儿女瞎着眼，
父亲佩着大钱囊，
将见儿女生笑脸。
命运，那著名的娼妇，
从不给穷人打开门户。
不过，虽然如此，你为了你的女儿们所感受的“隐怨”[13]，将要和你在一年内所能数得清的“银圆”一般多哩。

李尔王　啊！一阵酸楚涌上了我的心头。歇斯提利亚！下去，你这往上爬的悲哀！你的地位是在下面。这女儿在哪里呢？

坎特　和伯爵在一起呢，陛下，就在这里面。

李尔王　　不用跟着我，在这里等着。〔下〕

侍臣　　除了你所说的以外，没有犯别的错吗？

坎特　　没有。怎么国王带着这样少的人来？

弄臣　　如其你是为了这个疑问而坐木枷，你也是不冤枉的。

坎特　　为什么？

弄臣　　我要送你到一只蚂蚁处去受教[14]，要你知道在严冬是没有工作的。勇往直前的人，除了瞎子以外，都是靠了眼睛引导的，二十个瞎子当中没有一只鼻子嗅不出倒霉人的臭味。一只大轮滚下山的时候，你要放松手，否则你就要连带着跌断颈子，但是往山上走的时候，你可要在后面抓紧了。如其有聪明人给你以更好的劝告，你尽管把我的退还，除了恶棍之外我不愿任谁听从我的劝告，因为这原是一个傻子的劝告。

为谋利才来投效的人，
形式上像是左右追随，
一下雨他就要卷行李，
撇下你在风暴里倒霉。
但是我不走，傻子要停留，
让聪明人高飞远引。
逃走的臣仆才是傻子，
我这傻子倒真不是恶棍。

坎特　　你这是从哪里学来的，傻子？

弄臣　　不是在木枷里，傻子。

李尔偕格劳斯特上。

李尔王　拒绝和我会谈！他们病了！他们倦了！他们夜晚行路累了！不过是借词，叛逆的表现罢了。给我另寻较好的回话。

格劳斯特　陛下，你是知道公爵的暴躁脾气的，他的行径是何等地倔强。

李尔王　该死的！倒霉的！可恨！可恶！暴躁吗？什么脾气呀？哼，格劳斯特，格劳斯特，我要和康瓦公爵和他的妻说话。

格劳斯特　可是陛下，我已经和他们说过了。

李尔王　和他们说过了！你懂我的话吗，人？

格劳斯特　懂的，陛下。

李尔王　国王要和康瓦说话，父亲要和他的女儿说话，传她来问话。你把这话和他们说过了吗？要我的命！暴躁！暴躁的公爵！你去告诉那个暴躁的公爵说——不，且慢。也许他是有病，在病中是时常要疏忽了在健康时所必须尽的职守。身体不适，心里也连带着抑郁不安，那时节我们是不由自主的。我且忍耐，把病人当作健康的人，那就是我太性急了。我该死！〔望着坎特〕他为什么坐在这里？这件事又使我疑虑到公爵和他的妻这次逃避实在是一种策略。把我的仆人放出来。去，告诉公爵和他的妻，我现在立刻就要和他们说话，教他们前来听我吩咐，否则我要到他们寝室门前敲鼓，让鼓声把睡眠杀死。

格劳斯特　我但愿你们相安无事。〔下〕

李尔王　啊，啊！我的心，我的上涌的心！下去吧！

弄臣　大爷，你向它叫吧，就像厨娘把鳝鱼活活地放在面糊里的时候那样叫着，用一根棍子敲在它们头上，叫一声："下去，混账的东西，下去！"也就是她的兄弟，对他的马忽发慈心，给他的草料上加了牛油[15]。

康瓦、瑞干、格劳斯特及侍从等上。

李尔王　二位早安。

康瓦　愿陛下康健。〔坎特被释〕

瑞干　得见陛下，甚为欣幸。

李尔王　瑞干，我想你是欣幸。我知道为什么我该这样想，如其你不觉得欣幸，我要在你的母亲墓前宣布离婚，那墓里藏的是个淫妇——〔向坎特〕啊！你被释了吗？这事以后再说。亲爱的瑞干，你的姐姐是很可恶。啊，瑞干！她把像是兀鹰似的利齿的狠毒捆在这里了，〔指心〕我几乎不能和你说，你不会相信她是用何等卑鄙的手段——啊，瑞干！

瑞干　我请你且忍耐一些。我想你是看低了她的人品，而不是她于职分有亏。

李尔王　这话怎讲？

瑞干　我不能想象我的姐姐会于她的分内事稍有欠缺，如其她或者约束了你的部下的骚扰，那么她的理由正大，用意纯良，一点也不能算是她的错。

李尔王　我诅咒她！

瑞干　　啊，陛下！你老了，已经到了风烛残年，你应该由比你自己还会照顾你的人来指导你。所以我请你回到我姐姐那里去，并且说，你错怪了她。

李尔王　　求她饶恕吗？你只消听听这话是否得体：“亲爱的女儿，我承认我是老了，老年人是多余的。我跪着〔下跪〕求你赏我衣服、床和食物。”

瑞干　　够了，这是很不中看的把戏，你回到我姐姐那里去吧。

李尔王　　〔起立〕我永不回去，瑞干。她把我的部众减裁了一半，她对我变色，她用毒蛇一般的舌锋刺上我的心。愿上天积存的愤怒一齐降在她的忘恩负义的头上！不祥的罡风哟，把她的未生的婴儿都弄成跛的！

康瓦　　胡说，陛下，胡说！

李尔王　　迅捷的电闪哟，把你的烈焰戳进她的傲眼！骄阳从泥沼中吸蒸起来的雾哟，蚀害她的美貌，销毁她的狂傲！

瑞干　　哎呀，天哪！你脾气发作起来，也将一样地咒骂我。

李尔王　　不，瑞干，你永远不会被我咒骂的，你的温柔的性格不会使你变得凶残，她的眼睛很凶，而你的却很可人，一点也不迸火。你是不会限制我作乐的，也不会裁减我的部众，或是遽以恶言相报，或是紧缩我的供养，总而言之，拒绝我去。你是比较明白人情孝道、礼貌和恩义，我分给你的一半国土，你还没有忘记。

瑞干　　陛下，请你在题内说话吧。

李尔王　是谁把我的侍从收在脚枷里？〔内喇叭声〕

康瓦　这是什么喇叭声？

瑞干　我知道了，是我姐姐的。这证实了她的来信，她说她就要来的。你的女主人来了吗？

奥斯瓦上。

李尔王　这奴才，倚仗他的女主人的一时的恩宠便狐假虎威。去，奴才，滚开！

康瓦　陛下说的是什么意思？

李尔王　谁把我的仆人上了脚枷？我想你必不知情。是谁来了？啊，天呀！

刚乃绮上。

如其你爱老年人，如其你的慈爱的势力也是嘉许孝行的，如其你也是年老的，请你拥护老年吧，派下天使帮助我吧！〔向刚乃绮〕你看见我这把胡须不害羞吗？啊，瑞干，你居然拉她的手？

刚乃绮　为什么不拉手，陛下？我犯了什么罪？老朽昏聩的人所认为罪状的，全不是罪状。

李尔王　啊，胸啊！你太坚韧了，你还能包涵吗？我的手下人怎么上了脚枷？

康瓦　是我把他放在那里的，陛下，但是他自己的荒唐行为还不配受这样的优待。

李尔王　你！是你吗？

瑞干　父亲，你的身体弱，我请你不必逞强。如果你愿意回到我姐姐家里，把部众裁减一半，住到月底期满，那时节你再到我家来。现在我是不在自己家里，所以也无从招待你了。

李尔王　回到她家去？裁掉五十人！不，我宁愿弃绝一切屋宇，在露天中挣扎着过活；和狼鸮做伴，受贫困交加的苦痛！同她回去！哼，那娶我幼女不要妆奁的暴躁脾气的法兰西王，我也可以跪倒在他的座前，像扈从一般，求他颁给恩俸，使我苟延残喘。和她回去！还不如劝我给这个下贱的差人做个奴隶哩！〔指奥斯瓦〕

刚乃绮　任随尊便。

李尔王　女儿，我请你别使我发疯，我不打搅你了，我的孩子再会吧。我们以后彼此不再见面。不过你还是我的血，我的肉，我的女儿。其实也可以说是在我的肉里的一块病，我不能不认为是自己的，你是我的恶血中的一个疖、一粒毒疹、一个凸痈。但是我不责罚你，让耻辱在自己要来的时候来吧，我是不叫它来的，我不教掌雷的神来击你，我也不向最高的裁判者朱匹特控告你。你能改过时且改过吧，慢慢地改进吧，我是能忍耐的。我和我的一百名侍卫，暂时可以到瑞干家里去住。

瑞干　这可不行，我还没有期待着你来，并且也没有准备好相当的招待。父亲，你听我的姐姐的话吧，凡是能在你的情感当中还加上一点理智的人，一定要承认你是上了年纪，所以——但是她做事并不糊涂。

李尔王　这话可是当真吗?

瑞干　我敢赌咒。什么！五十名侍卫?这还不好吗?你何必再要更多?并且何必要这样多，耗费大、危险多，不是已嫌这数目太大了吗?在一家里，许多的人，在两方指挥之下，如何能够融洽?这是很难，几乎不可能。

刚乃绮　你为什么不用她的仆从，或是我的，来伺候你呢?

瑞干　为什么不呢?如其他疏慢了你，我们可以谴责他们。如其你到我家里来，我恐怕不免将受骚扰——我请你只带二十五名吧，再多我便不能收容照料了。

李尔王　我把一切都给了你们——

瑞干　并且给的很是时候。

李尔王　使你们做我的护理人、信托人，只保留一个条件，就是要有这些名的侍卫。什么！我只能带二十五名到你家里?瑞干，你真这样说吗?

瑞干　我还可再说一遍，不必和我再说了。

李尔王　险恶的人却还算是面貌和善哩，因为还有更险恶的在，凡不是最坏的，就算是一种可称赞的了。〔向刚乃绮〕我同你去，你的五十还比二十五多一倍，你的爱情有她的两倍多。

刚乃绮　陛下你听我说。你为什么需要二十五名、十名，或是五名?其实家里有加倍的人奉命伺候你。

瑞干　何必需要一名呢?

李尔王　啊！别追问需要，最低贱的乞丐之最破烂的东西，也有几件是多余的，如其你不准人在需要之外再多享受一点，人的生命是和畜类地一般贱了。你是一位贵妇，如其穿得温暖就算是阔绰，那么，你现在穿着的这一身阔绰的衣裳，几乎还不能使你温暖，根本就是人生所不需要的了。但是，为了真的需要——天呀，给我忍耐，我需要忍耐！天上的众神哟，你们看我在这里，一个可怜的老人，悲哀和年纪一般地大。在这两种情况当中一般地狼狈！如其是你们在这女儿们心中激起了对于父亲的忤逆，请不要这样玩弄我使我驯顺地承受，给我一点高贵的愤怒，不要令女人们的武器、泪珠，沾污了我的男子汉的脸面！不，你们这一对伤天害理的妖妇，我必痛加报复，使得全世界都——我必定这样做——究竟做什么我现在还不知道——不过总是人间可怕的事。你们以为我要哭，不，我偏不哭。我很该一哭，但在我哭之前这心先要碎成十万块。啊，傻子！我要疯。〔李尔、格劳斯特、坎特、弄臣下〕

康瓦　我们走吧，天要起风暴。〔暴风声遥闻〕

瑞干　这房子太小，这老头子和他的人恐怕住不下。

刚乃绮　这是他自己的错，放着安乐不享受，一定要尝受他的自作孽。

瑞干　至于他本身，我可以欣然收留，可是不能收容一名侍卫。

刚乃绮　我也是打的这主意。格劳斯特哪里去了？

康瓦　跟着老头子去了。他回来了。

格劳斯特上。

格劳斯特　国王大怒。

康瓦　他到哪里去了?

格劳斯特　他叫备马，但是我不知是到哪里去。

康瓦　最好随他去，他是自有主张的。

刚乃绮　请你求他千万不可住在这里。

格劳斯特　哎呀！夜来了，并且大风怒号。几英里内连一棵矮树都没有。

瑞干　啊，先生，对于顽强的人，他们自己招致的损害正是他们的好教训。关上你的门，他有一班亡命的部众伺候着他，他是易信谗言的，他们鼓动他做出来的事，我们不可不防哩。

康瓦　关上你的门吧，这是很狂暴的一夜，我的瑞干说的不错，快躲开风暴吧。〔众下〕

注释

[1] Lipsbury pinfold 不知何指。或谓实有其地；或谓杜撰，lips 一词做嘴唇解，或有用牙齿咬住之意。

[2] 三套衣裳，仆人之制服也；一百镑，系最低财产额，不及此数则无做陪审员之资格；稍有余裕者皆穿丝袜，毛袜惟贫人穿之。坎特系贵族，故以此语讥骂奥之身份。

[3] 好告状，乃懦夫之行为。

[4] Z 在字母中为最不常用者，在伊利沙白时代，通常以 S 代之。莎士比亚在戏里只用过七八个字是以 Z 起的（固有名词除外）。

[5] 指父女间之至情。

[6] 鱼狗子（halcyon）相传死后悬起可以随风转向，借此可知风之方向。

[7] 意义不明。或谓卡美洛特（Camelot）即今之 Cadbury，以饲鹅著名。然何以必谓在沙壤（Sarum）遇到，不解。

[8] Ajax，神话中之勇将，喜夸张。

[9] 原文"Thou out of heaven's benediction com'st to the warm sun."系成语，言由佳境而趋于劣境，泛指李尔之退位，不一定是指由刚乃绮家到瑞干处而言。

[10] 月亮。

[11] 指脚枷，原文"cruel garters"双关语，有"crewel garters"之意。

[12]"如其他们的行为是如此，国王的苦难是方兴未艾。"（约翰孙）

[13] dolours 与 dollars 二词相近。

[14] 参看《圣经·箴言》第六章第六节至八节。

[15]"普通欺骗马夫之法，即于草料上加油，马不愿食，遂得偷取草料。"（Craig）

第三幕

第一景：荒野

暴风雨，雷电交加。坎特与一侍臣上，相遇。

坎特　　是谁在此地伴着这坏天气？

侍臣　　是心境和这坏天气一般的一个人。

坎特　　我认得你。国王在哪里呢？

侍臣　　正在和狂暴的风雨挣扎着，咒骂着叫狂风把陆地吹到海里，或是涛浪卷上了大陆，好令一切东西变个样子或是同归于尽；扯散了他的白发，让怒号的狂风抓住了戏弄，拼命地要在他的小小的胸襟之中鄙夷着那交相驰骤的风狂雨暴。这一夜，被小熊吸干了乳的大母熊都要静卧着，雄狮和枵腹的豺狼都怕湿了毛，而他却秃着头奔跑，一切都放在度外。

坎特　谁陪着他呢？

侍臣　只有那弄臣一个，他努力地说笑话宽解他的伤心。

坎特　先生，我认识你，并且因为我深知你，我有一桩紧要的秘密告诉你。阿班尼与康瓦之间有了冲突，虽然在表面上双方还极力弥盖。他们有些个仆从——其实凡是地位显赫的人谁又没有？——那些仆从，表面上看是一点也不差的，事实上是把我们国内情形报告给法兰西的间谍。这些间谍，看出了公爵之间的阴谋暗斗，或是他们对于国王的苛待，或是另有更深刻的缘由而这些事实不过是表面的现象，总之，从法兰西的的确确有一部分军队来到了这分裂的国家，趁我们不备已经暗中在我们的海口登陆，准备就要公然地张开旗帜了。我和你说吧，你若相信我的话，赶快到多汶去，明确地报告国王现在所受的是什么样的伤天害理的令人发狂的悲哀，那么在那里必有人要感激你的。我是一个有身份的人，因有确实消息，所以才把这任务交给你做。

侍臣　我们再细商量吧。

坎特　不，不必。为证实我的本人胜过我的外表，打开这个锦囊，把里面的东西拿去。你如其见到考地利亚——你一定会见到的——把这戒指给她看，她就会告诉你现在你所不认识的这个伙伴是谁。风暴算得什么，我要寻国王去。

侍臣　我们握手。你没有别的话吗？

坎特　我还有一句话，比一切都重要。我们找到国王的时

候——你向那边去找，我向这边——谁先找到他，谁招呼谁一声。〔二人分途下〕

第二景：荒野之又一部分

仍有风暴。李尔与弄臣上。

李尔　吹吧，风，吹破了你的腮！狂！吹！飞瀑龙卷一般的雨，你淹没了塔尖，溺死塔尖上的风标鸡吧！硫黄的急速的电火，你是劈裂橡木的雷霆的前驱，烧焦了我的白头吧！你，震撼一切的迅雷，殛平了这怀孕的圆形大地吧！敲碎了自然界的铸型，把那要变成忘恩负义的人们的种子全泼翻了吧！

弄臣　啊，大爷，屋里面的甜言蜜语比外面的疾风暴雨总要好些。好大爷，进去，求你的女儿们的祝福吧，这一夜对于聪明人或傻子是都不怜悯的。

李尔　你满肚子辘辘响吧！睡吧，电火！喷吧，雨！风雨雷电，你们都不是我的女儿，我不怪你们残忍，我从没把国土给你们，或叫过你们孩子，你们对我没有义务。所以，你们尽管发挥你们的可怕的乐趣吧。我立在此地，是你们的奴隶，一个贫穷孱弱被人鄙视的老人。但是我还把你们叫作卑鄙的使者，因为你们也响应那两个恶毒的女儿，在天庭摆下了阵势来攻击我这样年老的人。啊！啊！这太卑鄙了。

弄臣　有间屋子藏头的人就是有个好头脑。

头还没有地方藏，
×× 先要找住房[1]，
头和 ×× 都生虱
多少乞丐娶新娘。
一个人若把脚趾
当作了他的心尖，
会因鸡眼而叫苦，
睡觉时候闹失眠。

因为从来没有一个美妇人而不是在镜子里要做鬼脸的。

坎特上。

李尔　不，我要做一个能忍耐的模范，我什么也不说了。

坎特　谁在那边？

弄臣　哼，这里有一位顶体面的还有一个顶蠢陋的，就是一个聪明人和一个傻子。

坎特　哎呀！先生，你在此地吗？喜欢黑夜的东西也不喜欢这样的黑夜，凶恶的天会要吓煞那最喜夜游的兽，吓得它们伏在巢穴里。自从我成人以来，像这样整片的电火、奔迸的雷，这样狂风急雨的怒号，我不记得我曾听见过。人是禁不起这样苦痛惊吓的。

李尔　让那些在我们头上施布这可怖喧扰的众神们，现在找到他们的敌人吧。抖颤吧，你这个败类，你胸中必有隐密的罪恶，尚未受公理的惩罚。快藏起吧，你这个凶手，你这说谎的，还有你这貌似忠良而实在乱伦的。败类，你颤得粉碎吧，你在阴谋矫饰之下害过人家的性命。密藏的罪恶，把实情暴露出来，求这些可怕的天使的慈悲吧。我是受害过于害人的人。

坎特　哎呀！光着头呢！陛下，附近有个茅棚，可以容你暂避风雨。你且在那里休息，我回到这凶硬的家里去——比造那房子的砖石还要硬——他们方才还在打听你，可是没有准我进去，我现在回去强迫他们履行他们的未尽之礼。

李尔　我的神志渐渐醒转了。来吧，孩子。你觉得怎样，孩子？你冷吗？我自己也冷了。草棚在哪里呢？贫困的魔力是可惊的，能把鄙贱的东西变成宝贵的。来，到草棚去。可怜的傻子，我心里还有一部分是为你难过呢。

弄臣　〔唱〕

有点小小智慧的人，
嗐，吼，风来喽雨来喽，
一定随着境遇且开心，
虽然天天下雨下个不休。

李尔　真是的，孩子。来，带我们到草棚去。〔李尔与坎特下〕

弄臣　这是很好的一夜，可以浇冷了娼妇的热情。我在走前说一段预言：

等到牧师说话多行事少，
酿酒人用水把酒糟蹋了，

等到贵族做了裁缝的师傅，
没有异端被焚，除了梅毒，
等到法律案子件件都对，
爵士不穷，侍从不被债累，
等到舌端上没有谗言，
扒贼不在人众里流连，
等到放债的肯计数藏镪，
龟奴娼妇也兴建教堂，
那时节，英格兰的国家，
就要弄得大乱如麻，
那时节，活着的便知道，
走路就要用这双脚。
这预言梅林一定会要说的，我是生在他之前[2]。〔下〕

第三景：格劳斯特堡中一室

格劳斯特与哀德蒙上。

格劳斯特　哎呀，哎呀！哀德蒙，我不喜欢这种伤天害理的勾当。我求他们准许我怜悯他，他们欲剥夺了我使用自己的房屋的权利，并且命令我不准再说起他，为他求情，或用任何方法援助他，否则永遭呵谴。

哀德蒙　真是最蛮横，最不近人情！

格劳斯特　来，来，你可不要说出去。现在两位公爵有了裂痕，并且还有更糟的事。今晚我接到一封信，说起来都是危险的，我已经把这封信锁在我的壁橱里了。国王现在所受的伤害将要有彻底的报复，已经有一部分军队登陆了，我们一定要站在国王这一面。我要去找他，暗中救济他。你且去陪着公爵谈话，好让他看不出我是在救济他。如其他问起我来，就说我病了睡了。我纵然因此而死，因为他们是以死相恫吓的，可是我的旧主，国王，我不能不救。将要有大事临头，哀德蒙，你可要仔细了。〔下〕

哀德蒙　你这番殷勤，是干犯禁令的，我立刻要教公爵知道。还有那一封信，这是很可以邀功的，我父亲所失掉的一定可以由我得到。
全部财产到手里，
老的倒下幼的起。〔下〕

第四景：荒野。草棚前

李尔、坎特及弄臣上。

坎特　就在这地方，陛下。陛下，进去吧，夜间外面是太

狂暴了，非人类所能忍受。〔风暴仍未息〕

李尔　不用管我。

坎特　陛下，请进这里去吧。

李尔　你要碎我的心吗?

坎特　我宁愿碎我自己的心。陛下，进去吧。

李尔　你以为这风暴侵上了我的皮肤是一件大事，这对于你是如此，但是一个人遭受了更大的病害，那较小的侵害便不大感觉到了。你是要躲避一条巨熊的，但是你若向前逃只有一片汹涌的海，你就要面对面地迎着熊去了。心里平静的时候，才觉得身体脆弱，我心中的风波使我的感官失了一切感觉，只觉得心中苦恼。子女的忤逆！岂不是很像因为手给口送食而这张嘴反倒咬了这只手，但是我要痛加惩处。不，我绝不再哭。在这样的夜里，把我关在外边！雨下吧，我受着。在这样的夜里，啊，瑞干！刚乃绮！你们的仁慈老父，慷慨地把一切都给了你们——啊！这么一想我就要气得发疯，我避开这念头吧，不再想它。

坎特　好的，陛下，进这里去。

李尔　请你自己进去吧，寻你自己的安适，这风暴不准我去思索那更使我烦恼的事。但是我进去吧。〔向弄臣〕进去，孩子，你先走。你这无家可归的穷人——不，你进去吧。我要祈祷，随后我就睡。〔弄臣入〕赤贫的人们，不管你们是在哪里，你们忍受着风吹雨打，你们的光着的脑袋、没填饱的肚皮、褴褛洞穿的衣裳，如何能在这样天气中保护你们呢？啊！我是太不留意民间疾苦了。豪华的人，吃点药吧，你来尝受贫民所尝受的，你就会把你的过度的供养分给他们一些，表示上天是公道的。

爱德加　〔在内〕六尺半，六尺半[3]！可怜的汤姆！〔弄臣由草棚内向外奔〕

弄臣　别到这里来了，大爷，这里有鬼。救我！救我！

坎特　我拉着你的手。谁在那里？

弄臣　一个鬼，一个鬼，他说他的名字叫可怜的汤姆。

坎特　在草棚里喃喃自语的，你是谁？出来。

爱德加扮疯人上。

爱德加　快跑！恶魔跟着我呢！
大风吹过山楂树。
哼！到你的冷床取暖去。

李尔　你可是把一切都给了你的两个女儿吗？你落得这般地步？

爱德加　谁肯施舍给可怜的汤姆呢？我被恶魔领着经过火焰，落过急湍，路过泥泞；在我枕头底下放刀，座位中间悬绳；粥里下毒；使我大胆骑了棕色骏马走四寸宽的桥梁，把自己的影子当作贼追去。上天保佑你的五官！汤姆冷了。啊！嘟滴，嘟滴嘟滴。上天保佑你不要受旋风煞星妖巫的侵害！怜悯可怜的汤姆吧，他是被恶魔缠住了。现在我可以在那边捉到他了，那边，又到了那边，那边。〔风暴仍未息〕

李尔　怎么！他的女儿们使得他到这般地步？你什么都没有留下吗？你把一切都给了她们？

弄臣　不，他还保留了一条毡子，否则我们都要怪羞得慌的。

李尔　悬在半天中的惩罚人类错误的一切灾难，都降到你的女儿们身上吧！

坎特　他并没有女儿，先生。

李尔　该死的，叛徒！除了他的忤逆的女儿之外，没有东西能把人性蹂躏到这般卑贱的地步。莫非这也是时髦，被遗弃的父亲都这样地贱视自己的肉体？公正的惩罚哟！原是这肉体产生出来那班吮血的女儿。

爱德加　毛鸡坐上了毛鸡山，哈庐，哈庐！庐，庐[4]！

弄臣　这冷夜会要把我们都变成傻子疯子了。

爱德加　当心恶魔。服从你的父母，说话要忠实，不要赌咒，不要和有夫之妇私通，不要醉心于妖冶的服装。汤姆是冷了。

李尔　你是做什么的？

爱德加　我是一个仆人，趾高气扬。我的头发卷得弯弯，帽子上戴着我的情妇的手套，讨我的情妇的欢心，和她干下了暧昧的勾当。我开口便赌咒，把咒语喷上了天空的和蔼的脸上。我在睡前谋划着淫事，醒后便去实行。酒我是很爱，骰子也欢喜得很，对于女人我是比土耳其人还要风流，心地虚诈，耳朵好听流言，手段辣毒，懒得像猪，阴险像狐狸，贪婪像狼，疯得像狗，凶得像狮子。不要听了鞋跟橐橐绸罗窸窣的声音就在女人面前拜倒，花丛里不要涉足，裙缝间不要探手，债主簿上不要留名，并且要和恶魔抗争。冷风还是在山楂树间飕，飕飕，曼哈诺喃呢。太子我的儿，我的儿。罢，罢！叫他过去吧[5]。〔风暴仍未息〕

李尔　哼，你这样裸着身体在这样恶劣的天气里受罪，还不如死了好呢。人不过是如此吗？要仔细盘算一下。你没有取用蚕的丝、兽的皮、羊的毛、麝猫的香。哈！我们三个倒是虚伪的了，你才是本来面目，赤条条的人也不过就是像你这样的一个可怜的裸体的两脚动物罢了。脱下去，你这外借的东西！来，解开这个钮子。〔扯掉他的衣服〕

弄臣　我请你，大爷，安静点吧，这夜是不便游泳的。荒野中的一点火，恰似老色鬼的一颗心，小小的一个火星，全身他处都是冷的。看！这边来了一团活动的火。

格劳斯特持炬上。

爱德加　这就是恶魔弗里伯蒂吉伯特，他是在晚钟时出现，一直游荡到初次鸡啼的时候。他能使人眼上起翳障，使人变成斜眼，并且豁唇，使白麦生霉，并且伤害生灵。

圣维特霍[6]三次到荒郊，
遇见了梦魇，和她的九个伴，
令她下马，

令她赌咒，

然后滚你的，妖婆，滚你的！

坎特　陛下现在可安适吗？

李尔　他是什么人？

坎特　谁在那边？你寻找什么呢？

格劳斯特　你们是什么人？你们的名字？

爱德加　我是可怜的汤姆，吃田鸡、蟾蜍、蝌蚪、壁虎、水蜥；在恶魔附体、心里发狂的时候，把牛粪当作咸菜吃；吞老鼠和沟里的死狗；喝死水潭里的绿沫，挨着村地被人鞭打、坐枷、收监；当年有过三套衣裳、六件衬衫，有马骑，有剑佩，

但是老鼠以及其他小畜牲，

已成汤姆的粮食有七年整。

留神跟在我后面的。别闹，斯毛金[7]！别吵，你这恶魔！

格劳斯特　怎么！阁下竟和这些东西做伴吗？

爱德加　幽冥的王是一位绅士。他名叫谋都，又叫麻胡。

格劳斯特　我们的亲生的血肉竟变得如此之卑贱，恨起他的生身父母来了。

爱德加　可怜的汤姆好冷啊。

格劳斯特　跟我进来。我的职责不能完全服从你的女儿们的严命，虽然她们命令我把门关起，让这残暴的夜任意处置你，可是我还来找到了你，带你到一个有火有吃的地方去。

李尔　先让我和这位哲学家谈一句话。雷是由何而来？

坎特　　陛下，你接受他的提议，进屋去吧。

李尔　　我要和这位有学问的蒂毕斯人说一句话[8]。你现在心里思索着什么呢?

爱德加　　如何战胜恶魔，如何杀死毒虫。

李尔　　让我再私下问你一句话。

坎特　　先生，你再催请他走吧，他的神志又开始迷惘了。

格劳斯特　　这能怪他吗?〔风雨仍作〕他的女儿们是要置他于死地。啊！那位好坎特，他早说过要弄到这地步，那位可怜的被放逐的人！你说国王疯了。我告诉你吧，朋友，我自己也差不多是疯了。我有一个儿子，现在我和他断绝了关系，他想谋害我，最近，就是最近的事。我本来爱他，朋友，没有父亲更亲挚地爱他的儿子。老实告诉你,〔风雨仍作〕悲哀使得我的头脑昏迷了。这是什么样的一夜！我真是要请陛下——

李尔　　啊！请原谅，先生。大哲学家，我们来做伴吧。

爱德加　　汤姆是冷了。

格劳斯特　　进去，朋友，到那草棚里去，里面去避寒。

李尔　　来，我们都进去吧。

坎特　　这边走，陛下。

李尔　　我和他在一起，我要和这位哲学家做伴。

坎特　　先生，请你顺从他的意思，让他把那一个人也带去吧。

格劳斯特　　你带着他引路吧。

坎特　　喂先生，来呀，跟我们一同去。

李尔　　来，好雅典人[9]。

格劳斯特　　别说话，别说话。住声。

爱德加　　罗兰骑士来到了妖灵的塔，
他总是说，菲，孚，芬，
我唤出不列颠人的血腥[10]。〔众下〕

第五景：格劳斯特堡中一室

康瓦与哀德蒙上。

康瓦　　在我离去之前我一定要报复。

哀德蒙　　我这样地为了忠心而牺牲了孝心，不知将要受怎样的唾骂，我想起来真有点怕。

康瓦　　我现在看出了你的哥哥所以要谋害亲父，完全不是由于他的秉性乖戾，实在是由于他心地纯良，激于他父亲的劣性，以致演出这样的事。

哀德蒙　　我的命运有多么坏，我做了公正的事我还要后悔！这就是他谈起的那封信，足以证明法兰西乘隙进军他是知情的。啊，天呀！真愿这样叛逆的事情不发生，或是不被我侦悉。

康瓦　　同我去见夫人。

哀德蒙　　如其这信里的事是实在的，有严重的事要你应付哩。

康瓦　　不管真假，这已经使你成为格劳斯特伯爵了。去寻找你父亲，我好逮捕他。

哀德蒙　　〔旁白〕如其我能发见他是正在抚慰国王，那便可充分地证实他的嫌疑。虽然忠孝相争得很剧烈，我还要尽忠到底。

康瓦　　我完全信任你，你会觉得我比你的父亲更为爱你。〔同下〕

第六景：堡寨附近农舍一室

格劳斯特、李尔、坎特、弄臣及爱德加上。

格劳斯特　　这里比露天好些，大家都将就点吧。我尽我的力量使大家再安适一点，我去一会儿就来。

坎特　　他已经因苦痛不堪而神经错乱了。多谢你的好意！〔格劳斯特下〕

爱德加　　佛特莱图叫我呢，并且告诉我尼罗[11]是阴间湖上的一个钓人。老好人，你祷告吧，当心恶魔。

弄臣　　大爷，你说一个疯子算是一位绅士还是一个小民？

李尔　　是国王，国王！

弄臣　　不是，他是一个小民，但有一个绅士的儿子。因为他一定是个疯的小民，假如他看着他的儿子在他之前充绅士。

李尔　成千的魔鬼拿着红炽的铁叉嗞嗞地响着去威吓她们——

爱德加　恶魔咬我的背了。

弄臣　是疯子才信赖狼的驯顺、马的健康[12]、青年的爱情、娼妇的誓约。

李尔　必这样办，我立刻就审问她们。〔向爱德加〕来，请坐在此地，最博学的审判官。〔向弄臣〕你，聪明的先生，坐在此地。好了，你们这一群雌狐狸！

爱德加　看，他站在那边睁视着呢！夫人，你们受审判的时候还怕没人看吗？

白西，你过河来会我[13]——

弄臣　她的船上有漏缝，
为何她不敢把河过，
她可一定不能说。

爱德加　恶魔唱着夜莺般的调子追逐着我。吓破胆斯在我肚里喊要两条鲜白鳞鱼。别叫唤啦，恶魔，我没有东西给你吃。

坎特　陛下，你怎么了？别这样惊吓地站着，你卧下倒在枕上休息一下吧。

李尔　我要先看看她们的审讯。把她们的证人叫进来。〔向爱德加〕你这位穿大袍的法官，请入座吧。〔向弄臣〕还有你，司法的同僚，也在他的旁边列席吧。〔向坎特〕你也是承审之一，也请坐。

爱德加　我们要公平地处理。

快乐的牧童，你睡了还是醒着？

你的羊群是在粮地里，
只消用你的小嘴轻轻地一声吹啸，
你的羊群便可无虑。
呜呜，这只猫是灰色的。

李尔　先审问她，这是刚乃绮。我现在当着庭上宣誓，她陷害她的可怜的父王。

弄臣　过来，太太。你的名字是刚乃绮吗？

李尔　这个她不能否认。

弄臣　对不住，我以为你是一个细工精制的凳子呢。

李尔　这边又是一位，她的狰狞的面貌就可以表示出她的心是什么东西做的。拦住她！拿刀，拿刀，拿刀，动手！这地方太黑暗了！你这贼官，你为什么纵她逃走？

爱德加　上帝保佑你的脑筋！

坎特　唉，可怜！先生，你自己常常夸口说能保持的耐心，现在哪里去了？

爱德加　〔旁白〕我的眼泪对他很表同情，怕要毁坏了我的化装。

李尔　小狗以及一切，盘儿、白儿、甜心儿，看，全都对着我吠。

爱德加　汤姆就要把他的头向它们掷过去。滚开，你们这些狗！

不管你的嘴是黑还是白，
牙齿有毒若是咬起人来，
獒犬、灵缇、凶猛的杂种犬，

猎犬或卷毛犬，警犬或狼犬，
短尾巴狗或卷尾巴狗，
汤姆要叫它们哭喊着走。
因为，把我的头这样一抛，
狗就要窜，全都逃之夭夭。
都滴，滴，滴。带住！来，到市集庙会去。可怜的汤姆，你的角器空了[14]。

李尔　让他们把瑞干解剖了吧，看看她心里生了什么。上天可有什么缘故要造出这样的硬心肠？〔向爱德加〕你，先生，我用你作为我的一百名侍卫之一，只是我不喜欢你的服装的样子。你也许说，这是很美丽的波斯装，但还是更换了吧。

坎特　主人，现在请你躺下来休息片刻。

李尔　别作声，别作声，把幔帐拉拢来。好，好，好。我们到早晨再吃晚饭，好，好，好。

弄臣　我要到正午去睡觉了。

格劳斯特上。

格劳斯特　朋友，这边来，我的主上国王在哪里？

坎特　在此地，但是别惊动他，他的神经错乱了。

格劳斯特　好朋友，我请你把他抱起来。我听说到有谋害他的阴谋。那边已预备好一辆马车，把他放进去，向多汶出发，朋友，到那里自然有人欢迎保护。把你的主上抱起来，如其你耽搁半个钟头，他的性命和你的，以及前来维护他的人们的性命，一定是要蠲弃的了。抱起，抱起，跟我来，我领导你们立刻去准备出发。

坎特　疲惫之极就入睡了，这休息倒还可以疗治你的破裂的神经，若是环境不许，恐怕就难得痊愈了。〔向弄臣〕来帮助抬你的主上，你不可留在后面。

格劳斯特　来，来，走吧。〔格劳斯特、坎特及弄臣抬李尔下〕

爱德加　我们看见主上同样悲哀，
便不觉自身的苦痛难排。
心中最苦的是独愁无偶，
开怀的乐事更不堪回首。
苦恼中间若是有人做伴，
心里许多哀伤都好排散。
现在我的苦痛何等轻松，
使我弯腰的也使国王鞠了躬。
他有女儿如同我有父亲！
汤姆，走，倾听着好音，
等诬蔑的谣传经事实辩明，
地位恢复，你便可现出原形。
不管今夜还要发生什么事端，愿国王安然逃去！快藏起，藏起。〔下〕

第七景：格劳斯特堡内一室

康瓦、瑞干、刚乃绮、哀德蒙及侍从等上。

康瓦　快到你丈夫那里去，把这封信给他看，法兰西的军队已经上岸了。去搜寻那叛徒格劳斯特。〔数仆役下〕

瑞干　立刻绞死他。

刚乃绮　挖出他的眼睛。

康瓦　把他交给我处置。哀德蒙，你去陪伴我的姐姐走，我们必须惩处你的叛变的父亲的刑罚，你是不宜亲眼看的。你去见公爵，请他急速准备，我们也同样地进行。以后我们双方要迅捷地互通音信。再会吧，姐姐，再会了，格劳斯特。

奥斯瓦上。

怎样？国王在哪里？

奥斯瓦　格劳斯特把他带走了，大约有三十五六名他的卫兵，四处搜寻他，在城门口遇到了他。他带着其他的几位伯爵的部下向多汶而去，据他们说在那边有武装的朋友。

康瓦　快给你的主妇备马。

刚乃绮　再会，公爵，妹妹。

康瓦　哀德蒙，再会。〔刚乃绮、哀德蒙及奥斯瓦下〕去搜那叛徒格劳斯特，把他当作贼似的绑起来，带过来见我。〔数仆下〕我虽然不用法律的形式不能处以死刑，但是我的威权却不能不服从我的愤怒，一般人尽管责骂，却无从干涉。是谁？叛徒吗？

数仆带格劳斯特上。

瑞干　忘恩负义的狐狸！就是他。

康瓦　把他的干枯的胳臂捆紧了。

格劳斯特　你们是什么用意？好朋友，要知道你们是我的客人。别陷害我，朋友们。

康瓦　捆起他来，我说。〔仆捆之〕

瑞干　紧些，紧些，啊，卑鄙的叛徒！

格劳斯特　你是没有慈心的女人。我却不是叛徒。

康瓦　把他捆在这把椅子上。奸贼，你就要知道——〔瑞干拔他的须〕

格劳斯特　拔我的胡须，这是最卑鄙的行为！

瑞干　这样白，而是这样的叛徒！

格劳斯特　险恶的女人，你从我的颏下夺去的胡须，将要变成活的，来控告你。我是这地方的主人，你不该用强盗的手侵犯到我这个款待宾客的脸。你要怎样？

康瓦　说吧，先生，你最近从法兰西得到些什么信件？

瑞干　有话直说，因为我们已经知道了实情。

康瓦　你和最近登岸的一群叛党有什么样的阴谋？

瑞干　你把疯狂的国王送交给谁了？说。

格劳斯特　我有一封辞意近乎揣测的信件，是一个无偏袒的人寄来的，并非一个敌人的。

康瓦　狡辩。

瑞干　　并且是虚诈。

康瓦　　你把国王送到哪里去了?

格劳斯特　　多汶。

瑞干　　为什么送到多汶呢?你不是受了严令不准——

康瓦　　为什么送到多汶,让他回答这句话。

格劳斯特　　我是捆在桩上了,忍受攻击吧。

瑞干　　为什么到多汶?

格劳斯特　　因为不愿见你的凶残的指甲挖出他的可怜的老眼,也不愿见你的猛恶的姐姐在他的御体上刺进野猪的牙。在他昏夜中光着头忍受着的这样暴风雨里,大海都要激荡起来扑灭满天的星火。而他,可怜的老人却帮助了上天降雨。在这狂暴的时候,就是一只狼在你的门口叫,你也会说,"看门的,打开门吧",纵然它有一切凶恶,我将有一天见到这样的儿女逃不了天谴。

康瓦　　你永远见不到那一天,伙伴们,扶住椅子。我要用脚踢你这一双眼睛。

格劳斯特　　凡是想活到老年的人,帮助我吧!啊,残忍!啊,天呀!〔格劳斯特的眼睛被踢破〕

瑞干　　这一边将要嘲笑那一边,把那一只也去了吧。

康瓦　　看你还能见到天谴。

甲仆　　住手,大人。我自从幼小就伺候你,但我从没能对你有过更好的效劳,比起现在我叫你住手。

瑞干　　什么话,你这狗!

甲仆　　如其你的颏上也是生须的,我便要为了这个和你挑畔决斗。你是何居心?

康瓦　我的奴才!〔拔剑〕

甲仆　那么你过来，领取我的义愤吧。〔拔剑相斗，康瓦负伤〕

瑞干　把你的剑给我。奴才如此猖狂!〔取剑自后刺〕

甲仆　啊!我被杀了。大人，你还有一只眼睛能看见他受报应。啊。〔死〕

康瓦　否则他还要看见得更多，我先下手吧。出来，一汪的臭黏浆!现在你的光明在哪里?

格劳斯特　一片黑茫茫，没有乐趣。我的儿子哀德蒙在哪里?哀德蒙，燃起你的所有的孝心来报复这件惨事。

瑞干　滚出去，奸诈的奴才。你喊叫的原是恨你的人，是他向我告发你的阴谋的，他是太好的一个人，他不会怜悯你的。

格劳斯特　啊，我的糊涂!那么爱德加是委屈了。天呀，饶恕我，保佑他!

瑞干　把他驱出门外，让他用鼻嗅着到多汶去吧。〔一仆带格劳斯特下〕怎样了，丈夫?你怎么是这个样子?

康瓦　我受伤了。随我来，夫人。把那没眼睛的奸臣赶出去，把那奴才掷到粪堆上。瑞干，我的血流得很快，不幸中了这伤。你扶着我。〔瑞干引康瓦下〕

乙仆　这人若得好的报应，我做什么恶事我也不怕了。

丙仆　她若能长寿，并且善终，女人会要都变成妖怪哩。

乙仆　我们跟着那老伯爵去，找那个疯子引他到他愿去的什么地方去吧。他的游荡的疯性会使得他自己无处不去的。

丙仆　　你先去，我取一点麻和蛋白，包扎他的淌血的脸，上天保佑他吧！〔分途下〕

注释

[1] 原文 codpiece 原为男人裤上容纳阳物之一部，此处即指阳物而言。

[2]“预言”一段与剧情无关，疑系伪作。四开本均不录。且前后语气亦不贯串。或谓一二两行系反语，其他各行则均系理想社会的描写。梅林（Merlin），古英国之预言者，见阿塞王故事中。

[3] 作水手探水时之呼声。

[4] 古歌谣之一句，无意义。

[5] 最后一句亦采自古歌谣，无意义。

[6] St.Withold 即 St.Vitalis，专降梦魇。

[7] 斯毛金（Smulkin），及上文之弗里伯蒂吉伯特（Flibbertigibbet），下文之谋都（Modo）、麻胡（Mahu），第六景之佛特莱图（Frateretto）、赫破胆斯（Hopdance），均恶魔名。

[8] 蒂毕斯人系西欧最先采用字母的。

[9] 雅典人，即学者之谓。

[10] 古歌谣之一段。

[11] Nero，典出 Rabelais：*History of Gargantua*，II 30.

[12]“马在兽中为最易致疾者”（约翰孙）。有人改 health 为 heels，因俗谚“犬牙马蹄不可靠”。

[13] 古歌谣。或谓白西即伊利沙白女皇。此歌作于一五五八年，即女皇登位之日，歌为伊利沙白与英格兰之对白。

[14] 角器，即疯丐行乞时颈间所悬之牛角，沿户吹之作响，乞得饮食，则于角端加塞，注入其中。

第四幕

第一景：荒野

爱德加上。

爱德加 这样明明地受人鄙夷，且比受人鄙夷而表面上受人恭维的好多了。走到命运中最低最贱的地步，倒是有希望的，没有什么可虑的。乐极才能生悲，否极便要泰来。那么，现在我欣然迎迓的空气呀，我欢迎你，被你吹得狼狈到了极点的人，倒不怕你的狂飙了。谁来了？

一老者引格劳斯特上。

我的父亲，由一个穷人引着？世界，世界，啊，世界！若非你的奇异的变迁使得我们恨你，谁也不甘心老死。

老者　啊，大人！这八十年来我做你的佃户，并且是你父亲的佃户。

格劳斯特　去吧！你去吧，好朋友。走吧，你的安慰对我一点益处也没有。他们会要伤害你。

老者　你自己看不见路。

格劳斯特　我没有路，所以也不需要眼睛。我有眼的时候，我反倒栽了筋斗。所以我们有能力的时候常常使得我们疏忽，有点残缺却正是我们的利益。唉！亲爱的儿子爱德加，你的被欺骗的父亲的怒气原是为你而发的。只要此生还能摸到你一下，我就算是又生了眼睛。

老者　什么！谁在那边？

爱德加　〔旁白〕啊，天呀！谁能说，“我现在是最倒霉的”？我现在是比以前更倒霉了。

老者　是那可怜的疯汤姆。

爱德加　〔旁白〕以后我还可以更倒霉呢。只消我们还能说“这是最倒霉的了”，最倒霉的就是还没有来到。

老者　朋友，你到哪里去？

格劳斯特　是一个乞丐吗？

老者　疯子，并且也是乞丐。

格劳斯特　他总还有一点理性，否则他不能行乞。昨夜风雨当中我遇见了这样一个人，使得我有人如虫豸之感。那时节我忆起我的儿子，可是我对他还没有什么好感，以后我才明白些。我们在天神掌里，等于是苍蝇在顽童手中，他们作为游戏就把我们杀了。

爱德加　〔旁白〕这是怎么回事？在哀痛当中装疯作傻，使得自己烦恼，也使他人烦恼，实在不是一件好事——〔向格劳斯特〕上帝祝福你，先生！

格劳斯特　就是那裸体的人吗？

老者　是的，大人。

格劳斯特　那么请你去吧。在向多汶的路上，离此一二英里之处，你就可以追上我的，看在多年友谊的分上请你随后就来吧。来时给这裸体的人带件衣裳来，我要请他引路。

老者　哎呀，先生，他是疯子。

格劳斯特　在这倒霉的年头，疯子正好引导瞎子。按照我说的做去，或是随你的便去做吧。最要紧的是，请你走。

老者　我就把我的最好的衣服给他带来，不管我遇到什么不幸。〔下〕

格劳斯特　喂，裸体的人——

爱德加　可怜的汤姆冷了。〔旁白〕我实在不能再装疯了。

格劳斯特　朋友，走过来。

爱德加　〔旁白〕可是我还得装疯。上帝保佑你的两眼，都流血了。

格劳斯特　你知道到多汶去的路吗？

爱德加　梯阶、关隘、马路、小径，我全知道。可怜的汤姆可吓疯了。你是好人的儿子，上帝保佑你躲开恶魔，五个恶魔同时附在可怜的汤姆身上。色鬼，欧毕底卡特；哑鬼，耗毕底丹斯；偷窃鬼，麻胡；杀鬼，谋都；还有丑脸鬼弗里伯蒂吉伯特，他后来又附在侍女仆妇身上。上帝保佑你，先生！

格劳斯特　天灾使得你甘受一切苦难，来，给你这钱囊，因为我很狼狈，所以我要使得你更幸福些。上天呀！永远这样安排吧，那些太富足的纵欲享乐的人，玩视天降的祸福，本身没尝受到苦难便不知人世艰辛，快让他们领略你的威权吧。分配平匀便可打破过度的财富，每人都可足给了。你认识多汶吗？

爱德加　认识的，先生。

格劳斯特　那边有一座岩石，高耸的悬崖很雄伟地下临大海，把我带到那山岩的边上去，我便把随身的一点宝贵的东西给你去改善你的生涯。到了那地方我就不再需要人引路了。

爱德加　伸过手来，可怜的汤姆来引导你。〔同下〕

第二景：阿班尼公爵邸前

刚乃绮与哀德蒙上。

刚乃绮　欢迎，伯爵。我的丈夫没有在中途迎我，我觉得很怪。〔奥斯瓦上〕你的主人在哪里？

奥斯瓦　夫人，就在里面呢，但是从来没有人变得这样厉害。

我告诉了他有军队登岸，他笑笑；我告诉他你来了，他回答 说，“更糟”；我又告诉他格劳斯特的阴谋，以及他的儿子的忠诚，他骂我作糊涂虫，说我完全把是非颠倒了。他应该不欢喜的事情似乎是很得他的欢心，应该喜欢的事情似乎很惹他烦恼。

刚乃绮　〔向哀德蒙〕那么，你不必再向前走了。这是他的精神怯懦，所以不敢振作，那使得他挺身而斗的侮辱，他不感觉。我们路上谈过的事是可以实现了。哀德蒙，回到我的妹夫那里去，催促他的招募，引导他的队伍。我要在家里交换武器，把纺竿交给我的丈夫。这个可靠的仆人可以给我们传达消息。如其你为了你自己的福利敢冒险进取，你不久就可以听到情妇的命令。你戴着这个吧，不必说了。〔给纪念物〕低下头来，这一吻，如其敢说话，会使你有无限希望。你意会吧，再见。

哀德蒙　我愿为你效死。

刚乃绮　我的最亲爱的格劳斯特！〔哀德蒙下〕啊！人和人之间有多么大的分别！一个女人是应该把她自己奉献给你的，我的蠢夫僭夺了我的床。

奥斯瓦　夫人，公爵来了。〔下〕

阿班尼上。

刚乃绮　当初我是值得你一顾的呀。

阿班尼　啊，刚乃绮！现在你的价值还比不上那狂风吹到你脸上的尘埃。你是如此地忘本，我恐怕你的心情是不受约束的。自己从主干上割裂下来的女人，一定是要枯死变成干柴。

刚乃绮　不用说了，无意识的老生常谈。

阿班尼　至理良言由卑鄙的人看来便像是卑鄙的，龌龊的只喜欢龌龊的。你干得是什么事？虎，不是女儿，你们做下了什么事？一个父亲，一个慈祥的老人，牵着头的熊都会要舐他的脸，野蛮极了，下流极了！你竟把他逼得发疯。我的襟弟居然准你这样做？受他若许恩宠的一个人，一个贵胄！如其上天不快快地遣下现形的天使来节制这些罪行，结果必致人类互相吞噬如海怪一般。

刚乃绮　鼠胆的人！你有一个挨耳光的脸，一个受辱的头，你的额间没有一只能分辨荣辱的眼，你不晓得只有蠢人才怜悯那些因了为恶未遂而受惩罚的坏痞。你的战鼓在哪里？法兰西王已经在我们的宁静的国土张开了旗帜，戴着羽饰的盔甲威吓着要杀你，而你，一个讲道德的傻瓜，静坐不动，喊着："哎呀！他为什么要如此？"

阿班尼　看看你自己吧，恶魔！恶魔的丑态还没有女人的丑态来得怕人哩。

刚乃绮　啊，夸口的蠢材！

阿班尼　你这外貌像人的东西，好不害羞，别露出怪相来吧。如其我可以令我的手服从我的血气，便立刻可以打脱你的骨节撕裂你的肉，可是虽然你是一个恶魔，女人的形体蔽护了你。

刚乃绮　　哼，你的丈夫气概——呸！

一使者上。

阿班尼　　有什么消息？

使者　　啊！大人，康瓦公爵死了，在要挖取格劳斯特的第二只眼的时候，被他的仆役杀死。

阿班尼　　格劳斯特的眼！

使者　　他豢养大的一个仆人，激于怜悯之心，反对这件行为，用剑指着他的主人。主人恼怒便迎上前去，格斗之下便把他杀死了，但是他也受了致命伤，随后就死了。

阿班尼　　这证明苍天尚有公理，下界的罪恶这样快地遭了报复！但是，啊，可怜的格劳斯特！他的那只眼也损失了吗？

使者　　两只，两只。夫人，这封信要立刻答复，这是你的妹妹写来的。

刚乃绮　　〔旁白〕这事情在一方面使我很高兴。但是她现在是个寡妇了，我的格劳斯特又在和她一处，就许摧毁了我的全盘计划，一生不得美满。不过在另一方面这消息并不这样坏。〔向使者〕我看过之后就回答。〔下〕

阿班尼　　他们挖他的眼睛的时候，他的儿子在哪里？

使者　　随着夫人到这里来了。

阿班尼　　他没有在这里。

使者　　是没有，大人，我遇见他又回去了。

阿班尼　　他知道这毒辣的事吗?

使者　　知道了，大人。就是他给告发的，故意离开家里好让他们自由处置他。

阿班尼　　格劳斯特，我此生的目标即是要报答你对国王的忠诚，并且为你的双眼报仇。过来，朋友，你还知道什么都告诉我。〔同下〕

第三景：多汶附近法军营

坎特及一绅士上。

坎特　　你知道为什么法兰西王这样急促地回去了?

绅士　　他在国内有点什么事没有办好，来到此地又想起来了，这事和国家安危颇有关系，亲自回去是必要的。

坎特　　他留下了谁做总司令?

绅士　　法兰西的元帅，拉法先生。

坎特　　你的信可曾感动王后做出什么悲恸的样子?

绅士　　是的，先生。她接过去，当面读了。大泪珠不时地从她的嫩腮上淌下来，好像是她极力地要镇定她的情感，而情感却像叛徒一般要克服她。

坎特　　啊！那么是感动她了。

绅士　可是并未发作。忍耐与哀痛争着要表现她的最优美的样子。你看见过同时出太阳下雨，她的微笑与眼泪恰似这样，并且更好看些。在她的圆熟的唇上流连着的微笑，像是不知道她的眼里有什么样的客人，那客人去时就像珍珠从钻石上坠下一般。简单说，假如人人都能把悲哀变成这样的妩媚，悲哀该是一件最可宝贵的珍品哩。

坎特　她没有说什么吗?

绅士　有一两次她喘息地叹出一声“父亲”，好像是压着她的心头似的，又叫着:“姐姐们！姐姐们！女性之羞！姐姐们！坎特！父亲！姐姐们！怎么，在风雨里？在昏黑里？别相信人有慈悲心吧！”于是她从眼上洒下了圣水，湿润了她的愤怒，便走开私下哀伤去了。

坎特　是天上的星辰支配着我们性格，否则一对夫妇不能生出这样不同的儿女。你以后没和她谈话吗?

绅士　没有。

坎特　这是在国王回去以前的事吗?

绅士　不，以后。

坎特　好，先生，可怜无告的李尔现在城里，他有时神志清醒些，还记得我们来此是做什么的，只是不愿去见他的女儿。

绅士　为什么呢，先生?

坎特　极度的羞惭总是在旁提醒他，他自己曾经非常严峻，对她毫无恩情，把她驱逐到外国漂泊，把她应得的权益分给了他的狗心肠的女儿——这些情形刺在他的心上以致羞愧不好去见考地利亚。

绅士　哎呀！可怜的人。

坎特　你没有听说阿班尼和康瓦的军队出动吗?

绅士　是的，正在前进。

坎特　好，先生，我带你去见我们的主上李尔，并且留你服侍他。因为有一点重要的缘故，我暂且要把真名隐起，等到我的真名显露的时候你将不致悔恨和我有这一番结识。请你和我去吧。〔同下〕

第四景：多汶附近法军营中一幕

旗鼓喧扬中考地利亚、医生及军士等上。

考地利亚　哎呀！说的就是他。唉，方才有人遇见他时，疯狂得像海一般地汹涌，高声歌唱着，戴着地烟草、莠草、荆棘、毒芹、荨麻、杜鹃花、毒麦，以及一切杂在粮谷中间生长的乱草编成的冠。派一百名去，搜查每亩丰盛的田地，把他带来。〔一官佐下〕什么是我们人力所能做到的，若要恢复他的受创的神经？能疗治他的人，我把所有的财产送给他。

医生　有法子的，夫人。安眠便是我们人体的营养物，他缺乏的便是安眠。催他安眠有许多有效的药，足以使他合上苦痛的眼。

考地利亚　土里藏着的一切的灵效的秘药，受我的泪水浸润便滋长出来吧！快来疗治这个好人的苦楚！寻，寻他去，否则他发作起来会伤害了他的没理性引导的性命。

一使者上。

使者　有消息报告，夫人，不列颠的军队正向这里进发。

考地利亚　早已知道了，我们正在严阵以待。啊，亲爱的父亲！我现在干的事是为了你，所以法兰西王也怜悯了我的哀伤和泣求。我们动兵并非激于野心，而是为了爱，亲挚的爱，和我的老父的权利，但愿我早些寻到他，见到他！〔众下〕

第五景：格劳斯特堡内一室

瑞干与奥斯瓦上。

瑞干　我姐夫的军队出发了吗？

奥斯瓦　是的，夫人。

瑞干　他亲自出马了吗？

奥斯瓦　夫人，很费了一番事，你的姐姐倒是较勇敢的军人。

瑞干　　哀德蒙伯爵没有在家里和你的主人谈话吗?

奥斯瓦　　没有，夫人。

瑞干　　我姐姐写给他的信可是为了什么事?

奥斯瓦　　我不知道，夫人。

瑞干　　老实告诉你，他为了紧要的事急速地走了。格劳斯特瞎了眼，而还留他活着，这实在是蠢极了。他到了哪里就会激动所有的人反对我们。哀德蒙此去，我想，大约是怜悯他的苦痛去结果他的暮年。并且，还许是侦察敌人的兵力。

奥斯瓦　　夫人，我一定要拿着这封信去追他。

瑞干　　我们的军队明天出发，你留在我们这里吧，路上很危险。

奥斯瓦　　我不能留，夫人。我的女主人有严命吩咐我办这事。

瑞干　　她为什么要给哀德蒙写信呢？你不可以口头把她的意思说一遍吗？大概是，有点什么——我不知道。我必重重酬谢你，让我打开这封信吧。

奥斯瓦　　夫人，我还是不——

瑞干　　我知道你的主妇不爱她的丈夫，我敢说一定。上次她在此地，对哀德蒙不断地眉目传情。我知道你是她的心腹人。

奥斯瓦　　我，夫人!

瑞干　　我说这话是有所见的。你是的，我知道，所以我劝你，要注意这一点。我的丈夫是死了，我和哀德蒙已经商谈过了，他和我结婚是要比和你的主妇结婚方便些。你可以自己忖量一下。你若是遇到他，请你把这个给他，你的主妇听到你这报告的时候，请她多多地用点理性。好，再会吧。你若是碰巧听到那个瞎眼叛徒的下落，你要知道谁杀死他谁受上赏。

奥斯瓦　但愿我能遇到他，我就要表示出我是哪一面的人。

瑞干　再会。〔同下〕

第六景：多汶近乡

格劳斯特及爱德加作农夫装上。

格劳斯特　什么时候我才能上得那山顶?

爱德加　你现在就是爬着山呢，看我们多么吃力。

格劳斯特　我以为路是平的。

爱德加　陡得可怕。听！你听见海声了吗?

格劳斯特　没有，真的。

爱德加　那么，你是因为眼痛而别的感官也不灵了。

格劳斯特　也许是，真的。我觉得你的声音变了，你现在说话比方才来得有条理。

爱德加　这是你错误了。除了衣服之外我是什么也没有改变。

格劳斯特　我觉得你说话好一些。

爱德加　来吧，先生，就是这个地方，站住了。向这样深的地方看下去是多么眩晕可怕！半空中飞着的乌鸦和赤脚鸦还没有甲虫大哩。半山腰悬着一个采药草的，好可怕的事业！我想他现在也就和他的头那般大。在岸上走的渔人像是老鼠，那边停着的高船像是一只小舢板，那舢板又像一个浮标几乎不能辨视了。潺潺的波浪冲在无数的碎石上，在这样高处是听不到的。我不再望了，否则看得头晕要倒栽下去。

格劳斯特　领我到你站着的那地方。

爱德加　我拉着你的手，现在你离边沿只有一尺了，无论如何我也不愿跳一下的。

格劳斯特　放我的手。朋友，这又是一个钱袋，里面有一颗宝石是值得穷人收受的。天神保佑你！你走远些，你向我告辞吧，让我听着你走。

爱德加　再会了，先生。

格劳斯特　再会了。

爱德加　我所以拿他的烦恼来开心，只是为疗治他的烦恼。

格劳斯特　啊，天呀！我抛弃这尘世，并且当着你宁静地摆脱我的巨痛。如其我能再多忍受些时，不立即和你的不可抵御的意志相冲突，我的残烬余生也就要自行毁灭了。假如爱德加是还活着，啊，上帝保佑他，朋友，再见吧。〔向前倒〕

爱德加　我走了，先生，再会。〔旁白〕我不知道，在自愿求死的时候，这神经作用会不会真把他的性命劫去。如其他真是在他所想象的地方，这时节他早死了。活着还是死了？〔向格劳斯特〕喂，先生！朋友！

你听见吗，先生？你说！他真许就这样死了，可是他又活了。你是什么人呀，先生？

格劳斯特　去，让我死。

爱德加　你若不是游丝、羽毛、空气，从这样高陡的地方下来，你早碎得像蛋了。可是你还能喘气，有坚实的躯体，不流血，能说话，很康健。十支桅墙接起来没有你照直跌下来这样地高，你得不死真是奇迹。你再说句话。

格劳斯特　但是我究竟摔下没有？

爱德加　从那白岩的边境上摔下来。抬头往高处看，离这样远就是尖喉咙的百灵鸟也看不见听不见了，你只消向上看。

格劳斯特　哎呀！我没有眼睛。苦恼的人连自杀的权利都被剥夺了吗？苦恼之极而能骗过了命运的残暴，摧毁了他的骄意，那也是一种慰安呢。

爱德加　把手伸过来，起来，好。觉得怎样？觉得两腿无事吧？你站得好好的。

格劳斯特　太好了，太好了。

爱德加　这实是太神奇了。在那山顶上和你作别的是什么人？

格劳斯特　一个可怜的不幸的乞丐。

爱德加　我站在这底下，却以为他的眼睛像是两个满月。他有一千只鼻子，两只角弯得像是波浪，必是个什么怪物。所以，你这幸运的老者，你要知道，明鉴的天神善能做出人类所不能做到的事，这回拯救了你。

格劳斯特　现在我醒悟了。以后我必忍受苦痛，等到苦痛向它自身喊“够了，够了”，然后再死。你说起的那东西，我误以为是个人，他口里不断地说着“魔鬼，魔鬼”的，他引我到了那个地方。

爱德加　现在可以放心了。是谁来了？

李尔怪装缀花上。

国王若是头脑清醒时必不至打扮成这样。

李尔　不，他们不能处我以冒充之罪，我即是国王本身。

爱德加　啊，你这令人看着心痛的样子！

李尔　在这一点上，本性不是模仿得来的。那是你的定钱。那个家伙拿弓的姿势像是一个惊鸟的村夫，引满一支一码长的箭。看，看！一只老鼠。静，静！这一块烤酪饼就行了。那是我掷下的铁手套，为了这个我敢和一个巨人拼斗。把擎褐戟的军队唤来。啊！飞得好，鸟，中的了，中的了！呦！口令！

爱德加　甜牛膝草。

李尔　通过吧。

格劳斯特　我认得这声音。

李尔　哈！刚乃绮，有这样的白胡须！他们都狗似的谄媚我，说我没生黑胡子之前就已经有了白胡须的风度。我说什么，他们便跟着唯唯否否！这种唯唯否否不是充分的信仰。雨把我打湿了的时候，风吹得我抖的时候，雷声不受命停止的时候，我看穿他们了，我嗅出他们来了。去吧，他们不是信实的人，他们说我是万能的，那是谎，我不是能不染疟的。

格劳斯特　这口音很特别，我记起来了，莫非是国王吗？

李尔　是的，完完全全地是一个国王。我一瞪眼，看看人民如何战兢。我饶赦那人一命。你犯的是什么情由？通奸？你不至死，因犯奸而死！不能。鹪鹩在交尾，小金蝇也当着我面宣淫。让交媾的事繁盛起来吧，因为格劳斯特的私生子对待父亲还比我的正当床第之间生出来的女儿们要孝顺些。纵淫吧，狂放的！因为我缺乏战士。看那边痴笑的女人，她的脸色表示出她的两腿之间是雪一般贞洁，假装出正经，听说色欲的事便摇头，其实干起事来这淫妇比臭鼬或是喂了鲜草的马还兴致勃勃哩。自腰以下她们是半人半马的妖怪，虽然上半截全是女人。仅仅腰带以下是属于神的，以下全是妖魔的，那里有地狱，有硫黄窟，烧着，恶臭，腐烂。噫，噫，噫！呸，呸！给我一两麝香，好药师，薰薰我的脑筋，这是给你的钱。

格劳斯特　啊！让我吻那手！

李尔　先容我擦擦，手上有死人味。

格劳斯特　啊，残毁了的自然杰作！这伟大的人格就要这样消沉尽了。你认识我吗？

李尔　你的眼我是很记得的。你斜眼看我吗？不，施展你的最厉害的手段吧，瞎邱比得。我偏不恋爱。你读读这挑战书，只消看看这写法。

格劳斯特　这些字纵然都是太阳，我也看不见。

爱德加　〔旁白〕假如这是传闻，我必不信，现在是实在的，我真伤心极了。

李尔　读吧。

格劳斯特　什么！用眼眶来读吗？

李尔　啊，啊！你是这个意思吗？你的头上没有眼，袋里也没有钱？你的眼是很沉重，你的袋是很轻松，但是你还能看见这世界是怎个样子。

格劳斯特　我深切地摸着看见了。

李尔　什么！你疯了？一个人没有眼也能知道这世界是怎个样子？用你的耳朵看，看那边的那个法官何等严厉地申斥那个贱贼。听，用你的耳朵听，他们换了位置。你挑选吧，哪一个是法官，哪一个是贼？你看见过农夫的狗向一个乞丐吠吗？

格劳斯特　看见过，先生。

李尔　并且乞丐就躲开狗跑？在这种地方你便可看出权势的模型，在权位中的狗也可以服人。你这个流氓相的教区小吏，慢下毒手！你为什么抽打那个娼妇？袒裸你自己的背，你是那样地奸淫了她，反因此又来鞭挞她。放阎王账的人也来惩处骗子。小的毛病要从褴褛的衣服里显露出来的，长袍大裘便可遮掩一切；给罪恶穿上金甲，公理的利剑便不能刺伤；给罪恶披上破衣，小小的一根干草就可以戳穿。没有人犯罪，没有一个，我敢说没有。我担保他们。我的朋友，你听从我的话，我有力量封住原告的嘴唇。戴上眼镜，像个卑鄙的政客一般，假装看见了你所看不见的东西。好，好，好，好。脱下我的靴子。用力，用力，好。

爱德加　〔旁白〕啊！一半有理，一半胡说。神经错乱了！

李尔　你若是想哭我的不幸，拿我的眼睛去。我很认识你，你的名字是格劳斯特。你一定不要响，我们是哭着到这世上来的，你知道我们初次见天日，便是呱呱地哭。我要向你讲道，听着。

格劳斯特　哎呀！哎呀！

李尔　我们一生出来，我们便哭，因为我们来到了这个群丑的台上。这是一顶样式很好的毡帽！一群马队，马蹄上都钉了毡[1]，倒是一条妙计。我要试试看，我偷偷冲到这些女婿面前时，便杀，杀，杀，杀，杀，杀！

一绅士偕侍从等上。

绅士　啊！他在这里。扶住他。先生，你的最亲爱的女儿——

李尔　没人来救我吗？怎么！被捕了？我真是生来受命运播弄的。好好待我，你可以得到赎金的。给我请外科医生来，我被砍伤到脑子了。

绅士　你要什么将有什么。

李尔　没人帮我？我独自一个？唉，这可以使一个人变成为一个泪人儿，把眼睛当作花园喷壶，对了，还可以洒灭秋天的尘土。

绅士　先生——

李尔　我要像新郎似的勇往直前地就死。什么！我要欢乐。来。我是一个国王，众位，你们知道吧？

绅士　你是一位英主，我们敬服你。

李尔　那么还有性命可保。不，你们若想得到它，得要跑着去。沙，沙，沙，沙。〔下。侍从等随下〕

绅士　最贱的平民落得这步田地，也是顶可怜的景象，国王而如此，那就不可说了！你有一个女儿，她挽救了被那两个女儿所累而遭众人唾骂的人伦。

爱德加　你好，先生！

绅士　先生，上天保佑你，有何见教？

爱德加　你可听说，先生，有什么战事迫近了？

绅士　的确的。人人晓得的，凡是能听见声音的人都听说了。

爱德加　但是，请原谅。对方军队离此多么近？

绅士　很近，并且进行甚速，大队人马随时可望得到。

爱德加　多谢，先生。没有别的事。

绅士　王后虽然为了特别缘故还在此地，她的军队已经开出去了。

爱德加　多谢，先生。〔绅士下〕

格劳斯特　慈悲的天神，你令我死吧，别令我又被私心所诱而在你准许以前觅死！

爱德加　你祷告得好，老者。

格劳斯特　喏，你是谁？

爱德加　一个顶穷的人，甘受命运的打击。因亲受一切深刻的苦痛的教训，对别人是抱怜悯心的。把手递给我，我引你到一个安身的地方去。

格劳斯特　诚心地感激，愿上天降福无穷，无穷！

奥斯瓦上。

奥斯瓦　悬赏通缉的人！巧极了！你这无眼的头便是生来为我发财的。你这老年不幸的叛徒，快快反省忏悔吧，杀你的刀已经拔出来了。

格劳斯特　请你帮帮忙在手上多用点力吧。〔爱德加阻隔之〕

奥斯瓦　为什么，大篑的村夫，你敢回护一个通缉的叛徒？去，否则他的厄运也要沾染到你的身上。放开他的胳臂。

爱德加　若没有别的缘由我是不放手的。

奥斯瓦　放手，奴才，否则你要死的。

爱德加　好先生，你走你的路，放穷人过去吧。如其我的性命是可以给人吓掉的，我便活不到这样长，两星期前便早完了。去，别走近这个老人。走开，我警告你，否则我要试试是你的脑袋还是我的棍子硬些。我是很率直的。

奥斯瓦　滚你的，粪堆！

爱德加　我要敲掉你的牙，先生。来，不怕你刺。〔二人交战，爱德加将彼击倒〕

奥斯瓦　奴才，你杀死我了。恶棍，拿去我的钱袋。你若还愿有一朝发迹，得把我的尸首葬埋，并且把我身上带着的信送给格劳斯特伯爵哀德蒙。到英国军队里去寻他。啊！死于非命。〔死〕

爱德加　我很认识你，很有用的小人，专门佐助你的主妇无恶不作。

格劳斯特　什么！他死了吗?

爱德加　你坐下来，老者，休息一下。我们看看他的衣袋，他说起的信件也许对我是有用的。他是死了，我抱歉的只是没有刽子手来行刑。我们来看看，对不住，封蜡，礼貌，请莫怪罪，为了探悉我们的敌人的心理，我们不惜撕裂他们的心，撕开他们的信，当然是更合法的了。

“请别忘记我们互相发的誓约。你有很多机会可以铲除他，只消你的意志坚决，时间地点总会是很易得的。如其容他胜利归来，我们便是毫无进展可言，那么我便成了囚犯，他的床便是我的监牢。请你把我从那可厌的床褥之间解救出来吧，你来占据那位置，作为是你的酬劳。

你的——妻，我愿如此写——你的亲爱的奴婢，刚乃绮。”

啊，女人心之不可测！谋害她的良夫的性命，改姘我的弟弟！奸杀不法的信使，我把你埋在此地的沙土里，等时机成熟再把这可耻的一纸拿给那险遭暗算的公爵看。他必愿意听我述说你的死以及你的任务。

格劳斯特　国王是疯了，我的理性是何等倔强，居然还能矗立，清晰地感觉着我的创深痛巨！我若疯了倒好些，那时候我便可不想念我的悲哀，迷惘中的哀痛亦不自

觉。〔遥闻鼓声〕

爱德加　　伸过手来。远远地我似乎听见鼓响。来，老者，我送你到一个朋友处去。〔同下〕

第七景：法兰西营中一幕

考地利亚、坎特、医生及一绅士上。

考地利亚　　啊，你这好坎特！我这一生怎样才能报酬你的好处？我的一生是太短，怎样做都不行。

坎特　　夫人，承你赞许便是过分的报酬了。我的报告全系实情，没有增益，亦没有删削，而恰是如此。

考地利亚　　去换身衣服吧，这一身衣裳是遭难时节的纪念，请你，换了吧。

坎特　　请原谅，夫人，现在就现出真相恐于我的既定计划有妨，我恳求你作不认识我的样子，等到我认为适宜的时候为止。

考地利亚　　那么就这样办——〔向医生〕国王现在如何？

医生　　还睡着呢，夫人。

考地利亚　　啊，慈悲的天神，救治他精神受虐的重创！这个被儿女气疯了的父亲，他的神经都错乱失谐了，啊，快给调整了吧！

医生　请示陛下我们可否把国王叫醒？他睡得很久了。

考地利亚　你自己酌量，随你办理。他换上衣服了吗？

李尔坐轿由众仆抬上。

绅士　换了，夫人。乘他睡得沉着，我们给他换上新衣服了。

医生　夫人，你站在旁边，当我们唤醒他的时候，我相信他的神志很清醒了。

考地利亚　好吧。〔奏乐〕

医生　请你，走近些。那边的音乐再响一些！

考地利亚　啊，我亲爱的父亲！愿我的唇上有恢复元神之功，这一吻便能补救我的两个姐姐对你的迫害！

坎特　好一位仁和敦厚的公主！

考地利亚　纵然你不是她们的父亲，这一片须发斑白也该引出她们的怜悯。这样的脸竟由着狂风吹打？在可怖的雷霆之下抗衡？在迅急的骇电之下抵御？——可怜的哨兵！——戴着这样单薄的盔甲守夜？我的敌人的狗，虽然咬过我，这一夜也得准它到我炉边向火。可怜的父亲，你和猪与浪人躲在一个茅棚底下，在一堆发霉的短草里避雨，你是否已经很知足了？哎呀，哎呀！你的性命和神经没有一齐消灭，倒真是怪事哩。他醒了，和他说话。

医生　夫人，你说，这是最合适的。

考地利亚　父王觉得怎样？陛下觉得怎样！

李尔　你把我从坟里拉出来，你反倒害我了。你是享福的灵魂，但我是缚在火轮上的，我自己的泪像熔了的铅一般烫着我自己。

考地利亚　陛下，你认识我吗？

李尔　你是一个鬼，我知道。你是什么时候死的？

考地利亚　仍然，仍然是疯疯癫癫的。

医生　他还没有很醒，暂且不要理他。

李尔　我到哪里去了？我现在什么地方？美好的白昼？我是受了大骗。我若看见别人落到这个地步，我也要悲悯而死。我不知道说什么好。我不敢发誓说这是我自己的手，我试试看，我觉得这针刺得痛。但愿我能确知我的处境！

考地利亚　啊！请看看我，伸手祝福我，不，你别跪。

李尔　请你别愚弄我，我是一个很糊涂的老头子，足足的八十多岁。并且，老实说，我恐怕我的脑筋不十分清楚。我以为我该认识你和这一个人，但是我没有把握，因为我完全不晓得这是什么地方，凭我的所有的理解，我也记不起这是我的衣服，我也不知道昨晚是睡在哪里。别笑我，我敢说这位夫人即是我的女儿考地利亚。

考地利亚　我是的，我是。

李尔　你的泪还湿着？是的。你别哭了。你若是有毒药给我，我就喝。我知道你不爱我，我记起来了，你的姐姐们都负了我，你是有点理由不爱我的，她们却不该。

考地利亚　没有理由，没有理由。

李尔　我是在法兰西吗？

坎特　　在你自己的国里呢。

李尔　　别骗我。

医生　　你放心吧，夫人。他的大病已除，不过若详细告诉他经过的情形，还是危险的。请他进去吧，不要搅他，等他再安静一些。

考地利亚　　陛下请回吧。

李尔　　你一定要宽恕我。请你忘怀并且原谅，我是老糊涂了。〔李尔、考地利亚、医生及侍从等下〕

绅士　　康瓦公爵真是这样被杀的吗?

坎特　　千真万确的。

绅士　　现在谁统率他的部下?

坎特　　据说是格劳斯特的私生子。

绅士　　听说他逐出的儿子爱德加现在和坎特伯爵在日耳曼呢。

坎特　　消息是可以变更的。现在可该提防着，本国的军队很快地前来了。

绅士　　结果恐怕很惨。再会，先生。〔下〕

坎特　　我的计划失败或成功，
全系在今天的决战中。〔下〕

注释

[1] 自是疯话，但“莎士比亚生前五十年曾经实行过”。(马龙)

第五幕

第一幕：多汶附近英军营

旗鼓中哀德蒙、瑞干、官佐、军士及他人等上。

哀德蒙　去探知公爵是坚执他的原意，还是后来受人劝诱改了方针。他是逡巡善变的，把他的决心报告给我。〔一官佐衔命下〕

瑞干　我姐姐的仆人必是遭了意外。

哀德蒙　恐怕是如此，夫人。

瑞干　我的好人，你知道我对你的好意了。现在你要告诉我，实在的，要说真话，你爱不爱我的姐姐?

哀德蒙　不伤名誉的爱是有的。

瑞干　但是你从没有追随着我的姐夫一尝禁脔吗?

哀德蒙　你这样想就错了。

瑞干　　我恐怕你已经和她交合亲昵过了，所以我不能不说你是她的了。

哀德蒙　　没有过，我以名誉为誓。

瑞干　　我是容不得她。亲爱的，别和她要好。

哀德蒙　　不用为我担忧。她和她的丈夫来了！

旗鼓，阿班尼、刚乃绮及军士等上。

刚乃绮　　〔旁白〕我宁愿吃一败战，也不愿让我的妹妹把他和我离间开。

阿班尼　　贤妹，今日幸得相遇。先生，我听说，国王和一些别人都到他的女儿那里去了，受了我们的苛待不得不去诉苦。凡非正大光明的事，我是不肯勇往直前的，至于这件事，对于我们关系重大，因为法兰西王侵犯了我们的国土，我恐怕他并非来扶助国王等人，虽然他们其实是有充分理由来动干戈的。

哀德蒙　　先生，你说得很正大。

瑞干　　讨论这个做什么？

刚乃绮　　我们要一致对外，至于内部纠纷在此地用不着谈。

阿班尼　　我们就和几位军中宿将商决进兵的事吧。

哀德蒙　　我就到你的帐幕里去谈。

瑞干　　你和我们一同去吧，姐姐。

刚乃绮　　不。

瑞干　　这样最好，你和我们来吧。

刚乃绮　　〔旁白〕啊喝！我知道你的诡计。〔高声〕我去。

爱德加化装上。

爱德加　如其大人和我这样的穷人说过话，请听我一言。

阿班尼　我随后赶去。说吧。〔哀德蒙、瑞干、刚乃绮、官佐、军士及侍从等下〕

爱德加　你在开战之前，先打开这封信。如其战胜，你便可鸣号为记，我便再来，我虽卑鄙不足道，我能带来一名战士，他可以证明这里面声述的事实。如其你遭了不测，那么你的人也就告终，阴谋也必自息。祝你幸运！

阿班尼　等我读完这信再走。

爱德加　我奉令不准停留，俟有机缘，只消鸣号，我便再来。

阿班尼　那么再会了，我要看看你的信。〔爱德加下〕

哀德蒙上。

哀德蒙　敌人已经出现了，快集合你的队伍。据勤加侦察的结果，我们已经可以估量出他们的兵力，可是你要急速准备。

阿班尼　我们会临机应付的。〔下〕

哀德蒙　对于姐妹两个我都许下了爱。这个猜忌那个，就如被蛇咬过的人之猜疑毒蛇一般。两个之中我要哪一个？两个都要？只要一个？一个也不要？两个都活着，我便一个也享受不到。要寡妇，把她的姐姐刚乃绮要气疯了，她的丈夫还活着，我也难得如愿以偿。目前我还可利用他协助作战。事毕之后，让那嫌弃他的那个女人自己设法谋害他。至于他对李尔和考地利亚的同情，战争结束了之后，他们落在我的掌里，他休想能得到赦免。

我现在的情形，
是抵抗不是辩争。〔下〕

第二景：两军之间的战场

内喇叭鸣。旗鼓喧扬中，李尔、考地利亚率军上，众下。爱德加及格劳斯特上。

爱德加　老者，你就在这树荫下权且安身吧，但愿公理得伸。我若还能回来，我必有好消息奉告。

格劳斯特　祝你顺利！〔爱德加下〕

喇叭鸣，退军。爱德加上。

爱德加　走吧，老者！我拉着你的手，走！李尔王打败了，他和他的女儿都被捉了。我拉着你的手，快走。

格劳斯特　不用再走了，先生，就死在这地方也好。

爱德加　怎么！又想死了？一死犹如一生，均不可强求，随时准备即是。去吧。

格劳斯特　这话倒也不错。〔同下〕

第三景：多汶附近之英军营

旗鼓喧扬中哀德蒙凯旋上，俘虏李尔、考地利亚，官佐、军士等上。

哀德蒙　派几个人把他们带走，好好看守，等到上峰宣判之后。

考地利亚　怀善而遭恶报的事，在我们之前也有过。受压迫的王，为了你我是很懊丧，否则我自己并不把厄运放在心上。我们不见见这些做女儿做姐姐的吗？

李尔　不，不，不，不！来，我们到监牢去，只我们两个要像笼里的鸟一般歌唱，你要我祝福时，我便跪下，求你饶恕。我们便这样活着，祈祷、歌唱、讲老故事，笑那些纨绔的廷臣，听穷人谈朝中事。我们也和他们交谈，谁得宠、谁失势，谁在朝、谁下野，冒充了解一切事情的内幕，好像是上帝的暗探一般。我们就在监牢壁下，忘记那些无数的权贵结党营私，时而飞腾时而消逝。

哀德蒙　带他们走。

李尔　我的考地利亚，在这样的牺牲品上，天神自己都要洒上香料。我可得到你了吧？能分散我们的人一定要是从天堂带下一个火把，像薰狐狸一般冲散我们。揩揩你的眼，他们使得我们哭之前，瘟疫先要把他们连肉带皮吞下去，我们先看他们饿死。来。〔李尔、考地利亚被监视下〕

哀德蒙　过来，营长。听我说，你拿着这文件，〔付以文件〕随着他们到监牢。我已经给你升一级了，如其你按着这令行事，你要大大发迹的。你要知道，人是要在什么时候说什么话，心肠软不是军人本色。你的任务是不能谈的，你或者说干，或者另谋别的出路。

营长　我干。

哀德蒙　就干去，干完了便是你的运气。听我说——要立刻干，并且按照我所写下的行事。

营长　驾车或是吃雀麦我可不会[1]。只要是人做的事，我就干。〔下〕

奏花腔。阿班尼、刚乃绮、瑞干、官佐及侍从等上。

阿班尼　先生，你今天表现了你的勇敢的气概，命运很顺利。你把今天对敌的人都虏来了，我现在要你交出他们来，好按照他们的应得之罪和我们自己应有的保障，来处治他们。

哀德蒙　先生，我想这老年狼狈的国王是该监禁起来，所以派人看管了。他的年纪是颇有魔力的，他的名衔有更大的魔力，足以吸引民众的同情，使我们的军队对我们倒戈相向。我把王后也随他一齐送去了，理由也是一样的。明天，或是以后，你要审问的时候他们随时可到。现在我们的血汗未干，友朋离散。我们出师虽然有名，而兴奋之中身受战事之苦的人没有不咒骂的，考地利亚和她的父亲的问题改日再谈吧。

阿班尼　先生，对不住，我把你只当作是战时的一名部下，并非平等的人。

瑞干　那是要看我怎样待遇他，我想你说这话之前大可以问问我对这事的意思。他领率我的军队，代表我的本身和地位，这种全权的位置很可以站起来和你称兄道弟。

刚乃绮　别这样忙，他凭自己的功劳要比借你给他的衔称更足以抬高他自己的身份。

瑞干　我以全权授他，他可以和最高阶级的人平等。

刚乃绮　他若是做了你的丈夫，也不过如此。

瑞干　说笑话的人常是真的预言家。

刚乃绮　啊哈，啊哈！告诉你这话的那只眼是斜的[2]。

瑞干　我今天不舒服，否则我要以怒声相报。将军，我的军士、俘虏、产业，你全拿去这一切，连我本身，都由你打发。我的壁垒全是你的了，全世界的人听着，我现在使你成为我的夫君。

刚乃绮　你真想和他结合吗?

阿班尼　你没有力量防止。

哀德蒙　你也没有。

阿班尼　私生子，我有。

瑞干　〔向哀德蒙〕传令击起鼓来，证实我的权位是你的了。

阿班尼　等一等，听我说。哀德蒙，我以大逆不道之罪逮捕你。我逮捕你，同时也捉下这条灿烂的毒蛇。〔指刚乃绮〕我的姨妹，你的要求，我为了我的妻的利益不能不拦阻你，是她先和这先生订下了再嫁之约，我呢，我是她的丈夫，所以反对你的婚事。如其你要出嫁，最好向我求爱，因为我的妻是已经订婚了。

刚乃绮　一段喜剧！

阿班尼　你是带着武器的格劳斯特。吹起喇叭来。若没有人出头来证明你的罪恶昭著，这就是我的保证。〔掷下手套〕我必在尝面包之前，证明你的罪状是正不下于我在此地所宣布的。

瑞干　我病了！啊，我病了！

刚乃绮　〔旁白〕你若不病，我永远也不信药力了。

哀德蒙　这是我的担保。〔掷下手套〕不管是谁，他若说我是叛徒，他便是说谎的小人，你吹起喇叭来。凡有敢来的，我便要对他，或是对你，或任何人，坚决地维护我的名誉。

阿班尼　来一名传令官，喂！

哀德蒙　传令官！传令官！

阿班尼　你只靠你个人的勇敢吧，因为你的部下，原是以我的名义召集的，现在我已经给解散了。

瑞干　我的病愈发沉重了。

阿班尼　她是病了，送她到我的帐幕里。〔瑞干被引下〕过来，传令官——〔传令官上〕吹起喇叭来——并且宣读这个。

官佐　吹喇叭！〔喇叭鸣〕

传令官　“本军上下人等如有人指控僭称格劳斯特伯爵之哀德蒙为罪大恶极的叛徒，并愿挺身而斗者，着于第三次喇叭响时出面。彼已准备自卫。”

哀德蒙　吹吧！〔初次喇叭〕

传令官　再次！〔二次喇叭〕

传令官　再吹！〔三次喇叭〕

〔内有喇叭回应〕

爱德加武装随一号手上。

阿班尼　问他为什么听见喇叭响就应声而来？

传令官　你是什么人？你的名姓？你的出身？为什么应声而来？

爱德加　你要知道，我的姓氏已经失掉了，被叛逆的牙齿给吃光了，但是我和现在比武的对敌是一般地高贵。

阿班尼　谁是你的对敌？

爱德加　那替格劳斯特伯爵哀德蒙出战的是谁？

哀德蒙　他自己。你对他有何话说？

爱德加　拔出你的剑来，假如我的言语诬蔑了你，你的武器或者可以表明你的心迹。我的剑是拔出来了，你要看明白，根据我的名誉、誓约和本分，我有这个权利。我现在不管你的威力、年纪、地位、权势，我不怕你的新胜的刀、新兴的命运，我也不问你的勇敢和胆量，我宣布你是一个叛徒，你欺天、背兄、逆父、阴谋陷害这位贵人，从你的头顶到你的脚底，你是最龌龊卑鄙的叛徒。你若敢说“不”字，我这剑，这胳臂，这满腔义愤，便可证实我这一番诛心之论，而你是说谎的。

哀德蒙　我为审慎计是应该问明你的姓氏的，不过你的外表很威武堂皇，你的吐属也很不凡，按照武士道的规律我本可迁延一下，但是我现在一切不顾了。你所控我的叛逆，我掷回在你的头上，把你那可厌的谎语压在你的心上，这些污蔑掠过你的良心未必能有伤损，所以我这把剑要在你心上割开一条直路，让这些虚诬之辞永远葬在你的心里。喇叭，响吧。〔喇叭声。二人交战。哀德蒙倒下〕

阿班尼　救他，救他！

刚乃绮　这是个计策，格劳斯特！按照比武的法律你并不需要对一个不知姓名的人应战的。你不是被打倒，你是被欺骗了。

阿班尼　闭上你的嘴，女人，否则我用这纸堵上你的嘴。拿着，先生。你这不可言说的恶人，读读你自己的罪孽吧。别撕，夫人，我看你是认识这封信的。〔将信给哀德蒙〕

刚乃绮　纵然我认识这封信，法律在我手里，不在你的手里，谁能为这个来审问我？〔下〕

阿班尼　真骇人听闻！你知道这封信吗？

哀德蒙　不用问我知道什么。

阿班尼　跟着她去，她是要拼命，节制她。〔一官佐下〕

哀德蒙　你所责问我的罪名，我是全都干了，并且比这还有更多更多的事，将来自会明白的。这都是过去的事，我也是过去的了。不过你究竟是谁，这样地幸而胜我？如其你也是出身高贵的，我决不怪你。

爱德加　我们互相谅解吧。哀德蒙，在血统上我是一点也不比你低。如其更高一点，你是更对我不起了。我的名字叫爱德加，你父亲的儿子。天神是公正的，以我们的色欲的罪恶作为惩罚我们的工具。他和人私通而生了你，结果是他的眼睛付了代价。

哀德蒙　你说得不错，诚然是的，命运的法轮整整转了一圈，我现在落到这个地步。

阿班尼　我看你走路的姿势早就疑心你是出身高贵的，我得要拥抱你，我若是真恨过你或是你的父亲，愿哀痛撕裂我的心。

爱德加　忠良的大人，我知道的。

阿班尼　你藏在什么地方？你怎样知道的你父亲的苦楚？

爱德加　是我照料他的。请听我简单说，等我讲完之后，啊，我的心怕要碎了。被通缉得紧，我便设法逃走——啊！人生是甜蜜的，我们宁愿每点钟尝受死的苦痛，也不愿一下死去——不得已改穿上疯汉的破衣裳，装出狗都不屑的样子，在这样的装饰之中我遇到了我的父亲，脸上是两个流血的窟窿，里面的瞳仁是才挖出去的。我做他的向导，给他引路，给他乞食，安慰他不要绝望。啊，不幸！我一向没有对他露出我的真面目，直等到半个钟头以前，我穿上盔甲的那时候。这番顺利的结局，虽然早就希望着，却无把握，所以我求他祝福，把我的经过从头至尾都告诉了他。但是他的心已裂——哎呀！竟禁不起这样的刺激，一阵悲喜交集，于是含着笑心碎而死。

哀德蒙　你这一番话很感动我，或者对我还很有益处。但是你讲下去，你那样子似乎还有话说。

阿班尼　如其还有的说，并且是更惨的，别说了吧，我听了这一段话已经几乎要化成一摊泪了。

爱德加　对于不以苦痛为乐的人，故事讲到这里就好像是到了终点。若再说起一段情节来，把已说得不少的再引申一下，恐怕就要过分，超出了悲哀的范围。我在放声痛哭的时候，来了一个人，看见我极其狼狈的样子便躲避了我。但是后来看出了这样哀恸的究竟是谁，便伸出强大的胳臂搂住我的颈子，大声哭喊，像是要震破了天。他扑到我父亲身上，讲起了关于他和李尔王之闻所未闻的惨事。讲述之间，悲不可抑，心弦都要迸断。这时候喇叭响了两遍，我便撇下了他独在那里伤神。

阿班尼　这是谁?

爱德加　坎特，先生，被放逐的坎特。他化装追随着那敌视他的国王，向他做了一些奴隶都不宜做的事。

一绅士持血刀上。

绅士　救人，救人！啊，救救人！

爱德加　要怎样地救?

阿班尼　说话呀，人。

爱德加　拿着血刀是什么意思?

绅士　刀还热着，冒热气呢。这刀是才从心里拔出来的——啊！她是死了。

阿班尼　谁死了，快说。

绅士　你的夫人，先生，你的夫人。她的妹妹是被她毒杀了，她自己承认的。

哀德蒙　我和她们两个都订了婚，现在我们三个同时结合在一处了。

爱德加　坎特来了。

阿班尼　把她们抬来，不管是死是活。上天的这种裁判，使得我们恐惧，并不使我们起怜悯的心。〔绅士下〕

坎特上。

啊！这就是他吗？现在这时候不容许礼貌所必不可少的仪式。

坎特　我来是向我的主上请晚安的，他没在此地吗？

阿班尼　我们忘了大事！哀德蒙，快说，国王在哪里？考地利亚在哪里？你看见这情形没有，坎特？〔刚乃绮与瑞干之尸体舁入〕

坎特　啊呀！这是怎么了？

哀德蒙　哀德蒙总还是可爱的，一个为了我的缘故而毒杀了那一个，随后她又自戕。

阿班尼　的确如此，盖上她们的脸。

哀德蒙　我现在是最后地喘息着，我虽然秉性凶残，我还想做一件善事。快派人，要急速，到城里去，因我已下令把李尔和考地利亚处死。火速派人去。

阿班尼　跑，跑！啊，跑！

爱德加　找谁去呀？是谁掌管？要带去你的赦免的信物。

哀德蒙　　亏你想到。拿我的剑去，交给营长便可。

阿班尼　　拼了命快去吧。〔爱德加下〕

哀德蒙　　他奉了你的妻和我的命令，把考地利亚在狱里绞死，作为是她自己情急自缢的。

阿班尼　　上天保佑她！把他暂且抬走。〔哀德蒙被抬下〕

李尔手抱已死之考地利亚，爱德加及官佐等上。

李尔　　号吧，号吧，号吧，号吧！你们都是铁石人，我若有你们的舌头眼睛，我要用来把天庭都要惊碎。她是死了。我能分辨一个人是死是活，她是死得像泥土一般了。借我一面镜子，她的呼气若是湿糊了镜面，那么她便是活的。

坎特　　这莫非是世界末日?

爱德加　　或是那惨象的缩影?

阿班尼　　天塌下来同归于尽吧?

李尔　　这根羽毛颤动了，她还活着！如果真是这样，这意外事足以补偿我所受的一切苦恼。

坎特　　〔跪〕啊，我的主上！

李尔　　请你，走开。

爱德加　　这是高贵的坎特，你的朋友。

李尔　　瘟疫降在你身上，你们全是凶手，叛徒！我本可以救她，可是现在，她死了！考地利亚，考地利亚！且等一等。哈！你说什么？她的声音总是轻柔低缓，这是女人最好的优点。绞死你的那奴才，我已经给杀了。

官佐　是真的，大人，是他杀了。

李尔　我杀了他，是不是，朋友？在当年我用一把利刃就可以把他们赶走，现在我老了，并且这些灾难又毁了我。你是谁？我的眼睛不大好，等一会儿我就可以告诉你。

坎特　如其命运之神夸口说有两个人是她时而爱时而憎的，这二人之中我们现在看到一个了。

李尔　我的眼真是昏花了。你不是坎特吗？

坎特　正是，你的忠仆坎特。你的仆人卡耶斯在哪里呢？

李尔　他是一个好人，我可以奉告的。他会动手打，并且快打。他是死了，腐烂了。

坎特　不，陛下，我即是那个人——

李尔　我就会看出是不是的。

坎特　自从你开始失意，我便步步追随着你。

李尔　欢迎你来到此地。

坎特　那并非是别人，现在一切都是死沉沉的没有生气。你的两个年长的女儿都自尽了，都绝望而死。

李尔　是，我也想到的。

阿班尼　他是信口乱说，要让他认识我们那是徒然的了。

爱德加　完全没有用。

一官佐上。

官佐　哀德蒙死了，大人。

阿班尼　这倒是一件小事。诸位亲贵，我有一点意思奉告，对于这位蒙难的国王，但有宽慰之道，总应设法宽慰。至于我，愿乘国王一息尚存之际，把我的权位一齐解除奉还给他——〔向坎特及爱德加〕你们，各归本位，按照殊勋额外另有擢升。所有出力人员论功行赏，乱党按罪受罚。啊！看，看！

李尔　我的傻孩子被绞杀了！没……没……没有命了！为什么一条狗、一匹马、一只老鼠都有命，而你偏没有气息了呢？你永不再来了，永不，永不，永不，永不，永不！请你，解开这个钮扣，多谢。你看见这个了吗？看她，看她的嘴唇，看那边，看那边！

〔死〕

爱德加　他晕厥了！——陛下，陛下！

坎特　碎吧，我的心。我请你碎吧。

爱德加　向上看，陛下。

坎特　别扰他的灵魂。啊！由他死去吧，只有恨他的人才愿他在这艰苦世界中再多受一些酷刑拷打。

爱德加　他是死了，真的。

坎特　奇怪的是他能忍耐这样久，他的性命是他硬挨到这样长。

阿班尼　把他们抬走。我们目前该做的事便是同申哀悼。〔向坎特及爱德加〕我的二位好友——请把国事来分担，维持这破碎的河山。

坎特　我还有短短的一段旅程
主上唤我不敢不从。

阿班尼　我们遭受了这悲惨的风波，
且放声哀恸有话留着慢说。

年最老最能忍，我们年青力壮，
将见不到这样多，活不到这样长。
〔众下，奏丧事进行曲〕

注释

[1] carry 双关语，上文作“行事”解，此处指马之拉车。

[2]“情妒使眼斜”，古谚。(Love being jealous makes a good eye look asquint.)